LA PEUR
DERRIÈRE LA PORTE

RÉCITS D'ÉPOUVANTE 1

DU MÊME AUTEUR
CHEZ POCKET

LES CRIMES PASSIONNELS (2 TOMES)

NUITS D'ANGOISSE (2 TOMES)

LA PEUR DERRIÈRE LA PORTE (2 TOMES)

CRIMES DE SANG (2 TOMES)

Pierre Bellemare
Marie-Thérèse Cuny

LA PEUR DERRIÈRE LA PORTE

RÉCITS D'ÉPOUVANTE 1

TF1
EDITIONS

ISBN : 978-2-266-11837-8

La mort en tête à tête

Madame Gretel Hauser est une voisine bien aimable. A Peysdorf, un petit bourg près de la frontière tchèque, il n'y a pas plus aimable que Gretel Hauser. Albert Liener, son voisin, peut compter sur elle.

– Ne vous en faites pas, Albert Liener, j'arroserai vos fleurs et je donnerai un peu d'air avant votre retour. Vous partez pour longtemps ?

– Une semaine. Mais ne vous donnez pas tant de peine.

– Si, si... J'arroserai vos fleurs, j'ouvrirai un peu les fenêtres. Et puis je vous ferai un peu de ménage la veille. Comme ça, vous rentrerez dans une maison propre ! Je sais ce que c'est, allez ! Un homme seul, c'est pas facile. Et où allez-vous comme ça, si ce n'est pas indiscret, monsieur Liener ?

– Oh ! ce n'est pas indiscret du tout. Le patron m'envoie faire un stage d'informatique à Linz.

Gretel Hauser s'inquiète de savoir à quoi exactement sert l'informatique. Elle hoche vigoureusement la tête aux mots d'ordinateur et de cartes perforées, sans comprendre vraiment de quoi il s'agit. Mais elle sourit, elle est aimable, si aimable, si compréhensive avec tout le monde. Surtout avec ce bon monsieur Liener. Le pauvre homme a perdu sa femme et ses enfants dans un accident, il y a quinze ans, en 1957. Et depuis, il n'est plus tout à fait le même. C'était sur une route de montagne, dans les Alpes, un camion de bois est arrivé en plein virage à une vitesse folle. Les gendarmes ont retrouvé, deux heures plus tard, l'unique survivant de cet accident horrible. Il marchait seul sur la route, en riant nerveusement et en répétant : « C'est de ma faute... c'est de ma faute. » Plus loin dans le ravin, il y avait sa jeune femme de trente-cinq ans et ses deux enfants de huit et cinq ans, morts. Mais ce n'était pas de sa faute. Personne au monde n'aurait pu éviter l'énorme camion fou. Seulement il était le seul survivant, donc le seul coupable : ce que l'on nomme le « syndrome du rescapé ».

– Alors, au revoir madame Hauser, et merci pour tout. A dimanche prochain!

Gretel Hauser sourit encore et agite la main, tandis qu'Albert Liener se dirige vers la station des cars.

Il est petit, enfoncé dans un imperméable de toile bleu marine. A cinquante-six ans, il a l'air d'en avoir soixante-dix. Ses cheveux sont tout blancs depuis l'accident et son visage s'est creusé de rides autour du nez et de la bouche. Des rides tombantes et profondes qui le font ressembler à un clown triste.

Albert Liener est un homme très poli, très convenable, que tout le monde respecte pour le grand chagrin qu'il a connu. Il vit dans le souvenir et sa maison est un musée. Gretel Hauser, qui lui rend service chaque fois qu'elle le peut et lui fait son ménage, l'a raconté dans le bourg :

– Il a gardé les jouets des enfants, les vêtements de sa femme, toutes leurs affaires. Il les a disposées un peu partout dans la maison, comme s'ils vivaient encore. C'est bien triste de vivre ainsi... Pauvre monsieur Liener.

La semaine écoulée, Gretel Hauser, qui a soigneusement arrosé chaque jour les fleurs de son voisin, décide d'aller ouvrir la maison et d'y faire le ménage.

Demain, dimanche, Albert Liener arrivera par le car de 10 heures.

Il est 19 heures, ce samedi de juin 1972. Gretel Hauser, un chiffon à la main, un autre sur la tête, s'active dans la maison du voisin. Elle a ouvert toutes les fenêtres mais la maison sent le renfermé. Ce pauvre monsieur Liener a pris l'habitude de vivre en reclus. Il n'ouvre presque jamais les fenêtres des chambres.

Gretel Hauser s'arrête devant les jouets et les pauvres objets du musée personnel de son voisin. Ça n'est pas étonnant avec une maison pareille qu'il n'ait jamais pu se remarier...

Gretel fait voler la poussière, secoue chiffons et balais et renifle avec ennui une odeur de moisi désagréable. D'où cela vient-il ?... De ce placard-là. L'ennui, c'est qu'il est fermé à clé.

Gretel fouille dans les tiroirs, dans les soucoupes, à la recherche de la clé, mais ne la trouve pas. Cette odeur de moisi est très curieuse. Il a dû entasser là des vêtements ou des affaires qui ont pris l'humidité. Au fond, elle ne devrait pas essayer d'ouvrir ce placard. Ça ne la regarde pas. Mais Gretel Hauser est tellement serviable qu'elle ne pense pas une seconde être indiscrète en insistant.

Elle a trouvé un tournevis et s'emploie à forcer la serrure d'un type classique et simple. Ah ! s'il y avait eu un verrou ou une serrure de sûreté quelconque, Gretel Hauser n'aurait pas osé. Mais une serrure toute bête, une porte toute bête d'un placard tout bête... et qui s'ouvre tout bêtement à la première pression du tournevis!

Tiens! Il est grand ce placard, très grand. C'est même un réduit où on entre tout debout, presque une pièce. Pas de lumière. Gretel Hauser ressort du placard et va chercher une lampe électrique dans le couloir de l'entrée. L'odeur de moisi n'est pas très forte mais désagréable. Que pourrait-elle faire? Nettoyer et aérer un bon moment, ce serait déjà bien. Ensuite, elle prendra sur elle de mettre une de ces bouteilles désodorisantes qui diffusent un parfum de citron ou de fleurs.

Gretel retourne au placard et éclaire l'intérieur. Il est tapissé de velours rouge et le tissu a pris l'humidité, bien sûr. Il y a des photos partout, des fleurs, des inscriptions... et trois statues bizarres, agenouillées.

Gretel ne comprend pas bien les inscriptions mais elle croit lire : « A mon épouse, mon amour. »

Pauvre homme, il a installé là une chapelle du souvenir. Et les fleurs ont pourri dans les vases, sans lumière et sans air depuis une semaine. Voilà la raison de l'odeur de moisi.

Gretel regarde une à une les photos de mariage, de baptêmes, ou de vacances, c'est un album de famille qui serre la gorge.

Il faudrait changer les fleurs, mais en a-t-elle le droit? Albert Liener serait peut-être fâché de savoir qu'elle a découvert sa chapelle. Il n'en a parlé à personne.

Gretel Hauser s'assoit sur une chaise basse et pose la lampe par terre pour réfléchir un moment. Son regard effleure les statues bizarres alignées le long du mur. Quelles étranges sculptures! La pierre est grise, un peu brune, on dirait trois pénitentes grandeur nature, agenouillées, les mains jointes et le front baissé comme en prière. Il fait humide dans ce réduit et la brave voisine frissonne un peu. Pourtant, elle n'a pas compris. Pas encore. Elle tend la main vers une pile de cahiers d'écolier, ceux des enfants très certainement.

Machinalement, elle ouvre le premier et lit : *Devoirs de vacances, août 1957, appartenant à Klaus Liener.* Klaus, le petit Klaus de huit ans. Le cahier est tout abîmé. Il a dû souffrir dans l'accident.

Greta feuillette les derniers devoirs de l'enfant ; une dizaine de pages. Puis elle découvre que l'écriture n'est plus la même et qu'il ne s'agit plus d'additions, de grammaire, ou de dictées. Alors elle fouille dans sa poche, ajuste ses lunettes, dirige la lampe sur les feuilles quadrillées et lit :

« Maria, j'ai serré ton cou. Tu es morte lentement. J'ai retenu ta vie le plus longtemps possible, mais il valait mieux que je t'en débarrasse. Ainsi c'est accompli, tu n'auras plus peur de toi-même, la mort t'a été donnée, tu es préservée pour toujours. »

Madame Gretel Hauser se gratte le front un instant et déplie ses jambes engourdies. La chaise basse sur laquelle elle s'est assise, une sorte de prie-Dieu en fait, n'est pas du tout confortable. Elle réfléchit :

« Maria... J'ai connu une Maria, voyons, c'était il y a longtemps... C'est cette femme qui était venue chez monsieur Liener. Il me l'a présentée. J'ai bien cru qu'il allait se remarier. Et puis, on ne l'a plus revue cette Maria. Je m'étais toujours demandé ce qui n'avait pas collé... Est-ce qu'il parle d'elle ?... " Maria, j'ai serré ton cou. " Mais... Oh non ! Il n'a pas écrit ça ! Pas monsieur Liener ! Mais qu'est-ce que ça veut dire ? »

Bizarrement, Gretel Hauser se sent tout à coup mal à l'aise. A-t-on idée d'écrire des bêtises de ce genre ? Le pauvre devait être bien malheureux à une certaine époque pour faire de la littérature aussi noire. Cela voudrait-il dire qu'il l'aurait tuée ? Étranglée, cette femme ? « J'ai serré ton cou. Tu es morte lentement. »

Gretel Hauser sent un frisson glacial lui parcourir la nuque et le dos. Il n'y a rien d'autre sur le cahier, elle en prend un autre, au hasard, et lit : *Cahier appartenant à Lucile Liener.*

La petite Lucile, morte en 1957, n'avait guère eu le temps d'aller à l'école. Le cahier est couvert de pages d'écriture enfantine et maladroite, représentant des A et des O. Et puis, tout à coup, la même écriture que tout à l'heure. Celle du père.

Gretel Hauser a les mains qui tremblent. Elle lit :

« Elsa, tu as bien défendu ta vie. Tu m'as couvert de ton sang. Maintenant tu resteras avec moi pour toujours. J'ai lavé ta pauvre tête et je lui ai fait un pansement. Tu vas dormir. Tu n'as plus peur. »

Elsa ? Madame Hauser a bien connu une Elsa !

Monsieur Liener avait amené une jeune Elsa un jour et il l'avait présentée en chuchotant : « Vous ne trouvez pas qu'elle ressemble à ma femme ? » C'était sa manie. Pour Maria aussi il avait dit ça. Il voyait des ressemblances partout. Combien de temps était-elle restée, cette Elsa ? Un mois, peut-être deux. Et puis monsieur Liener était resté seul, comme avant...

Madame Hauser n'a plus jamais revu ni Maria, ni Elsa. Le souffle court, elle s'empare du troisième cahier. C'est une sorte d'agenda de ménage. Elle y reconnaît immédiatement l'écriture de madame Liener. De son vivant la jeune femme tenait les comptes de la maison. Tout est inscrit en colonnes régulières et jour par jour : achat de savon, de vêtements, jusqu'au moindre kilo de pommes de terre.

Gretel Hauser tourne les pages avec précipitation,

elle cherche « l'écriture ». Elle est sûre qu'elle va la trouver, quelque part sur l'une des feuilles blanches de l'agenda inachevé... Août 57 est vierge. Et puis voilà « l'écriture ».

« Danuta, tous les jours je viendrai te raconter ma journée, comme aux autres. Pourtant tu m'as déçu. Tu n'avais rien d'elle que son sourire et le brun de ses yeux. Mais tes yeux à toi étaient différents, ils cherchaient à me faire du mal, tu étais trop curieuse. J'ai crevé tes beaux yeux. Tu resteras là avec les autres, dans le ciment. »

Gretel Hauser est prise d'un tremblement convulsif. Elle va comprendre! Elle a compris! Elle n'ose plus bouger, elle n'ose plus se retourner, elle sait! Dans son dos, là, juste derrière elle, presque à la toucher, les trois statues de pierre agenouillées... Ce qu'elle a pris naïvement pour des sculptures, ces visages torturés, ces membres figés... Ce n'est pas de la pierre, c'est du ciment! Elles sont là toutes les trois. Maria, Elsa, Danuta, trois femmes assassinées!

Alors seulement, Gretel Hauser, la bonne voisine qui ne voulait que rendre service, Gretel Hauser se met à hurler. Mais le hurlement ne sort pas, elle ne l'entend pas, cela hurle à l'intérieur d'elle-même. Elle tombe à genoux et rampe sur le sol. La lampe tombe, éclairant vers le haut les visages coulés dans le ciment. Gretel Hauser jette un regard, un seul, et hurle de peur encore une fois. Ce qu'elle a pris pour de la pierre brune, c'est la pellicule de ciment écaillée par endroits. La vision est insoutenable!

Dans le placard de ce Barbe Bleue du XXe siècle, le silence accueille un bruit lourd. Celui du corps de Gretel Hauser qui vient de s'évanouir.

Quelques secondes, quelques minutes peut-être s'écoulent. Puis le corps de Gretel se met à ramper lentement. Elle sort du placard, la voilà dans la chambre, la voilà dans le couloir, la voilà près de la porte d'entrée. Elle s'agrippe aux meubles pour tenter de se redresser car ses jambes refusent de la soutenir.

Et puis, enfin, la voilà debout. Elle croit courir alors qu'elle avance par bonds désordonnés jusqu'au portail du jardin. Voici la rue. Le tremblement convulsif ne se calme pas, il empire. Gretel Hauser longe les murs, s'accroche aux arbres pour pénétrer enfin dans la cabine téléphonique à l'angle du carrefour.

Les gendarmes ont du mal à la comprendre. Enfin ils arrivent. Enfin ils arrachent Gretel Hauser à sa cabine téléphonique. Et elle désigne la maison d'Albert Liener d'un doigt tremblant :

– Des cadavres... Des cadavres!

C'est tout ce qu'elle arrive à dire. Si bien qu'en faisant les premières constatations, les gendarmes pensent qu'il s'agit de réfugiés ayant franchi la frontière tchèque.

Mais, au bout d'une petite heure et de quelques verres d'alcool, Gretel Hauser est enfin en mesure de leur raconter l'histoire.

La première statue, c'est Maria, une employée d'usine qui a vécu quelque temps avec Albert Liener. Elle a même donné sa démission pour l'épouser. La seconde, c'est Elsa, une jeune étrangère qu'il avait ramenée d'un voyage à Vienne et qui était repartie, d'après lui. La troisième, c'est Danuta, elle ne vécut que peu de temps avec lui, c'était une Polonaise qui lui faisait le ménage et s'occupait de son linge. Chacune de ces femmes ressemblait à la sienne, selon lui. En les présentant à ses relations ou à madame Hauser, il ne manquait pas de faire remarquer une vague similitude de traits.

Dans le placard-musée, les gendarmes découvrent

également un autre cahier, couvert de l'écriture large d'Albert Liener, où il raconte la vie insensée qu'il mène depuis l'accident. Cet homme est non seulement devenu fou, sans que quiconque s'en aperçoive, il est également devenu cruel. Il décrit minutieusement la manière dont il a tué les trois femmes et le détail de ces horreurs n'est pas utile à exposer. Ensuite, il s'est servi de ciment à prise rapide. Des sacs inutilisés sont encore dissimulés dans la cabane de son jardin.

Madame Gretel Hauser est priée de ne révéler à personne sa découverte. Albert Liener doit rentrer le lendemain dimanche, ainsi qu'il l'a dit, par le car de 10 heures. Il est important que personne ne puisse le prévenir. Il n'a sûrement pas de complice mais mieux vaut se taire.

Le lendemain, Gretel Hauser est à l'arrivée du car. Derrière elle, deux gendarmes.

Albert Liener descend tranquillement. Il passe une main large et souple sur ses cheveux blancs, se frotte les yeux comme un homme qui n'a pas assez dormi et rajuste sa cravate.

De loin, il a l'air d'un grand-père tranquille, un peu voûté.

– Le voilà, c'est l'homme en imperméable bleu marine. Il est très poli et très convenable, vous verrez.

Quand les gendarmes se sont approchés et lui ont saisi les poignets, Albert Liener a eu un léger sursaut mais n'a demandé aucune explication.

Lorsque les habitants du bourg ont appris la nouvelle, ils sont venus voir la maison de Barbe Bleue. Gretel Hauser, la bonne voisine, a raconté inlassablement son aventure et décrit inlassablement les trois statues de ciment qu'un fourgon avait emportées le matin même.

Et puis l'on attendit le procès.

En vain. Albert Liener dépendait des psychiatres. Son cas était injugeable. Certains spécialistes écrivirent dans des revues spécialisées que cet homme s'était montré bien plus cruel que Landru, que, sans une arrestation due au hasard, il aurait poursuivi longtemps ses chimères, pour les emprisonner dans le ciment.

C'était en 1972. Albert Liener a maintenant soixante-quinze ans. Il est peut-être encore quelque part dans un hôpital psychiatrique de Vienne, où l'on dit que son corps a vieilli très vite, comme à l'accéléré, comme s'il courait vers la mort, comme s'il voulait la rattraper à la course. La mort : cette chose qu'il n'a ni comprise, ni admise, qui l'a rendu fou et que, probablement, il a hâte de rencontrer en tête à tête.

Les noces de Violetta

Le personnel de la fabrique de chapeaux Finsten est rassemblé dans le grand atelier des formes. C'est ici que, depuis des générations de Finsten, on forme les melons, les chapeaux de feutre, les hauts-de-forme et les casquettes des gentlemen.

Jonathan Finsten est chapelier, son père le fut avant lui, ainsi que son grand-père qui fonda la maison. Les bureaux sont poussiéreux, les meubles démodés, les ateliers datent du grand-père Finsten, mais les couvre-chefs lustrés qui sortent de ce musée de la confection chapelière ont toujours leurs acheteurs.

Jonathan Finsten est avare. La pingrerie se lit sur son visage : quelque chose de rare dans le cheveu, d'étriqué dans le pli amer de la bouche, de soupçonneux dans l'œil.

A l'exception de ce détail, c'est un homme grand, maigre et plutôt séduisant dans son genre, bien qu'il se montre également avare de cette séduction.

Les employés de *Finsten & Finsten Fils* ont l'habitude de cette pingrerie, dont le symbole le plus évident demeure leur bulletin de paie mensuel. Nul n'a été augmenté depuis 1925, date de la prise de pouvoir de Jonathan, le fils, à la fabrique. Or, nous sommes en 1933. Un beau jour du printemps 1933, le 7 mai, très exactement.

Devant les employés réunis, Jonathan vient d'annoncer solennellement son prochain mariage. Dans le genre paternaliste, court, en une phrase, afin de ne pas arrêter trop longtemps le bruit des machines.

Ensuite, il s'est rendu dans son bureau où la secrétaire l'a vu installer le portrait de sa future épouse dans un cadre de bois. Elle s'est alors dit : « Il aurait pu en acheter un autre. »

Un jeune coursier-livreur-emballeur-étiqueteur, bon à tout faire, récemment engagé, a demandé naïvement :

– Un autre quoi, Miss ?

– Un autre cadre, jeune homme. Celui-là contenait déjà le portrait de sa première épouse. C'est à croire qu'il l'a conservé dans ce but !

Le petit coursier-livreur-emballeur-etc., dont la jeunesse a l'œil plus curieux et appréciateur, aperçoit la future épouse et ramène la nouvelle :

– Elle est jolie !

Il a raison. Joli minois, regard sage, air sage, vingt ans à peine...

Le 7 mai 1933, la future madame Finsten accompagne son promis chez le notaire. Elle est orpheline, mais a des « espérances » en la personne d'un vieil oncle tuteur, grognon et gâteux. Jonathan Finsten a le désir et le devoir, avant d'épouser la donzelle, de faire le point sur ces espérances. Ce sont des choses normales entre gens de bonne société.

Les fiançailles ont lieu le dimanche suivant, 9 mai 1933, chez le vieil oncle. Les invités sont rares, mais ils garderont de l'événement un souvenir curieux.

Jonathan arrive dans la demeure de l'oncle à

l'heure précise du déjeuner. Il apprécie la grille du jardin, solide monument de fer forgé, les murs de pierre, les volets de bois plein, les couloirs, les tapis, le salon et les meubles cossus. Un ensemble bourgeois conforme à l'idée qu'il s'en faisait : tout cela lui appartiendra un jour, dès que le vieil oncle aura l'excellente idée de quitter ce bas monde en léguant ses biens à son unique nièce, Violetta. Le testament est en règle, le notaire l'a assuré, les espérances précises, visibles à l'œil de Jonathan jusqu'au moindre des candélabres d'argent.

Autour de la table du déjeuner des fiançailles, sept personnes : l'oncle qui préside, le pasteur de la paroisse, une cousine aussi âgée qu'éloignée, la mère de Jonathan, madame veuve Finsten, la tante de Jonathan, sœur de la précédente, et Violetta. Violetta un peu pâle, en robe rose, col blanc, qui lève un regard quelque peu effrayé vers son noir fiancé assis à ses côtés. Noir de costume et de chapeau. Noir d'yeux. Impressionnant.

Chacun attend poliment le moment de la remise de la bague qui doit se pratiquer au dessert.

Enfin, Jonathan extirpe de la poche de son veston une petite boîte, qui n'a pas l'air très neuve. « Un bijou de famille peut-être », se dit l'assemblée. Il l'ouvre avec prestesse et, de son ton guindé habituel, déclare :

– Ma très chère Violetta, j'ai là, selon la tradition, de quoi orner votre doigt afin de matérialiser le lien qui nous unit désormais jusqu'au mariage. Permettez...

Pauvre Violetta! Son enfance d'orpheline habituée à l'obéissance et au respect de ceux qui veulent bien la nourrir ne lui a pas permis de s'ouvrir à l'intelligence du monde, à ses nuances, à ses fastes ni à ses mesquineries. Elle n'a aucune idée d'indépendance, aucune idée des hommes. Elle ne se rend pas compte qu'il y a mieux sur terre, en matière de futur époux, que ce sinistre corbeau de Jonathan au langage aussi noir que son plumage.

Elle tend la main et le fiancé glisse à son doigt le symbole annoncé. C'est une bague, certes. Sans aucun doute. L'anneau est d'or mais la pierre est si petite qu'il faut l'examiner avec soin pour en apercevoir l'éclat. Jonathan précise :

– Ma chère, vous serez, j'espère, de mon avis : la simplicité est la meilleure des élégances.

Violetta est encore plus pâle, soudain. Puis rouge. Le feu aux joues. Les invités l'observent avec curiosité. Elle secoue tout à coup la main gauche, légèrement d'abord, puis violemment, s'affole et, d'un seul coup, retire l'anneau, le pose sur la table, effrayée, comme s'il la brûlait.

Jonathan est si surpris qu'il s'en étrangle en silence. Autour de la table, chacun s'exclame :

– Mais que se passe-t-il ? Qu'avez-vous, mon enfant ?

Toujours rougissante et le front légèrement en sueur, Violetta contemple son doigt, le frotte, puis bredouille :

– Je vous demande pardon, ça m'a brûlée si fort !

Brûlée ? Cette jeune personne est-elle folle ? Que raconte-t-elle ?

– Je... je suis désolée mais la bague a brûlé mon doigt...

La mère de Jonathan fronce le nez au-dessus d'une légère moustache naissante :

– Jonathan, que signifie ? Est-ce une plaisanterie ? Je ne te connaissais pas ce genre de mauvais goût ? Un jour pareil !

La dignité du fiancé est mise à rude épreuve. Le

soupçonner d'une blague ? Lui ? Un homme dont les ateliers fabriquent les bombes de l'équipe de polo, les couvre-chefs de l'armée, les melons des financiers de la City !

– Mais je n'ai rien fait, mère. S'il y a une plaisanterie, elle ne peut venir de moi. Violetta, voyons, que veut dire cette gaminerie ?

– Mais je vous assure, Jonathan, elle m'a brûlée !

– Remettez cette bague immédiatement je vous prie, ou je me vexerai !

Tout le monde regarde Violetta qui baisse la tête, au bord des larmes. Elle ne comprend pas elle-même ce qui se passe. La bague l'a brûlée, c'est indéniable. D'ailleurs, la trace rouge est là, sur son annulaire. Elle la montre et chacun de se pencher sur le mystère de ce cercle rosé... Étrange phénomène ! Cette enfant ne supporterait-elle pas le contact de l'or ! Nul n'a jamais vu ça ! Tout le monde supporte l'or.

La jeune fille s'exécute lentement, saisit l'anneau entre deux doigts prudents, l'approche de son annulaire, le glisse, serre les dents, grimace, se mord les lèvres... et le retire plus vite encore que la première fois.

L'anneau roule sur la table des fiançailles et la future souffle sur le cercle rosâtre et boursouflé.

– Je suis navrée... je... ça brûle !

A la limite de l'apoplexie, Jonathan saisit la bague, la glisse à son propre petit doigt et montre le résultat à la ronde :

– Voyez vous-mêmes, je ne sens rien. Cette histoire est incompréhensible !

Chacun fait alors l'expérience. Du vieil oncle au pasteur, l'anneau fait le tour des doigts sans aucun incident. Mais Violetta ne peut pas. Malgré plusieurs tentatives courageuses, elle est incapable de garder cette bague plus de quelques secondes et, à chaque essai, son doigt rougit comme si l'or était en fusion et lui brûlait la peau. L'ambiance s'en ressent. Jonathan remet la bague dans son écrin usé, les lèvres pincées, le front tendu sous l'outrage. Il craint le ridicule autant que le manque de bénéfice.

Sa mère conclut :

– C'est insensé! Ma première bru a porté cette bague depuis le jour de ses fiançailles jusqu'à sa mort en 1927! Elle n'a jamais fait de grimaces à ce sujet!

Une manière de dire : « Mon petit, si vous avez décidé de faire la comédie parce que le diamant est petit, ne comptez pas sur la famille pour en changer! »

Mais Violetta a des frissons. Elle imagine soudain, en contemplant son assiette de pudding, une scène qui lui donne froid dans le dos : Jonathan dans la chambre conjugale, penché sur le lit mortuaire, retirant du doigt de sa première épouse défunte le bijou en question.

Elle n'en dit rien, bien sûr, et Jonathan retrouve, au sherry, un peu de sa dignité perdue.

– Vous avez raison, mère, Violetta ne doit pas supporter l'or. Mon Dieu, cela n'a rien d'obligatoire, n'est-ce pas ? Nous choisirons ensemble une alliance en argent.

Le curieux phénomène est favorable à sa pingrerie maladive.

Quoi qu'il en soit, le mariage reste fixé pour Noël. Jonathan ne veut pas attendre davantage : il a quarante ans, il est veuf depuis plus de cinq ans. Un homme de son âge et de sa condition se doit d'être établi. Il lui faut un fils. Sa première épouse n'ayant pu assurer la lignée des Finsten, il est temps de s'y mettre.

Au fait, de quoi est morte la malheureuse première du nom ? Jonathan n'est guère bavard à ce sujet. D'une mauvaise congestion, semble-t-il. Un veuf digne de ce nom ne parle pas de ces choses. Qu'elle ait laissé tous ses biens audit veuf est normal. On ne parle pas d'argent non plus. Même si la rente est jolie.

A Noël, la cérémonie se déroule dans la plus stricte intimité. La jeune mariée porte un anneau d'argent. Quant à Jonathan, il a déclaré détester les alliances. Un homme ne porte pas de bijou. Son habit est le même que lors de son premier mariage, ainsi que la cravate et le gilet. En ce qui concerne le voyage de noces, dont la tradition doit être respectée, il a prévu un séjour de quarante-huit heures à Londres, dans un hôtel dont il sait les tarifs raisonnables. Cela ne représente que trente kilomètres de voyage mais, selon Jonathan Finsten, le dépaysement est largement suffisant lorsqu'on habite une petite ville.

La cérémonie achevée, Violetta abandonne sa robe blanche, droite et sans dentelles, façonnée par la couturière en chambre de madame Finsten mère, et les jeunes mariés partent pour un inoubliable séjour. L'hôtel *Savana* les accueille, le gérant a un sourire de convenance polie. Jonathan et Violetta disparaissent dans leur chambre.

Vers 10 heures du soir, les clients occupant les chambres voisines entendent soudain des cris. Quelques-uns sortent dans le couloir et voient courir une femme en chemise de nuit, l'air affolé.

La jeune femme dévale les escaliers, comme si le diable était à ses trousses, et va se jeter dans les bras du gardien de nuit :

– Sauvez-moi, monsieur, sauvez-moi, je vous en supplie ! J'ai peur !

Le gardien, un brave vieux militaire à la retraite, peut voir sur l'épaule de la jeune femme une large tache rouge, d'autres sur les bras, d'autres sur le dos, à la limite de la chemise de nuit et de la décence... Mais Violetta a si peur que la décence ne lui vient même plus à l'esprit. Elle est en état de crise de nerfs et montre les marques sans pudeur. Cela ressemble à des brûlures... Elle pleure, hoquette et, entre deux hurlements de frayeur, accuse son mari d'avoir voulu l'étrangler. Ni plus ni moins...

Remue-ménage dans le convenable petit hôtel *Savana*. Les clients s'agitent dans les couloirs, le directeur, réveillé, vient constater le scandale, appelle la police et un médecin.

Hâtivement vêtu, l'air quelque peu égaré, ayant forcément du mal à conserver sa dignité, Jonathan Finsten est traîné dans un poste de police, tandis que l'on soigne son épouse à l'hôpital.

L'officier de police jauge le prévenu :

– Vous n'avez jamais été arrêté et condamné ?

– Arrêté ? Condamné ? Moi ? Que signifie cette question ? Je ne suis pas un assassin...

– En général, voyez-vous, les désaxés, les obsédés sexuels sont des récidivistes. Si c'est le cas, je le saurai. Mais admettons...

– Je ne suis pas un... comme vous dites ! Je m'appelle Jonathan Finsten, je suis chapelier. Je vous prie de croire que ça ne se passera pas comme ça ?

– Du calme, monsieur. Avez-vous, oui ou non, étranglé votre femme et pourquoi ?

– Étranglé ? Mais je n'ai étranglé personne ! Ma femme est une hystérique, voilà tout !

– Le médecin a constaté les marques sur son cou et d'autres traces de sévices. Ne niez pas !

– Je n'ai rien fait de tel, croyez-moi ! Écoutez-moi, je vous en prie. Cette histoire est complètement folle, je n'y comprends rien. Ma femme s'est mise à hurler soudainement, elle ne voulait pas que je la touche... Je ne faisais rien d'extraordinaire... Enfin, comprenez-moi, nous venons de nous marier, et j'ai eu affaire à une véritable folle tout à coup!

– Monsieur Finsten, un de nos inspecteurs a téléphoné à son oncle... cette jeune femme n'est pas démente, ni même malade. D'ailleurs, le directeur de l'hôtel a témoigné, le gardien également. Lorsque vous êtes arrivés tous les deux, madame Finsten était normale et ne portait pas de traces d'étranglement. En revanche, les clients de l'étage ont entendu crier et l'ont vue sortir de la chambre en se tenant le cou. Vous étiez derrière elle... vous la poursuiviez?

– Mais je ne poursuivais personne! C'est insensé! Elle hurlait, alors je voulais comprendre, la retenir, elle était en chemise... Laissez-moi la voir, je m'expliquerai avec elle, c'est un malentendu. Elle est jeune, naïve, c'est son premier mariage... Enfin, comprenez-le... elle n'est pas, ou plutôt elle est... du moins je suis en droit de supposer que... Bref, elle ignore la réalité du mariage. Elle a eu peur, je ne vois pas d'autre explication. Tout ceci est une affaire privée!

– Ah oui? Et les marques sur le cou? Une affaire privée, aussi?

– Monsieur l'Officier, il se trouve que ma femme a déjà eu ce genre de réaction bizarre. Le jour de nos fiançailles, elle a prétendu que la bague lui brûlait l'annulaire. Elle avait une trace rouge sur le doigt, vous pouvez vérifier, même le pasteur vous le dira.

L'officier, ébranlé, vérifie. Que penser de cette histoire? Jonathan a dit la vérité? L'officier consent à le relâcher provisoirement et à procéder rapidement à une confrontation des époux.

A l'hôpital, le lendemain, Violetta est encore sous l'effet des calmants. Devant un médecin, en présence de l'officier de police et de Jonathan, son récit est cependant clair.

– J'ai senti deux mains qui me serraient la gorge. C'était horrible, j'étouffais. En même temps, j'avais l'impression que mon corps brûlait entièrement.

Le médecin confirme, en apportant une précision importante :

– J'ai en effet constaté des marques d'étranglement autour du cou, mais il s'agit d'un cercle continu, non de la marque de deux mains ou des pouces de l'agresseur, comme c'est toujours le cas. Quant aux marques sur le corps, elles ont disparu assez vite, dès que la malade a été au calme.

– Disparu complètement ? Quel est votre diagnostic en ce cas ?

– Je ne pense pas qu'il s'agisse d'une agression, mais plutôt d'une réaction de cette jeune femme. Des sortes de stigmates. Je ne les explique pas, bien entendu, mais le phénomène est relativement connu de par le monde. Certaines personnes portent, par exemple, les stigmates de la Passion du Christ. C'est d'autant plus probable que cette jeune femme m'a dit avoir entendu une voix qui n'était pas celle de son mari.

L'officier de police et Jonathan écarquillent les yeux de surprise. Violetta baissa les siens. Elle a conscience de l'étrangeté de sa conduite et du scandale : s'échapper du lit conjugal en pleine nuit et en petite tenue ! Mais elle tente d'expliquer, avec une candeur naïve :

– Jonathan me fait peur. La voix me disait : « Il va te tuer. »

Jonathan devient blême. L'officier de police soupire, le médecin hoche la tête... Chacun pense selon sa fonction.

Le médecin se dit : « Hystérie, troubles sexuels, peur de l'acte. » L'officier de police se demande comment régler le problème. A première vue, ce bonhomme maigre et sombre a bien une tête à étrangler sa femme... mais elle est folle, cette femme, alors ?

Quant à Jonathan, le diable sait ce qu'il pense, sous son teint cireux.

L'officier de police fait son devoir :

– Madame, tout ce que je dois savoir en cette minute est simple : portez-vous plainte contre votre mari, ou non ?

Le mari sursaute :

– Elle ne fera rien de tel ! Nous allons rentrer. Ma femme se fera soigner. De toute évidence, il s'agit d'un problème nerveux, le médecin lui-même le dit. Donc, nous rentrons chez nous, Violetta ? Tu m'entends ? Tu sais parfaitement bien que je n'ai pas voulu te tuer.

– La voix a dit : « Il va te tuer. » J'ai peur... Jonathan, ne me touche pas.

– C'est ridicule, voyons ! Sois raisonnable... Je vais poser ma main sur ton front, ici, devant le médecin et l'officier. Tu n'en mourras pas. Enfin, tout de même, tu es ma femme !

Et la main de Jonathan se pose brutalement, pendant qu'il parle, sur le front de Violetta... qui bondit hors de son lit comme si un serpent venait de l'attaquer.

Et tout le monde, c'est-à-dire le médecin, l'officier de police et le mari, peut constater que la main de Jonathan est imprimée, en rouge, au milieu du front de sa femme.

Cette fois l'affaire est complexe. Le médecin et le policier se penchent avec circonspection sur le phénomène. Quant à Jonathan, il regarde sa main sans comprendre, la retourne, la secoue, l'éloigne de lui, la laisse pendre finalement comme un objet encombrant et se laisse lui-même tomber sur le lit, abasourdi.

Le médecin murmure :

– Il s'agit là d'une forme d'allergie tout à fait remarquable. Voyez vous-même, Monsieur l'Officier, remarquable... Je n'ai jamais vu cela! J'aimerais bien, quant à moi, étudier ce cas.

L'officier est plus pragmatique :

– En tout cas, voilà qui innocente totalement le mari...

– Certes, certes, cette jeune femme présente un cas d'hystérie somptueux... j'aimerais que mes confrères....

Jonathan intervint brutalement :

– Cela suffit! Ma femme ne servira pas de sujet d'expérience douteuse. Il m'appartient, et à moi seul, de la faire soigner et de décider qui le fera!

Et nul ne peut rien contre cela. Il est le mari : sa femme doit le suivre, il a le choix du médecin et tous les droits.

Ainsi s'achève le voyage de noces des époux Finsten qui regagnent leur domicile dès le lendemain, en voiture et en silence.

L'ambiance est à nouveau tendue. Madame mère apprend la chose de son fils, la raconte à sa sœur, qui la raconte à la cousine et au pasteur... Et Violetta se sent devenir objet de répulsion, de ridicule, d'inconvenance, comme si la peur épouvantable qui l'habite n'était pas suffisante.

Car le soir arrive et il faut bien se glisser dans le lit conjugal. A peine sous les draps, Violetta bondit et fait une nouvelle crise. Réaction d'autant plus remarquable que l'époux n'y est pas. Il a préféré renoncer provisoirement à ses droits d'époux pour aller dormir ce soir-là sur le canapé du salon. Alors, que se passe-t-il, cette fois ? Cette jeune folle peut-elle l'expliquer ?

– Des aiguilles... c'était comme des aiguilles qui me harcelaient sur tout le corps. Quelqu'un m'a poussée hors du lit... c'est un diable, il m'a poussée hors du lit. Je ne peux même pas effleurer le lit sans qu'il me repousse !

C'en est trop cette fois. Jonathan renvoie cette épouse infernale chez son tuteur. En larmes, épuisée, terrorisée, Violetta est en quelque sorte répudiée et l'oncle demande aussitôt l'annulation du mariage.

Cela, Jonathan ne le souhaitait pas vraiment. Il proteste de sa bonne volonté, s'excuse platement et promet la patience. Il attendra que sa femme se rétablisse. Il se contentera de quelques visites, mais pas d'annulation...

L'ennui est, qu'à chaque visite de son époux en sursis, Violetta est saisie de tremblements nerveux, incoercibles. Dès qu'il apparaît, même sur le pas de la porte, elle a un brusque mouvement de recul et répète :

– Il va me tuer s'il me touche ! Il ne faut pas qu'il me touche !

Situation fort ennuyeuse pour un honorable bourgeois comme Jonathan Finsten. Sa réputation souffre de ces événements qu'il n'a pu tenir secrets. On jase dans ses ateliers, on chuchote à son cercle... c'est intolérable. Les mois passent, rien ne s'arrange et il est contraint d'accepter la procédure d'annulation du mariage... non consommé, bien entendu.

Adieu les espérances de Violetta, l'héritage du vieil oncle, gâteux mais attentif à la santé de sa pupille ! Adieu Violetta qui reprend des couleurs loin de son sinistre époux et semble parfaitement normale hors de sa vue !

Jonathan Finsten, se croyant condamné au célibat ou à la recherche d'une nouvelle épouse, est de plus en plus noir, pingre, aigri, mauvais patron. Il ne se méfie pas assez de son entourage. Il a tort.

Qui l'a dénoncé ? Deux ou trois personnes, selon la police. Car Jonathan Finsten a de nouveau affaire à la police, un inspecteur de Scotland Yard cette fois. Sa morgue a tendance à s'effriter dans ce bureau sévère où on lui reparle d'une vieille histoire.

Jonathan Finsten est nerveux.

– A quoi rime cette convocation ? S'il s'agit de cette malheureuse histoire à Londres, mon ex-femme en est l'unique responsable.

– Il ne s'agit pas de votre ex-femme, la deuxième, mais de la première ex-femme, Margie Finsten, décédée en 1927.

– Je suis veuf. En quoi cela vous concerne-t-il ?

– J'ai ici le témoignage d'une certaine Miss Kellog, garde-malade de son état. Elle a déclaré, volontairement, que, lors de la maladie de votre femme Margie, certaines bizarreries se seraient produites... Par exemple, certaines tisanes que vous auriez décidé vous-même de faire ingurgiter à la malade.

– Ma femme était capricieuse et refusait parfois de se soigner.

– Possible, mais ces tisanes... qui les préparait ? Vous, semble-t-il. En tout cas, Miss Kellog en ignorait le contenu exact... c'est ce qu'elle affirme.

– Je ne vois pas où est le problème ? Des tisanes... on me convoque pour des tisanes ?

– Il n'y aurait guère de problème, en effet, monsieur Finsten, si ce même témoin n'avait reçu des confidences de votre épouse. Votre femme lui aurait dit à plusieurs reprises que vous vouliez l'étouffer.

– Ridicule ! Vous écoutez les élucubrations d'un témoin qui se réveille après des années ? Ma femme est morte de congestion pulmonaire, elle le sait parfaitement ! Si elle avait eu le moindre doute à l'époque, pourquoi ne pas en avoir parlé ?

– Elle le précise... Elle a eu, depuis, connaissance des « mésaventures » de votre deuxième épouse... Elle n'est pas la seule... J'ai ici d'autres témoignages émanant cette fois du médecin qui a soigné votre femme et qui affirme n'avoir prescrit aucune tisane. Votre mère, elle-même, monsieur Finsten, déclare vous avoir surpris un jour dans une attitude équivoque... penché sur Margie, vous aviez les mains autour de son cou.

– Je rajustais tout simplement un foulard...

– C'est ce que vous avez prétendu, mais Madame votre mère à l'issue des événements récents, estime encore que votre attitude était équivoque.

– Ma mère est folle !

– Ah ! Tout le monde est fou autour de vous, monsieur Finsten. Les femmes surtout... Mais nous avons l'obligation de tenir compte des accusations portées contre vous. Nous allons donc procéder à l'exhumation du corps de Margie Finsten et à son autopsie...

– Je refuse ! Laissez ma femme en paix !

– Désolé, monsieur Finsten... Vous n'aviez rien à dire de plus explicite au sujet du décès de votre femme ?

– Absolument rien. Il s'agit d'une cabale ! Ma femme est morte de congestion pulmonaire.

Hélas ! Jonathan Finsten, voici que l'autopsie du corps de Margie révèle des traces bien trop importantes d'arsenic.

– Les tisanes, monsieur Finsten ?

– Le diable vous emporte ! Je n'ai pas empoisonné ma femme !

Il n'a jamais avoué, le noir corbeau, héritier de la chapellerie Finsten. Jamais. Mordicus. Seuls les faits l'ont condamné.

L'héritage en valait la peine. Un beau mobile.

Et l'héritage de Violetta, la jeune et naïve oie blanche, lui avait échappé de justesse.

Qui avait « prévenu » Violetta ? D'où venaient les brûlures étranges et le cercle autour de son cou ? Bizarrement, pas des mains de Jonathan. Elle le reconnaissait volontiers.

Alors... du fantôme de Margie ?... Ne plaisantons pas avec ces choses-là.

Il se trouve que la cuisinière de la maison Finsten avait raconté à Violetta, quelques jours avant les fiançailles, que la jeune madame Margie était morte d'étouffement. Qu'elle éprouvait une certaine répulsion pour son époux et ne supportait guère sa présence. Enfin qu'elle était morte brusquement après de nombreux jours de souffrance, et sans qu'on ait pu prévoir une fin aussi tragique. Et la cuisinière de conclure naïvement :

– Enfin... vous allez prendre sa place à présent.

Et Violetta, déjà peu attirée par cet homme plus vieux qu'elle, imposé pour un mariage de convenance, s'était inconsciemment mise en tête qu'elle allait mourir si elle épousait ce diable noir. Ce en quoi elle n'avait sûrement pas tort, mais sans le savoir.

Particulièrement influençable, sensible, impressionnable, elle avait aussitôt montré sa peur sous la forme de stigmates. Logique parfaite avec les symboles du mariage : la bague au doigt, le lit conjugal, le corps du mari, les mains du mari... et même la corde au cou.

Rumeur, quel est ton nom ?

La chose était tenue secrète. Murmurée sous le manteau, confidentiellement sussurée de bouche à oreille. Ceci par exemple :

– La femme du ministre y a passé quinze jours...

Le mot « ministre » fait sérieux, dans un secret.

– On dit que madame X, la cantatrice, y est allée aussi...

Une cantatrice célèbre, dont la beauté est aussi importante que la voix, voilà qui fait rêver !

– Vous savez, il ne reçoit que sur invitation personnelle. Impossible de le voir si vous n'êtes pas présentée par une amie.

Le privilège, voilà aussi qui fait rêver.

– D'ailleurs, ça coûte une fortune !

Plus cher, plus le miracle doit être fabuleux.

– Il réserve ses consultations aux grands de ce monde...

Cette fois, tout est dit du secret, qui reste secret.

Le personnage dont parle ainsi la bourgeoisie de Buenos Aires dans les années 50 est lui-même mystérieux. On le dit russe, on le dit allemand, on le dit chinois... Ce serait un Chinois qui connaîtrait le secret de l'immortalité. « Ces gens, dit-on, travaillent avec des aiguilles et font des miracles. » Ce

Chinois-là aurait des aiguilles d'or, il serait héritier de la tradition de ses ancêtres... Finalement, on prétend qu'il est tout simplement argentin, mais qu'il a fait ses études à Paris. Paris, capitale du rêve, capitale de tout ce que l'on ne trouve pas ailleurs.

Qui dit cela ? Deux femmes. N'importe lesquelles, à la seule condition qu'elles appartiennent à la bonne société de Buenos Aires, qu'elles soient entre deux âges, privilégiées et épouses de riches maris.

– Argentin ? C'est fantastique ! Qui vous l'a dit ?

– Mais, la femme du ministre, justement ! Elle l'aurait dit à Mme Chose, vous savez, la femme du secrétaire d'État...

– Et vous y allez quand ?

– Chut, c'est un secret. J'ai rendez-vous le mois prochain. Mais je n'ai rien dit à personne, surtout pas à mon mari.

– Vous n'avez pas peur ?

– Peur ? Ma chère, je meurs d'excitation et de terreur !

– Mais que va-t-il vous faire ?

– Je n'en sais rien. Ce qu'il voudra. Vous savez, avec ce genre de spécialiste, il faut avoir confiance, se remettre totalement entre ses mains... Il décidera.

– Et si ça ratait ?

– Ça ne peut pas rater... Ça coûte une fortune, je vous l'ai dit. A ce prix-là, rien ne rate !

– Votre mari en fera une tête ! Qu'est-ce que vous avez trouvé comme prétexte ?

– J'ai inventé une cure en Europe... en Suisse. Ça fait sérieux, la Suisse.

– Et s'il venait vous rendre visite ?

– Mais non, c'est interdit. Une cure de repos en Suisse, c'est une véritable retraite. On entre en religion.

– S'il a entendu parler de cette clinique à Buenos Aires, il se doutera de quelque chose.

– Les hommes ignorent ces choses-là, ma chère. Et même s'il se présentait, je suis tranquille. « On » m'a prévenue : pas de visites, pas de courrier, pas de photos, pas de miroir. La solitude complète, un régime d'enfer... jusqu'à la sortie.

– Il ne vous reconnaîtra pas!

– J'y compte bien...

Ces deux femmes, dont le dialogue est imaginaire mais adapté à la réalité, représentent donc les personnages types de l'histoire. Riches, inoccupées et démesurément angoissées par la petite ride nouvelle apparue au coin d'un œil.

Cette rage de l'humanité à refuser la vieillesse... Que les ans s'acharnent à creuser les visages, surtout celui des femmes, à rapetisser les os, à ramollir le cerveau, blanchir les cheveux, voilà qui est insupportable!

C'est pourquoi une histoire comme celle-ci a pu naître et se développer jusqu'à la catastrophe.

La rumeur avait distillé l'information : il s'agissait d'un spécialiste de chirurgie esthétique. Ses mains de fée avaient déjà rajeuni telle ou telle star d'Hollywood, telle ou telle femme de ministre, voire de président. Il réservait son art aux grandes fortunes, refusait la publicité au *vulgum pecus*, ignorait les mondanités. L'on affirmait même qu'il avait découvert une méthode miracle pour rajeunir le plus gâteux des vieillards. Personne ne pouvait réellement en témoigner...

La rumeur est une chose étonnante, fascinante. Elle croît et se multiplie en dépit de toute logique, parfois sans aucune base de réalité. Elle se nourrit d'elle-même, court en ville, en se moquant des obstacles. Les psychologues y perdent leur latin. Qui l'a fait naître, cette rumeur ? En principe, celui à qui elle rend service. Qu'il s'agisse de vengeance personnelle et souterraine ou de délire collectif.

La jeunesse éternelle est un délire collectif.

Le docteur Kajan, ce mystérieux docteur Kajan, avait donc semé le grain dont il espérait récolter la fortune. Mais ne s'improvise pas apprenti sorcier qui veut. Il advint donc qu'un jour, la femme d'un industriel argentin confia à l'une de ses amies :

– J'ai rendez-vous avec le docteur Kajan. J'entre dans sa clinique pour un mois...

Le but était de récupérer la peau et le visage de ses trente ans. Elle ne donnait pas l'adresse de cette clinique miracle car les visites y étaient formellement interdites. C'était à prendre ou à laisser, selon le docteur Kajan.

– Il dit qu'il faut absolument préserver la tranquillité des patients et leur anonymat. Je suis d'accord. Je n'ai pas envie de crier sur tous les toits qu'on va me tirer la peau. D'ailleurs, il paraît qu'on est très laide les premiers jours.

La malheureuse se voyait déjà faire une « rentrée » triomphale et éblouissante dans la société argentine, la peau lisse, le sein ferme et l'œil assassin. Belle, cette épouse d'industriel veut le redevenir. Pour compter à nouveau dans les salons, être courtisée et regarder de haut un époux volage.

C'est ainsi qu'elle disparaît, un jour d'été 1950, en prenant très officiellement l'avion pour Paris, sous prétexte d'y faire des emplettes. Mais trois jours plus tard, un autre avion ramène la voyageuse en Amérique du Sud. Incognito. A partir de là, on perd sa trace. Son amie et confidente lui avait demandé :

– Comment feras-tu pour écrire à ton mari ?

– Tout est prévu. Le docteur Kajan dispose d'un service qui se charge de faire poster en Suisse les cartes postales que l'on écrit de la clinique. C'est merveilleux. Ainsi, personne ne se doutera de rien. A part toi, bien sûr! Mais tu me jures le secret?

L'amie avait juré. D'autant qu'elle espérait bien faire le même « voyage », avec l'avantage de pouvoir constater *de visu* les résultats sur son amie cobaye.

Ce que n'avait pas dit le cobaye, c'est qu'elle emportait avec elle, outre ses bijoux assez somptueux, une petite fortune en dollars, destinée à régler discrètement les honoraires du docteur Kajan.

La première carte postale arriva au domicile conjugal comme prévu. L'époux était sans méfiance, d'ailleurs assez content de vivre en célibataire, sans obligation de mensonges durant quelque temps. Chacun ayant donc trouvé son intérêt personnel dans l'histoire. La carte postale ne présentait qu'une importance relative, merveilleusement passe-partout, d'ailleurs, cette carte postale :

Temps splendide. Je suis en pleine forme. A bientôt. Ta Carla.

Tandis que l'époux de Carla lit les bonnes nouvelles, quelque part sur une route déserte, à quelques kilomètres de Buenos Aires, marchent un paysan et son chien. Un chien jaune, de la race originelle des chiens, non revue par la génétique des croisements. Queue basse et touffue, cinquante centimètres au collier, museau fouineur et caractère de chien. Normal.

Il commence par lever le museau pour renifler alentour une présence insolite. Puis il grogne et, le nez dans la poussière, avance prudement jusqu'au fossé. Là, il se met à hurler à la mort. Le paysan s'approche alors, croyant qu'il s'agit d'une carne quelconque.

C'est un corps de femme qu'il découvre. Les

jambes nues, seules, peuvent lui en donner l'assurance, car le reste du corps est enveloppé d'une sorte de chemise blanche et longue, la tête recouverte de bandages sales. Le tout est un peu effrayant. Peureusement, le paysan se penche.

Deux yeux fous le contemplent, deux trous à travers les bandages. Des yeux boursouflés, rouges comme ceux d'un lapin. Des yeux fous, mais vivants, dans cette tête recouverte de gaze et de sparadrap. Sous les pansements, on devine une bouche, et un souffle desséché réclame faiblement à boire.

Le paysan regarde alors autour de lui et ne voit personne. La plaine est déserte, la route nue à perte de vue. D'où vient cette femme ? Qui l'a jetée là, dans cet accoutrement bizarre ? Et pourquoi ? Une évadée d'un asile ? D'un hôpital ?

– Señora, qu'est-ce qui vous est arrivé ? Qui êtes-vous ?

Le souffle ne répond plus. Les yeux fous, révulsés ont perdu le contact.

Le paysan regarde les jambes, les pieds nus. Cette femme a dû marcher très longtemps car ses pieds sont en sang et ses mollets sont griffés par les ronces. Elle a dû même avancer sur les mains, se traîner à plat ventre. La paume est écorchée elle aussi, la chemise déchiquetée par endroits.

L'homme ne sait que faire. Il n'a rien à boire, sa ferme est à des kilomètres... Le plus simple est de charger la femme sur son dos pour la transporter jusque-là, en espérant trouver de l'aide en route.

Le voilà donc qui se penche pour attraper ce corps inerte, mais la femme réagit avec une violence et une rapidité de bête traquée. Elle se débat, terrorisée, tente de se redresser pour courir, y parvient, tombe quelques mètres plus loin et se recroqueville en hoquetant de peur.

Alors, le paysan s'assied au bord de la route. Résigné, il attend patiemment que cette femme accepte de l'aide, ou que l'aide arrive sur la route.

Le temps passe, sous le soleil accablant. La femme ne bouge plus, elle se contente de surveiller l'homme et le chien. Enfin, une charrette se présente, conduite par un autre paysan. Les deux hommes se connaissent et discutent un moment de leur trouvaille. Ils décident de transporter la femme, de force s'il le faut, jusqu'au village et de prévenir la police. Ils s'attendaient à ce qu'elle résiste à nouveau, se débatte, mais elle s'est évanouie au soleil. Alors ils la chargent sur des ballots de foin. La charrette, cahin-caha, prend le chemin de la civilisation.

La femme n'est remise à un hôpital que dans la matinée du lendemain. Aucun papier sur elle : elle ne porte que la blouse blanche et ces affreux pansements au visage.

Le médecin l'en débarrasse avec précaution et découvre un monstre. Outre l'infection qui boursoufle les traits, ce visage n'est plus un visage. Il semble qu'un chirurgien sadique se soit amusé à découper la peau autour des yeux, autour des oreilles, dans le cou. Le cuir chevelu est entièrement rasé. Une besogne de charcutier.

Les médecins se demandent bien à quoi correspond cette torture. La peau a disparu comme si on avait écorché le visage et la chair est visible. Aucun chirurgien n'a pu faire une chose pareille; même en cas d'accident ou de brûlure. Des coutures maladroites apparaissent à certains endroits, infectées, bordées de pus. La chair a gonflé, le nez est une bosse tuméfiée. Cette femme, inconnue pour l'instant, est dans un état d'épuisement mortel. Sous-alimentée, droguée, semble-t-il. Ce qui vaut mieux pour elle, en ce moment, car les douleurs seraient insupportables. Lorsque l'enquête commence, on parle tout d'abord d'une femme torturée par un maniaque.

A Buenos Aires, l'époux de Carla, ayant épuisé la lecture des cartes postales hebdomadaires, attend le retour de son épouse. Mais des semaines passent sans apporter de nouvelles et il s'adresse à la police.

On le met en présence de l'inconnue à l'hôpital.

– Il pourrait s'agir de votre femme...

– Cette malheureuse ? Elle n'a rien de ma femme ! Comment voulez-vous reconnaître quelqu'un avec un visage pareil ?

– Parlez-lui, elle est sous l'effet des anesthésiques mais elle pourra vous entendre, reconnaître votre voix...

– Carla ?

Les yeux fous dévisagent l'homme qui se penche sur elle.

– Ces yeux... on dirait bien... Mon Dieu, ce ne peut pas être ma femme !

– Connaissez-vous un signe particulier ? Quelque chose d'intime ?

– Oui. Deux grains de beauté, l'un en haut du rein droit, l'autre sur l'épaule, du même côté.

– C'est elle.

Cette femme est donc Carla. A son départ pour l'Europe, c'était une femme de cinquante-deux ans, soixante-cinq kilos, un mètre soixante-deux, les cheveux teints en blond. Il reste une loque. Muette, prostrée, devenue folle. Elle est en permanence attachée à son lit, la seule vue d'une infirmière la fait hurler de terreur. On lui administre régulièrement de la morphine, on nettoie ses plaies avec précaution, il s'agit pour l'instant de redonner à la chair du visage, du crâne et du cou, une hygiène compatible avec des soins. Mais la cicatrisation se fait d'une manière anarchique, en bourrelets rosâtres et fragiles. Il est hors de question de tenter la moindre chirurgie réparatrice. Le temps doit, seul, faire son ouvrage. En ce qui concerne l'état mental, aucun pronostic n'est possible.

L'enquête cherche à reconstituer l'itinéraire du voyage de Carla à Paris, son retour en Argentine mais, à l'aéroport de Buenos Aires, la piste se perd. Pour comble de malchance, l'amie confidente est absente du pays momentanément et ignore tout du drame.

Les rumeurs continuent cependant de faire leur sale petit bonhomme de chemin en ville. La police s'intéresse au cas du docteur Kajan. De nouvelles disparitions sont signalées. La femme de chambre de l'une des disparues donne de précieuses indications :

– Ma maîtresse m'a dit qu'elle allait dans une clinique, au nord de La Plata. Elle a laissé un numéro de téléphone au cas où je voudrais la joindre, mais en cas d'urgence seulement. Elle a bien précisé : extrême urgence. Elle a dit qu'elle partait pour longtemps, là-bas, peut-être six mois, pour un traitement assez long. J'ai téléphoné, une fois, c'était grave, son fils avait eu un accident, mais personne n'a répondu.

Effectivement, il n'y a plus d'abonné au numéro demandé. Il correspond à une villa, luxueuse, louée par un propriétaire innocent à un certain Miguel Kajan.

– J'ai eu affaire à un intermédiaire qui a payé d'avance, en espèces. Comme je suis souvent absent, c'était tout à fait pratique. Je n'ai jamais vu mon locataire.

La police ne le vit pas non plus. De toute évidence, l'homme avait quitté les lieux précipitamment, en ne laissant sur place qu'un minimum de preuves. Le matériel de chirurgie, dans l'hypothèse où il opérait sur place, devait être extrêmement rudimentaire et tenir dans une valise. L'étrange est qu'il devait lui être difficile de justifier l'appellation « clinique » auprès de ses patientes. Il devait les droguer dès leur arrivée.

Mais quel était le but réel de l'affaire ? Pourquoi ce charcutage ? Cet homme était d'abord un escroc, il récupérait l'argent, les bijoux, les dollars, jusqu'aux bagages de ses victimes. Quel besoin avait-il de se servir d'un scalpel ? Une fois les femmes attirées chez lui, une par une semble-t-il, il lui suffisait de les supprimer.

Étrange comme ce genre de personnage se comporte illogiquement. Tel le docteur Petiot, il en rajoute.

Celui-là était un fou sadique. Si la perquisition de la villa ne donna pas grand-chose, les alentours étaient révélateurs.

Dans le jardin, trois corps enterrés. Deux femmes et un homme dont l'état de décomposition ne permettait pas d'avancer s'ils avaient, ou non, subi le même sort que Carla.

L'amie de la seule victime vivante ne pouvait donner aucun détail sur la personnalité du docteur Kajan. Carla n'avait vraiment dit que le minimum. Toujours réfugiée dans sa démence, elle n'apportait rien de son côté. Comment avait-elle réussi à s'enfuir ? Mystère. Les poignets et les chevilles portaient des marques de liens ainsi que la taille. Des liens sévères. Du cuir, qui avait entamé la chair ? Elle avait dû se débattre longtemps. Ainsi ce monstre ne se contentait pas de voler, de torturer, il devait aussi contempler ses victimes agonisantes, durant des jours et des nuits peut-être.

Un jour, la police arrêta un homme. Un complice supposé de Kajan. Vénézuélien, il était soupçonné d'avoir servi de rabatteur. Une sale tête de serpent, trop bien habillé pour son niveau culturel.

– Je ne connais pas votre type. Je ne fais pas dans la médecine, moi. Je trafique dans la viande. Ce n'est pas un crime...

Le serveur d'un grand hôtel affirmait bien l'avoir vu en conversation avec l'une des femmes disparues, de celles qui avaient confié sous le sceau du secret qu'elles reviendraient rajeunies dans un mois ou deux. Mais l'homme, en avouant, risquait la peine de mort. Le trafic de biftecks pour lequel on l'avait arrêté coûtait beaucoup moins cher. Il niait. Même en prison en compagnie d'un mouton adroit, il ne révéla rien. Si toutefois il avait des révélations à faire...

L'enquête piétina ainsi des mois et des mois... Le plus extraordinaire est que la rumeur continua de courir dans les salons...

A un journaliste qui enquêtait, une femme répondit :

– L'histoire de Carla ? Mais, ça n'a rien à voir ! La malheureuse a été victime de son avarice, c'est bien connu. Elle a voulu faire confiance à un charlatan. L'homme existe bien, il paraît que c'est un Américain qui s'est installé en Uruguay. La femme du chef de cabinet m'en avait parlé, elle avait l'air de savoir. Si j'en crois son cou, elle a gagné dix ans au moins...

Le cou de la femme du directeur de cabinet était un cou normal. Légèrement flétri, certes, à son âge, mais soigneusement repassé par la mise en place de petites pinces de fer, à l'arrière de la nuque, dissimulées sous les cheveux en chignon et faisant office de torture esthétique artisanale. Le procédé était connu.

Mais la rumeur courait encore. Anonyme, imprévisible, comme le vent du Sud qui tourbillonne, souffle et dessèche tout sur son passage, puis disparaît pour renaître ailleurs des cendres des autres.

Rumeur, quel est ton nom ?

« Je m'appelle bêtise », répond le vent du temps qui passe.

La mort courait plus vite que lui

Soleil de plomb, murs blancs et sales, ruelles étroites refermées sur les boutiques des marchands comme sur des trésors inviolables : c'est la médina de Tunis en 1932.

Les policiers français n'y font que de rares intrusions. Il faut le renseignement d'un indicateur pour qu'ils lancent une rafle, coincent un trafiquant. A leur arrivée, d'ailleurs, toutes les boutiques sont closes, rideaux tirés, ruelles mortes. C'est qu'un autre indicateur, peut-être le même, a déjà répandu la nouvelle.

Cette fois, il ne s'agit pas de trafic d'armes. Du moins, rien ne permet de relier cette activité aux renseignements que donne le médecin français, le Toubib, installé près de la mosquée El Haliq, en plein souk.

Le Toubib est connu et respecté. Son cabinet : une vaste salle en mosaïque bleue, quelques lits pour les plus mal en point, une table d'examen archaïque. Dehors, dans une cour cimentée, les patients attendent, assis à même le sol : des petits groupes de femmes voilées, d'enfants aux grands yeux noirs, ou bleus comme le ciel, des vieillards silencieux.

Lorsque les deux policiers de patrouille se présentent, le Toubib les reçoit entre deux consultations, manifestement débordé.

– Vous avez signalé des cas de morsure? Qu'est-ce que c'est que cette histoire de fou? Des rats?

– Un animal en tout cas. Mais des rats, j'en doute. J'ai vu des chairs déchirées si profondément, la peau arrachée de telle manière, que j'hésite à les attribuer même à un chien.

– La rage?

– Dieu merci, non. Rien à voir.

– Et les victimes? Elles vous racontent quoi?

– Justement, rien. Tout le monde se tait. Je viens encore de prendre une colère de tous les diables. Pas moyen de leur tirer un mot! Des murs de trouille. Je n'y comprends rien.

– Combien de cas jusqu'ici?

– Une bonne vingtaine, depuis quelques mois. Ils ont peur, je n'obtiens que des « *manarf* », « je sais pas »... Quelqu'un les terrorise.

– C'est la rage!

– Non, je suis sûr que non, j'ai vacciné tout le monde, évidemment. Les gens d'ici savent reconnaître un chien enragé et ils le tuent d'eux-mêmes. Je ne vous aurais pas appelés pour ça. D'ailleurs, je n'ai repéré aucun symptôme, je vous dis que c'est autre chose.

– Bon! eh bien, nous allons interroger quelques-uns de vos malades...

– Si vous voulez... mais si vous comptez sur mon fichier pour les retrouver, vous n'êtes pas sortis de l'auberge. On me donne les noms et les adresses que l'on veut. D'ailleurs, ils ne viennent se faire soigner en général qu'une fois, après quoi je ne les revois plus.

– Vous n'en avez pas ici en ce moment ? Une femme ou un enfant, par exemple ?

– Eh non, justement. Le problème est que les mordus sont tous des hommes. Que ces hommes ont une telle peur qu'ils viennent la nuit. J'en ai déduit qu'ils ne voulaient pas qu'on les voie chez moi, pour que personne ne puisse les soupçonner d'avoir parlé. Si ça se trouve, je n'ai vu qu'une faible partie de ces gens, les plus atteints. Ils se sentent tellement menacés, même après avoir été agressés, qu'ils filent à peine pansés comme des rats.

– Qu'est-ce qui vous inquiète, au fond, docteur ?

– J'ai entendu l'un d'eux jurer sous la douleur pendant que je suturais ses plaies. Il a marmonné quelque chose... Enfin, j'ai cu comprendre qu'il parlait d'un loup maudit. Mais, quand je l'ai questionné, il s'est tu aussitôt.

– Un loup ? Ici, dans la médina ? C'est complètement insensé. On nous l'aurait signalé.

– Je sais, ça paraît fou. Mais j'ai vu des marques de crocs si énormes... Je n'ai jamais vu de crocs aussi énormes.

– Nous allons doubler les patrouilles. Signalez-nous le prochain cas, même en pleine nuit.

Quelques jours plus tard, un policier de patrouille, la nuit, bute sur un homme étendu dans une ruelle. A la lumière de sa lampe-torche, il découvre un spectacle horrifiant. Le malheureux est atrocement mutilé.

Son rapport précise les circonstances de cette découverte et rappelle, pour certains points, les déclarations du médecin :

« Au cours d'une ronde, j'ai entendu un bruit de bagarre et plusieurs coups de feu, j'ai eu le temps d'apercevoir la silhouette d'un homme, grand et maigre, qui s'enfuyait, suivi ou poursuivi, je ne peux le préciser, par un animal monstrueux. Une sorte de chien, mais de haute taille et puissant. L'animal devait avoir un pelage sombre et j'ai eu moi-même un réflexe de peur. Ce n'est que quelques minutes plus tard que je suis tombé sur le cadavre d'un homme. Le corps était déchiqueté par endroits, à la main et au visage. Les poches de ses vêtements avaient été arrachées. Il ne portait ni papier d'identité, ni portefeuille, ni argent. L'assassin l'avait manifestement fouillé avec une brutalité démesurée, préférant arracher les poches avec leur contenu. »

Le cadavre de l'inconnu est, cette fois, confié à un médecin légiste qui se montre formel :

– Morsures de chien, sans aucun doute. Mais il a été également atteint par une balle.

Fusillade donc. Près du cadavre, la police a retrouvé une douille d'un autre calibre. On a tiré sur cet homme, il a riposté et l'arme a disparu...

Des traces de sang étrangères au cadavre sont également visibles et ce, dans la direction vers laquelle s'enfuyait l'homme grand et maigre aperçu par le policier de patrouille.

Une longue enquête commence, afin d'identifier la victime. Lorsque la police lui découvre enfin une famille, le mystère est encore plus épais.

Des gens pauvres, parmi les plus pauvres. Si le malheureux avait de l'argent en poche, il ne pouvait s'agir que de quelques pièces. En revanche, il portait une arme. La famille est quasiment muette. La mère, une très vieille femme recouverte de plusieurs haillons de toutes les couleurs, la tête entre les mains, refuse de lever les yeux vers les policiers. Les enfants apeurés, serrés contre elle, ne savent rien, c'est évident, de même que la veuve.

– Ton mari travaillait avec des trafiquants d'armes ?

– *Manarf*...

Manarf... toujours *manarf*. Sais pas.

La police sait bien que certains partisans s'activent au commerce des armes, italiennes pour la plupart, que les marchands leur vendent une fortune. Comment cet homme pauvre aurait-il pu acquérir un revolver, représentant pour lui une année de salaire ?

La conclusion provisoire de l'enquête est que l'homme grand et maigre doit être l'assassin.

Le rapport définitif du médecin légiste contredit totalement cette hypothèse.

– La victime a été attaquée aux mains qui devaient protéger le visage dans un premier temps. Plusieurs doigts ont été arrachés. Après quoi, il a été égorgé.

– Et les coups de feu ?

– Ce n'est pas la cause de la mort. La première a traversé un bras ; la seconde, une jambe. On ne meurt pas de ce genre de blessure. Égorgé. Salement égorgé. Un chien, un vrai fauve.

Les policiers sont perplexes. Faut-il penser que l'homme grand et maigre dispose d'un chien dressé à tuer ?

– A tuer, le cas échéant. J'en ai parlé avec mon collègue, le Toubib, de la médina. Les autres victimes qu'il a pu examiner n'étaient que blessées. Le fauve doit obéir à son maître et ne tuer qu'en cas de nécessité.

– Donc, il s'agirait d'un chien dressé à attaquer les passants pour les voler ?

– Logique, puisqu'il a arraché les poches. On distingue très nettement les traces de crocs qui ont traversé le tissu jusqu'à la peau.

– Mais tous ces gens-là ne sont pas riches, bien au contraire. Ça rime à quoi d'attaquer de pauvres diables pour leur prendre quelques dinars ?

– Vous pensez à un voleur. En tant que médecin, je dois penser à un fou, un maniaque du dressage, qui s'amuse la nuit dans les ruelles de la médina.

– Pourquoi serait-il armé ? Pourquoi la victime était-elle armée ? Il est plus logique de croire à une histoire de trafiquants...

C'est ainsi que l'enquête se poursuit. Présomption de trafic d'armes. Pour infiltrer la médina, la police française fait appel à l'un de ses meilleurs indicateurs, Moktar.

Moktar est une figure dans la police. Un espion rare. Introduit dans les milieux des trafiquants, il a toujours donné de bons renseignements. Ceux qu'il veut bien donner, évidemment. Les autres, il les vend au plus offrant. Moktar est habile car il survit dans ce métier depuis longtemps. Petit, malin, un regard de souris hypocrite, il ressemblerait plutôt à un marchand de tapis avec sa chéchia rouge enfoncée sur le crâne, ses pantalons bouffants, d'un gris sale, sa chemise trop longue. Il ne cède à la mode européenne qu'en matière de chaussures. De vraies chaussures de gangster italien. De mafioso exotique. Cuir noir, bouts pointus et blancs, lacets impeccables.

Moktar est donc convoqué au poste de police. Il écoute, réclame un paquet de billets, qu'on lui marchande convenablement. Puis il accepte. Avec une réticence visible car, pour la première fois peut-être de sa vie d'indic, il n'a pas entendu parler de trafiquants d'armes munis de crocs. Avec son mètre 60 et ses malheureux quarante-cinq kilos, il a tout de même le courage d'affronter cette histoire de monstre.

Le voilà donc parti dans la médina, rasant les murs, s'installant comme un mendiant aux portes des cafés, traînant l'oreille à la mosquée, tout en surveillant ses chaussures de près. Plusieurs jours passent sans qu'il donne de nouvelles à ses commanditaires.

C'est un pêcheur qui le retrouve dans le passage maritime entre Tunis et Carthage, que l'on appelle « la Goulette » en français. Les quarante-cinq kilos tout mouillés de Moktar, accrochés à une épave de barque, ont bien triste mine. A demi-mort d'épuisement, presque vidé de son sang, il porte une large blessure à la tête, une à l'épaule, une autre à l'avant-bras droit. Il est si faible que les ambulanciers doivent se pencher contre sa bouche pour l'entendre murmurer :

– Un loup. Avertir police. Un loup.

A l'hôpital, la police entend le reste du récit de Moktar :

– Un loup noir, plus gros que moi. Il a un maître. Je l'ai eu, je l'ai touché. Je l'ai vu tomber sur le quai des docks.

– Personne n'a rien vu, Moktar. Il n'y a pas d'autre blessé que toi.

– Je l'ai blessé, j'en suis sûr. Le loup a dû l'emmener.

Aussitôt, une escouade de gendarmes se répand à travers les quais et dans les ruelles avoisinantes qui montent vers la ville. On fouille même la plage. Enfin, le long d'un hangar, un gendarme repère des traces de sang. Quelqu'un s'est traîné là, blessé, ou a été traîné sur cinq cents mètres au moins.

Le gendarme remonte la piste sanglante et tombe enfin sur un homme. Mort. Grand et maigre, les yeux bleus grands ouverts, vêtu à l'européenne mais enveloppé d'une cape noire de cavalier. Il porte des gants de cuir, à la ceinture un anneau d'acier relié à une courte laisse de cuir tressé, terminée par un énorme mousqueton.

C'est le maître du monstre. Et le scénario est facile à reconstruire. L'animal voyant son maître blessé à terre a dû le tirer par ses vêtements, déchirés en plusieurs endroits. Il ne l'a pas mordu. Il n'était pas attaché au mousqueton. Il a, de sa propre initiative, tenté d'éloigner son maître, de le traîner sur une longue distance, en s'y reprenant à plusieurs fois, dès que le tissu cédait sous les crocs.

Pas de traces de cet animal infernal, bien entendu.

Moktar, le petit indic, ayant récupéré quelques forces, réclame d'abord sa prime, le remplacement de ses chaussures, avant d'avancer la suite :

– J'ai fait parler un gosse. Il a vu une attaque de nuit. Il m'a dit que le maître avait dressé le loup à prendre les armes dans les poches. Ça se passe comme ça : le maître se promène la nuit sur les quais, l'animal marche à ses pieds, tout contre lui. On ne le voit pas, il est dissimulé sous la cape. Lorsque le maître a repéré des trafiquants, il les suit et attend que l'un d'eux soit seul. C'est alors qu'il lance le chien, ou le loup, ce monstre en tout cas. Je l'ai vu de près, moi...

– Alors ? C'est un chien, un loup, ou une panthère ?

– Je n'ai vu que les crocs et les yeux... Je dis que c'est un loup. Il m'a soulevé comme si je ne pesais rien. Il m'a secoué, mordu... Après, j'ai sauté dans l'eau du port. C'est ma chance. Sinon il me tuait.

– Pourquoi t'a-t-il attaqué ?

– Je ne sais pas, je n'ai rien vu avant...

– Moktar !

– D'accord. J'avais contacté des trafiquants... pour l'enquête, hein !

– Et tu en as profité pour récupérer une arme ?

– Je ne l'ai plus... c'était juste pour l'enquête. Je

jure ! Écoute-moi, policier. On dit dans la médina qu'il a attaqué des dizaines d'hommes, qu'il a récupéré beaucoup de revolvers, de pistolets...

– Pourquoi personne ne parle ?

– Ils ont peur. Tous peur que le loup revienne et les égorge. Mais les autres, ceux que j'ai vus, les trafiquants, eux, ils pensent autre chose. Ils croient que c'est une idée des policiers français.

– Pourquoi ça ?

– Parce que vous, les policiers français, vous avez interdit l'achat et la vente de revolvers et de fusils aux musulmans. Comme ils le font quand même, ils pensent que vous voulez les punir...

– C'est idiot, cet homme n'est pas français...

– Moi non plus. Et je travaille pour vous...

– Bon, d'accord. Tu vas retourner dans la médina et tu diras partout que l'homme mort, le maître du loup, est musulman, qu'il s'appelle Sliman et que c'est un escroc, un bandit.

– C'est vrai, ça ?

– C'est vrai, Moktar. Ce n'est pas de l'intox. Il est sur nos fiches, il est de Tripoli.

– D'accord. Mais le loup, lui ? Il est vivant, il est dressé, il est fou furieux, sûrement, sans son maître. Il va courir partout et dévorer les gens, moi avec ! J'ai entendu que le maître et le chien, c'était comme un couple. Ils sont cruels tous les deux, pareils. Ils sont complices comme tu ne peux pas l'imaginer, policier. Le gamin m'a dit que l'homme parle avec son chien, que le chien comprend tous les mots, tout ce qu'il doit faire. Il peut même chasser seul. Il a un flair qui lui permet de repérer les armes à feu, n'importe où. Un autre racontait aussi qu'il l'a vu attaquer seul. Seul, tu comprends, policier ? Pour le plaisir... Je te dis que la terreur est grande en ville. Très grande. Parce que, souvent, le maître envoyait le chien tout seul. Pour punir.

– Tu t'en es sorti, pourtant ?

– Parce que j'ai tiré le premier. Alors le loup s'est jeté sur moi. Après j'ai plongé dans l'eau...

– Il aurait dû plonger aussi, s'il est si terrible que tu le dis.

– Le maître l'a appelé. Peut-être qu'il voulait tirer sur moi et qu'il avait peur de tuer son loup. Alors, quand il m'a lâché, j'ai tiré encore une fois avant de sauter dans l'eau. J'ai vu l'homme tomber et le loup courir vers lui, il l'a léché, il l'a traîné par terre, il grognait comme le diable. Moi j'ai sauté dans l'eau, il allait revenir me tuer.

– Un loup... c'est petit, un loup, plus petit que certains chiens, même.

– Celui-là est grand. Le poil est foncé, noir. Quand il s'est dressé devant moi, il me dépassait de plusieurs têtes.

– Est-ce qu'il a un nom ?

– Je n'ai pas entendu. Écoute, policier, quand j'ai sauté dans l'eau, il est venu au bord. Il m'a regardé, j'ai vu ses deux yeux comme des flammes. Il a dit : « Je reviendrai te tuer. »

– Comment ça, il a « dit » ?

– Ce n'est pas des paroles, j'ai lu dans ses yeux. J'ai lu : « Je reviendrai te tuer. » Il avait quelque chose de plus urgent à faire à ce moment-là. Il devait emmener son maître.

– Admettons. Sais-tu si l'homme agit seul ?

– Seul. Toujours seul. On dit qu'il revend parfois les armes volées par son loup à ceux à qui il les a volées. Ça, c'est du commerce.

Moktar ne voulait et ne pouvait pas, de toute façon, retourner dans la médina apporter la bonne parole : « Le maître est mort, il n'est pas français, il faut trouver le repaire de Sliman de Tripoli. »

Alors, la police entama les battues. Mais l'animal

semblait avoir compris que tous ces hommes en armes en avaient après lui. Il n'attaquait pas, ne se montrait pas. Et, durant plusieurs semaines, il rusa avec les chasseurs d'une manière étonnante. Un policier l'aperçut une fois, rôdant autour de l'hôpital où se trouvait Moktar, comme un tueur à gages chargé d'achever sa mission.

Le pire est qu'il trouva des complices dans la médina, et même dans les villages alentour. Sa réputation et son intelligence avaient frappé certains habitants, au point de leur faire prendre sa cause. On sut qu'il se cacha des jours entiers dans des cours, qu'il fut nourri avant de reprendre sa fuite éperdue dans la nuit, vers d'autres refuges.

En somme, ce chien-loup était en passe de devenir un héros, un hors-la-loi traqué par la police. Plus d'un homme dut essayer de l'apprivoiser, sans succès, pour en faire son compagnon de chasse ou de cambriolage. Mais le loup-garou, pas fou, ne recherchait pas la nourriture et le gîte. D'ailleurs, il ne tuait plus.

L'affaire dura ainsi plusieurs semaines. La légende courait dans la ville et la campagne. On l'avait vu par-ci, entendu hurler par-là. Les policiers français pouvaient toujours proposer une prime à qui le ramènerait mort ou vif, le jeu continuait. C'était si drôle de voir courir les gendarmes, de voir courir les policiers... après un animal magique qui, après tout, était tunisien et plus fort qu'eux.

Enfin, un dénonciateur anonyme indiqua le refuge provisoire de l'animal.

A l'aube d'un matin d'automne 1932, l'attaque fut déclenchée. La maison repérée fut cernée. Un groupe de gendarmes armés jusqu'aux dents, commandé par un capitaine furieux, bloquait toutes les issues.

Le monstre était dans la cour, parmi les citronniers et le linge étendu, occupé à dévorer un lapin.

Par une porte minuscule, les gendarmes se faufilèrent à l'intérieur, d'autres grimpèrent sur le mur d'enceinte. Sur les toits alentour, les spectateurs s'entassèrent aussitôt. Un murmure montait des terrasses tandis que le capitaine furieux hurlait à s'époumoner :

– Tâchez de le prendre vivant!

Il était là, dos au mur, magnifique, oreilles dressées, gueule ouverte sur des crocs blancs d'ivoire, regard fou.

Chaque homme qui tentait de bouger reculait aussitôt. L'animal bondissait à la même seconde sur l'un ou l'autre avec une rapidité foudroyante et l'obligeait à reprendre sa place. Tactique intelligente, vu le nombre d'assaillants. S'il tentait d'en attaquer un en particulier, tous les autres lui tomberaient dessus. Il le savait. Comme disait Moktar, on lisait dans ses yeux lumineux comme des flammes, allant de l'un à l'autre, guettant le moindre geste : « Reste où tu es, je réfléchis. »

Il y avait une cage prévue sur un véhicule militaire, des hommes avec des filets, des lassos, des piques. Si les gendarmes avaient pu disposer de la technique du fusil anesthésiant, la chose se serait passée plus simplement.

L'animal se savait cerné dans cette cour intérieure dont les murs, hauts de plus de trois mètres, étaient défendus par des hommes en armes.

Un premier filet lui tomba dessus et fut réduit en lambeaux avant même que les lanceurs aient pu descendre dans la cour. La corde d'un lasso fut tranchée d'un coup de croc. Un groupe de six hommes armés d'une toile gigantesque s'approcha alors au plus près pour tenter de l'encapuchonner. Cinq furent mordus, qui au visage, qui aux bras, avant de s'enfuir éperdument, le sixième se débattit sous la toile comme un forcené, en hurlant qu'on le sorte de là.

C'était impossible. L'homme était doublement prisonnier, le chien s'en servant presque comme d'un otage et défiant quiconque s'approcherait de la toile.

Alors le capitaine, furieux, s'est résigné, d'autant plus que des toits et des terrasses, le public applaudissait. Un comble!

– Tout le monde en arrière, l'arme à l'épaule!

C'était un véritable peloton d'exécution. Trente fusils braqués sur la bête acculée.

– En joue...

Il grondait de toutes ses forces décuplées et faisait face au peloton, babines retroussées sur les crocs énormes et luisants, les reins creusés, la queue basse, les pattes arrière agrippées au sol de terre battue, prêt à bondir encore.

– Feu!

Un crépitement et le grand corps au pelage sombre tourbillonna sous l'impact des balles avant de retomber sur le dos, les pattes tendues vers le ciel, la gueule ouverte.

Mort la gueule ouverte comme un chien qu'il était.

Car c'était bien un chien. Peut-être croisé avec un loup. Un chien-loup, d'une taille effectivement impressionnante.

Le silence était sur les toits et sur les terrasses. Un silence de mort et de respect.

Le capitaine hurla :

– Sortez de là!

Le gendarme prisonnier de sa toile rampait prudemment pour en sortir et s'y replongeait aussitôt, terrorisé de se retrouver à quelques centimètres de la gueule énorme.

La poitrine puissante, musclée comme celle d'un cheval, était éclaboussée de sang. Les pattes, raidies dans un ultime bondissement avorté, tremblaient encore.

Secoués, choqués par cette exécution, les hommes contemplaient l'animal sans oser s'en approcher.

Il fallut quatre hommes pour le traîner et le hisser sur le dos d'un mulet. Même mort, il faisait encore peur aux enfants et les femmes s'enfuyaient en hurlant.

Une meute humaine et silencieuse suivit le cortège funèbre à travers la ville. A distance respectueuse. Sans oser toucher ou effleurer la fourrure épaisse et soyeuse d'un noir aux reflets fauves. Une collerette de poils plus longs et plus denses encerclait le cou. Le sang coulait sur les flancs du mulet.

Le regard surtout était insoutenable. D'étranges yeux d'or en amande, presque jaunes, qui regardaient le soleil en face, dans la mort, en un dernier défi.

Où Sliman, l'escroc de Tripoli, avait-il déniché cette bête infernale ? Comment ce voleur sans envergure avait-il décidé d'entrer dans le trafic d'armes avec ce moyen-là ? Comment l'avait-il dressé ? Où ? Sur qui ?

Où était sa planque d'armes ?

On ne la retrouvera pas. Ceux qui savaient se turent, comme d'habitude. Et même Moktar, assuré de ne plus représenter le « contrat » du loup, eut beau parcourir les ruelles et tendre les oreilles à les coller aux murs, il n'apprit rien.

Le chien savait, lui. Mais il n'y était pas retourné.

Pas fou, le loup. Fidèle à la consigne du maître,

peut-être... On a dit qu'il venait des repaires montagneux des Matmatas ou des Ksours, où les loups et les chiens, pourtant, ne sont pas légion. La légende le fit naître du désert, fils du vent puissant et du soleil implacable.

Ainsi défila, ensanglanté et à dos de mulet, cet assassin d'un autre monde qui devait sûrement plus à la cruauté humaine qu'à la génétique.

La combustion de la comtesse von Gorlitz

En 1847, Darmstadt, jolie petite ville du grand-duché de Hesse, dans la Confédération germanique, est menacée de scandale. Le chef de la police, Marcus Ulrich, a un problème incroyable. Il s'agit d'un crime atroce, et la victime est une comtesse allemande. On en parle déjà dans toute l'Europe, car il y a affrontement entre la médecine légale et la police.

La médecine légale dit : « Il s'agit d'une mort " inexplicable " mais naturelle. » La police dit : « Il s'agit d'un crime parfaitement explicable. »

Le chef de la police de Darmstadt a rendez-vous pour la dixième fois au moins avec le docteur Graff, chargé de délivrer le certificat de décès de la comtesse von Gorlitz, morte depuis six mois déjà et qu'il se refuse à établir, conformément à la justice, en des termes normaux. Le policier enrage dans ses moustaches, qu'il a fort longues selon la mode de l'époque. Il est bien décidé à mettre fin à cette histoire stupide de mort naturelle, prétendument inexplicable, à faire comparaître « son » assassin en justice, à le faire pendre, et à ce qu'on ne lui parle plus de cette histoire. De l'ordre, il veut de l'ordre, le chef de la police.

C'est donc au pas de charge qu'il traverse la place Louise, pâle copie de notre place Vendôme, à quelques centaines de mètres du château ducal, en direction d'une noble maison, l'hôtel particulier de monsieur le comte von Gorlitz, veuf récent et éploré.

Lambris, tapisseries, argenteries et candélabres, meubles épais, tapis profonds. Les von Gorlitz sont enracinés dans la noblesse allemande depuis si longtemps que le hall d'entrée est un véritable musée des ancêtres. Le chef de la police attend impatiemment le docteur Graff sous les regards hautains d'une galerie de portraits.

Dans cette maison, le docteur Graff est le médecin de famille. Il reçoit ses honoraires à l'année, car on ne règle pas le médecin à l'issue de sa visite, c'est inconvenant. Depuis toujours, il examine la gorge des domestiques, vérifie les grossesses des blanchisseuses et, surtout, suivait de près la santé de madame la comtesse von Gorlitz. Celle-ci était une femme d'une quarantaine d'années, assez jolie selon les critères de l'époque : un peu grasse, parfois essoufflée d'une chevauchée dans les jardins du château en compagnie d'un officier plus jeune et plus fringant que le comte son mari, lui-même trop occupé par les affaires politiques pour se préoccuper des bouffées de chaleur de sa noble épouse. Mais le problème n'est pas là. Le problème est ce maudit certificat de décès qui permettrait de faire pendre le coupable.

– Alors docteur Graff ? Ce rapport ? J'espère que cette fois-ci vos conclusions sont raisonnables ?

Le chef de la police est petit, bedonnant, hargneux et fumeur de pipe. Le docteur Graff est immense, maigre. Il déteste cette manie de faire de la fumée pour rien.

– Inspecteur, je pratique la médecine depuis plus longtemps que vous n'arrêtez les coupables. Et les innocents...

– Écoutez-moi bien, monsieur le spécialiste de la médecine, je n'ai pas l'intention de mourir de ridicule dans cette ville. Nous sommes dans la province de Hesse, pas en Bavière et, pour le ridicule, notre roi ne craint personne. Il s'agit d'une affaire criminelle et le diable n'a rien à y voir.

– Loin de moi l'idée de mettre le diable en cause.

Le ton du docteur Graff est sec, autoritaire, dominateur, vu les nombreux centimètres qui le séparent de son interlocuteur.

– Voici le dossier. Il démontre l'innocence du malheureux domestique que vous avez enfermé !

– Vous plaisantez ?

– Ce n'est pas mon genre, et vous le savez. Ce n'est pas celui non plus du docteur Siebold, mon confrère, que vous avez vous-même nommé contre-expert.

– Siebold est d'accord avec vos conclusions ?

– Malheureusement pour vous.

– C'est impossible. Tout le monde devient fou dans cette ville ? Je demande une autre expertise, je veux l'avis de la faculté de médecine de Hesse !

– A votre aise. Mais il faudra exhumer le corps à nouveau et, en attendant, il me semble difficile de laisser votre inculpé en prison.

– Vous n'êtes pas chargé de sa défense, il a un avocat.

– En effet, et son avocat est au courant de notre rapport. De plus, j'ai la conviction personnelle qu'il est innocent. Je le connais. C'est un valet de chambre irréprochable.

– Vous êtes contre la police, docteur Graff ? Vous persistez à croire à ces fichues histoires ? Moi, je n'y crois pas et je n'y croirai jamais! La comtesse a été assassinée par son valet de chambre. Il avouera un jour et vous aurez l'air malin!

– Je vous souhaite le bonjour, Monsieur!

– Le bonjour, Docteur, mais nous nous retrouverons!

Les rapports entre police et médecine légale s'enveniment. C'est même carrément la guerre. Une guerre de principes, une guerre d'idées et, pendant ce temps, dans une noire cellule de la prison de Darmstadt, un prisonnier terrorisé, soit par l'ampleur de son crime, soit par l'énormité de l'accusation qui pèse sur lui, continue de hurler son innocence.

Depuis des mois, il répond à chaque question :

– Ce n'est pas moi, je n'ai rien fait, je suis innocent, ayez pitié...

Et, à force de le répéter, il ne sait plus de quoi il parle, ni de quoi on lui parle. Il devient fou, du moins il en a l'air.

Qu'est-ce donc que cette histoire de fou ? Voici ce que contient le dossier du chef de la police de Darmstadt.

Un soir de juillet 1846, le comte von Gorlitz rentre chez lui, préoccupé par des affaires politiques de la plus haute importance. En arrivant au coin de la place Louise, devant son hôtel particulier, le comte réalise l'heure tardive et ne s'inquiète pas outre mesure lorsque le maître d'hôtel lui annonce :

– Madame la comtesse s'est retirée pour la nuit. Monsieur le comte dînera-t-il ?

Monsieur le comte dînera. Il s'accorde le temps d'un repas léger, puis gagne la chambre conjugale.

L'appartement des von Gorlitz est immense. Il est composé d'une chambre, de deux cabinets de toilette, d'un boudoir pour Madame et d'un fumoir pour Monsieur. Quant aux lits, ils sont si éloignés l'un de l'autre que la conversation est quasiment impossible entre époux.

Le comte procède silencieusement à sa toilette, revêt une robe de chambre en cachemire des Indes et, avant de se glisser dans son propre lit, avance d'une vingtaine de pas dans l'intention de saluer son épouse, au cas où elle ne dormirait point encore. Question de politesse conjugale.

Et au bout de ces vingt pas, il s'arrête, pétrifié. Non seulement le lit de son épouse est vide, mais là, à terre, sur le tapis d'Aubusson, il voit l'incroyable, l'horrible chose qu'il en reste. Car ce qu'il reste de la comtesse von Gorlitz n'est ni reconnaissable, ni descriptible, voire effarant.

La comtesse a brûlé. Mais comment est-il possible qu'elle soit brûlée à ce point ? Consumée, réduite à un petit tas de cendres noires, qui n'a plus de la comtesse que le fantôme d'un corps, un dessin, une sculpture de cendres...

Près de la comtesse, une petite commode de bois précieux également brûlée. Assez peu, presque rien en comparaison de l'état du corps. Une légère fumée grisâtre s'en échappe encore, mais elle est toujours sur pieds, simplement noircie dans la partie la plus rapprochée du corps. De même, le tapis d'Aubusson n'est carbonisé que sous le corps et le long de la forme humaine, mais il est intact pour le reste. Alors que le corps est en cendres.

Pétrifié est vraiment le mot ! Le comte a déclaré :

– Je n'ai pu dire un seul mot ni faire un seul geste avant longtemps. Je ne pouvais non plus détacher mon regard de cette vision d'enfer. La réalité avait basculé, je ne parvenais pas à croire à ce que je voyais.

Sa stupeur et son effroi dominés, le comte appelle aussitôt le docteur Graff.

Et le docteur Graff déclare devant ce spectacle effrayant :

– J'ai déjà entendu parler de cas semblables. Il s'agit d'une combustion spontanée.

Le comte avale l'information sans très bien comprendre.

– Spontanée ? Vous voulez dire que ma femme a brûlé toute seule ? C'est possible, ça ? Un corps humain peut brûler tout seul ?

– En effet. La chose est rare mais pas inconnue.

– Je ne peux pas croire à une telle chose. Qui vous dit qu'on ne l'a pas tuée et brûlée ensuite ?

– Mon cher comte, regardez autour de vous... Seul un incendie terrible, violent, et dont tout le monde se serait aperçu dans cette maison, aurait pu réduire le corps de votre femme de cette façon. Tout aurait brûlé, toute la pièce, tous les meubles, les lits, les rideaux, la maison entière aurait pris feu. Avez-vous senti quelque chose en arrivant ici ?

– Absolument rien. Aucune odeur particulière.

– Et les domestiques ?

– Le maître d'hôtel croyait ma femme endormie, il me l'a dit, les autres domestiques étaient couchés.

– Voyez-vous quelque chose qui fasse penser à un crime ? Un couteau, une cordelette, une arme quelconque ? A-t-on volé quelque chose, les bijoux par exemple ? Les fenêtres étaient-elles ouvertes ?

– Non... Enfin je ne sais plus. Le choc a été si terrible que je ne puis rien affirmer. Mais la police est prévenue, elle arrive.

– Vous avez bien fait, mais je persiste à penser qu'il s'agit d'une mort naturelle.

– Naturelle ? Ceci ? Vous appelez ceci une mort naturelle ?

– Inexplicable à notre bon sens, mais naturelle en effet. Et je suis prêt à signer le certificat de décès en ce sens.

– Écoutez, Docteur, je préfère attendre l'arrivée de la police. On m'a dit que le chef lui-même se déplaçait. Mon Dieu, quelle affreuse histoire, quelle mort insensée... Comment expliquer ceci à la famille, à nos relations ?

– Je vous le répète, c'est une mort naturelle.

– Un suicide alors ?

– Absolument pas ! D'ailleurs, la comtesse votre épouse n'était pas neurasthénique. Un peu, comment dirais-je... un peu nerveuse, sans plus. Comprenez ce que je veux dire, nombre de femmes de son âge le deviennent. D'autant qu'elle n'a pas eu d'enfants... Mais de là à parler de suicide. D'ailleurs, on ne peut pas se suicider au feu, c'est impossible, surtout de cette manière. Je vous le répète, il n'y a pas eu incendie. C'est une combustion spontanée.

Monsieur le comte aimait convenablement sa femme, cette mort l'endeuille, bien entendu, mais ce cadavre lui pose problème. Il est, en quelque sorte, inconvenant... immontrable à la famille. Il est hors de question d'habiller cette chose de ses plus beaux atours pour l'exposer entre dentelles et candélabres au chagrin des intimes. On ne peut même pas lui croiser convenablement les mains. D'ailleurs, ce ne sont plus des mains.

Cette nuit-là, c'est un comte vert de peur qui reçoit Marcus Ulrich. Un verre de schnaps n'a même pas réussi à lui rendre ses couleurs.

Marcus Ulrich, en policier responsable, doué d'une logique criminelle responsable, examine les lieux en professionnel.

– Docteur Graff, ce sont des élucubrations indignes d'un scientifique ! Ce meuble a brûlé, et il est tout à fait probable que le feu ait pris depuis ce poêle à bois!

Le poêle à bois en question, une petite merveille de faïence de Darmstadt dans les bleus et les gris, comme on n'en voit plus, avec sa grille en fer forgé, protégeant une porte épaisse, n'a subi aucun dommage. Et le docteur Graff sourit hautainement.

– Je vous rappelle que nous sommes en juillet. Je sais la comtesse frileuse; admettons qu'elle ait demandé qu'on l'allume, voyez vous-même, il n'a même pas noirci!

– N'empêche, il est chargé de bois et ce bois a brûlé. Il a pu s'éteindre faute de soins. Et il est encore chaud. Qui s'occupe de l'entretien de ce poêle, Monsieur le comte?

– Le valet de chambre, il dort. Je n'ai pas ameuté les domestiques, il est inutile qu'ils voient ma femme dans cet état et aillent cancaner je ne sais quoi en ville.

– Réveillez-le... Je veux lui parler.

Monsieur le comte va donc réveiller le valet de chambre, un brave garçon nommé Stauff, qui dormait à poings fermés dans les combles et se retrouve, ahuri, devant une scène d'un autre monde.

– Mais je n'ai pas allumé le poêle!

– Pourquoi est-il chaud alors?

– Il est possible que Madame la comtesse l'ait fait elle-même, hier soir. Il est toujours chargé, au cas où elle demanderait qu'on chauffe.

– Il n'y a que toi qui aies accès à la chambre de Madame, Stauff!

– Oui, Monsieur le policier.

– Tu es le seul à pénétrer dans cette chambre après 7 heures du soir?

– Oui, Monsieur le policier, mais Madame ne m'a pas sonné ce soir.

– Quel âge as-tu, Stauff ?

– Vingt-cinq ans, Monsieur.

– N'as-tu jamais eu de gestes impudiques envers Madame la comtesse ?

– Ça, jamais, Monsieur !

Le comte lui-même est choqué de la tournure de l'enquête.

– Je vous en prie, chef Ulrich... ma situation est déjà suffisamment tragique !

– Désolé, mon cher comte, je dois tout envisager. Stauff, où sont les bijoux de Madame la comtesse ?

– Je l'ignore, Monsieur, la femme de chambre s'en occupe.

Le comte s'énerve de plus belle.

– Les bijoux sont là, Ulrich ! J'ai vérifié avant votre arrivée. Il ne manque pas la moindre perle !

Mais Marous Ulrich s'entête. Ce valet de chambre a un air sournois, selon lui, et cette histoire de poêle chaud, qu'il prétend ne pas avoir allumé alors qu'il en a la charge, est très louche.

– Je le jure, Monsieur le policier. Madame l'a déjà fait d'elle-même...

– En plein été ?

– Je ne sais pas, Monsieur. Il arrive que les nuits soient humides...

– Avoue que tu as mis le feu au poêle ! Avoue que tu t'es servi d'une bûche enflammée, après avoir assassiné ta maîtresse !

– Je n'ai rien fait ! Ce n'est pas moi !

Le malheureux Sauff, suppliant, s'effondre à genoux devant son accusateur. Il est vrai qu'il a l'air sournois, mais ce n'est guère de sa faute, c'est une question de paupières, légèrement étirées, de nez légèrement busqué.

Le chef Marcus Ulrich serait-il en train de verser dans ce que l'on appelle de nos jours le « délit de sale gueule » ? Les présomptions sont en effet fort minces. Quel serait donc le mobile de Stauff ? Le vol ? Il n'existe pas. L'amour ? Faudrait-il envisager une vengeance issue d'une liaison entre ce valet dépourvu de charme et d'une intelligence limitée, et la très noble et très hautaine comtesse von Gorlitz ?

Le docteur Graff balaie les arguments du policier :

– Fichaises ! Vous supposez n'importe quoi ! Rendez-vous à l'évidence, même si ce garçon avait voulu mettre le feu, pour une raison que j'ignore, il n'y a pas eu incendie, c'est clair, ça se voit. Et je maintiens que les combustions spontanées existent bel et bien.

Ulrich refuse de l'admettre. Mais comme le docteur Graff rédige un certificat de décès dans ce sens, il se voit contraint de nommer un médecin contre-expert. Hélas, sa conclusion est identique. Marcus Ulrich vient de l'apprendre en ce jour de février où il quitte à nouveau l'hôtel particulier du scandale et traverse la place Louise d'un pas furieux.

Il est décidé à consulter la faculté de médecine tout entière. Ce Graff l'exaspère, il convient de lui faire mordre la poussière afin qu'il cesse de ridiculiser la police de la ville.

Les membres de la faculté de médecine, pour la plupart chenus et barbus, considèrent le problème posé avec circonspection. Ils se consultent longuement, avant de réunir enfin une commission spéciale dont fait d'ailleurs partie le docteur Graff, leur éminent confrère.

Durant ces longs mois de réflexion, Stauff, le valet de chambre, moisit dans une cellule. Régulièrement, Marcus Ulrich lui rend visite, hurlant, tentant sans relâche de le faire avouer :

– Dis-le que tu l'as tuée!

– Ce n'est pas moi, je n'ai rien fait!

Dialogue sans issue.

Le corps de la comtese von Gorlitz est exhumé, et la fine fleur de la science se penche sur les os calcinés, longuement, avec précaution, avant de déclarer à l'unanimité, moins la voix du docteur Graff :

– Il s'agit d'un incendie volontaire, et non d'une combustion spontanée!

Graff est en colère!

– Vous avez peur des conclusions! Vous vous conformez aux idées reçues! Vous ne tenez aucun compte de l'importance de la calcination! Vous savez pertinemment qu'elle est impossible à ce degré-là, sans un incendie gigantesque!

– Mon cher confrère... lui est-il répondu à voix basse et sur un ton mesuré... Mon cher confrère, il ne serait pas convenable de prendre en compte le surnaturel dans une Académie de médecine... Soyez raisonnable. Le scandale est déjà suffisant...

Marcus Ulrich triomphe. Contraint de libérer provisoirement son coupable, sur injonction de la défense, il lui remet la main dessus avec satisfaction.

A noter que le malheureux n'a pas pris la fuite durant cette parenthèse, ce qui semblerait être en faveur de son innocence.

Cette fois, donc, c'est la cour criminelle. Les mois ayant passé et s'étant transformés en années, nous nous retrouvons en 1850, dans le majestueux tribunal de Darmstadt, tout de lambris et de candélabres inquiétants, lumières approximatives pour une justice bien difficile à rendre. Les faits ne sont toujours pas clairs, en effet, et la Cour fait appel à deux célébrités scientifiques de l'époque, le baron Justus von Liebig et Théodore Bishof. Le baron Justus von Liebig est le célèbre inventeur des bouillons Liebig... mais aussi du lait artificiel pour les bébés et du pain chimique. Sa renommée est énorme. Il a créé le premier laboratoire-école de chimie en Europe. Une foule d'étudiants se presse à ses cours à l'université de Giessen et, depuis 1845, Louis II de Hesse-Darmstadt l'a fait baron.

A l'époque du procès, il est membre de toutes les académies savantes d'Allemagne, d'Angleterre, de la célèbre Société royale, membre des académies des sciences d'Amérique, et aussi de Paris. Il est considéré comme le premier créateur des techniques d'analyses chimiques et physiologiques.

Avec ses tablettes de bouillon, il a atteint une gloire contestable selon les puristes... Mais quoi, le bouillon Liebig est toujours là et, durant le siège de Paris, en 1870, il permit à nombre de citadins de ne point mourir de faim. L'homme est éclectique, aventureux, touche-à-tout, désireux de mettre la chimie au service de l'homme.

En passant, pour le plaisir : il a trouvé comment argenter le verre, comment blanchir à l'ozone les tissus végétaux, le papier par exemple, et il s'intéresse à l'étude des bouquets des vins...

Cela dit, son *Traité de chimie organique appliquée à la physiologie et à la pathologie* est une somme importante pour l'époque.

Donc, le baron Justus von Liebig et son éminent confrère non moins savant, le docteur Théodore Bishof, sont face au problème de la combustion spontanée d'un corps humain. Sujet fantastique. Et l'on oublie quelque peu dans cet enthousiasme de bagarre scientifique le malheureux Stauff, accusé d'avoir assassiné la comtesse, accusé d'y avoir mis le feu ensuite. On en oublie même la comtesse, pour ne s'occuper que de ses restes. Qui était la comtesse ? Avait-elle des ennemis, des amants ? Sa nervosité l'a-t-elle amenée à un suicide rocambolesque ?

C'est alors qu'en pleine audience, l'accusé Stauff se lève soudain et déclare :

– Je plaide coupable.

Il nie depuis le début et voilà qu'il se dit coupable ?

– Avez-vous fait des aveux ?

– Oui, j'ai fait des aveux au policier Marcus Ulrich.

Grimace de la défense et grimace aussi du juge. Il n'aime guère les aveux « spontanés », obtenus en prison, à l'ombre des grilles d'une cellule, sous le regard unique et comminatoire d'un policier.

– Voulez-vous renouveler vos aveux devant la Cour ?

– J'ai étranglé la comtesse et j'y ai mis le feu.

– Comment l'avez-vous étranglée ? A l'aide de quoi ?

– Je ne sais plus. Je l'ai peut-être assommée...

– Soyons clairs, Stauff... L'avez-vous étranglée ou assommée ?

– Je ne me rappelle plus. Peut-être les deux.

– Et quel était votre mobile ?

– Je n'ai pas de mobile ?

– Êtes-vous devenu fou, soudainement ?

– Je ne sais pas.

– Êtes-vous fou actuellement ?

– Je ne sais pas.

– Asseyez-vous.

Marcus Ulrich, le chef de la police, est impassible dans son coin, derrière ses moustaches. Il supporte avec tranquillité le regard furieux du docteur Graff. Mais...

Voici venir en ce tribunal les deux sommités scientifiques. Le baron von Liebig et le docteur Bishof, lesquels déclarent à la Cour, conjointement,le résultat de leurs expériences.

– Nous avons tenté de reproduire en laboratoire l'incendie d'un corps humain, dans des conditions semblables à celles de la mort de la comtesse von Gorlitz.

– Veuillez-nous faire part de vos conclusions, baron von Liebig.

La célébrité de Liebig enchante la Cour qui l'écoute religieusement énoncer la chose suivante :

– Il est impossible de mettre le feu à un corps et d'obtenir le résultat que nous connaissons sur celui de la comtesse.

Brouhaha... exclamations et murmures dans la salle. Le maigre docteur Graff relève le menton et le petit policier Ulrich mord ses moustaches. Le président calme le public mondain et demande alors :

– Votre expérience prouverait-elle qu'il a été impossible à l'accusé de faire brûler le corps ?

– C'est exactement cela. Il est absolument certain qu'un corps brûlant aussi intensément aurait nécessité, d'une part un feu bien plus important et que, d'autre part, il aurait communiqué l'incendie à tout l'étage de la maison. Ce sont nos conclusions après expériences. Les détails sont dans un rapport circonstancié, vous y constaterez que nous avons reproduit très exactement, ainsi qu'il convient pour une expérience de laboratoire, les conditions matérielles de l'environnement.

Ils ont même choisi un corps de femme. Dieu sait quel tollé provoquerait de nos jours ce genre de déclaration ! Mais le tribunal de Darmstadt, en 1850, ne se préoccupe pas du respect des cadavres ni de l'éthique scientifique. Au contraire, il apprécie. Imaginez qu'un corps de femme brûle plus vite qu'un corps d'homme ? Il s'agit d'être précis en tout.

Bien évidemment, la déclaration de von Liebig, natif de Darmstadt, célèbre dans le monde entier, pionnier de la recherche, fait une impression terrible au jury. Lequel se trouve bien ennuyé cependant. Le voilà devant un coupable qui avoue un crime impossible à commettre.

Restent les autres. Tous les gros bonnets de la faculté de médecine de Darmstadt, qui s'en tiennent, eux, à l'incendie volontaire. Qui ne veulent pas céder, même devant la célébrité de von Liebig. Tous ces mandarins confits sur leur siège académique pensent probablement que l'enfant du pays devenu riche et considéré de par le monde est un empêcheur de dormir. Nul n'est prophète en son pays. Jalousie, acrimonie ; bref, c'est non. Mordicus. Que von Liebig retourne à ses bouillons, son lait maternisé, son pain chimique et ses honneurs.

Mais le dossier criminel reste incertain. Pas de mobile. Des aveux tardifs obtenus par un policier au bout d'un an d'emprisonnement...

Quant à déterminer si oui ou non la combustion d'un corps peut être spontanée, il faudrait d'abord savoir si, dans ce cas précis, elle a pu être accidentelle. Sans rien brûler autour de lui, ce cadavre de comtesse est un mystère irritant. Une commode léchée par le feu... à peine noircie, une trace sur la table de toilette, le trou dans le tapis d'Aubusson...

Il reste que le dénommé Stauff ayant avoué est, en principe, condamné à mort. C'est la loi dans la province de Hesse, surtout lorsqu'il s'agit d'une comtesse. Le jury populaire ne semble cependant pas convaincu, ni par les aveux, ni par les expertises, car il choisit un moyen terme. Stauff est condamné à la prison à vie, dans un premier temps. Puis sa peine est ramenée considérablement et enfin, après une période assez courte d'emprisonnement, il est relâché, en conditionnelle.

Pourquoi donc ? Erreur judiciaire ? Accord souterrain avec Marcus Ulrich, du genre :

– Avoue, tu seras condamné, on n'en parlera plus et moi, je te fais sortir !

Par orgueil, la police de Darmstadt, qui ne veut pas céder, trouve ce subterfuge. Possible.

Considérons une autre hypothèse. Quelqu'un d'autre que le valet de chambre est coupable d'avoir carbonisé la comtesse. Quelqu'un de renom, qu'il est préférable de protéger, pour des raisons politiques. Posssible.

Considérons une troisième hypothèse. Il a été dit, sans vérifications possibles, que le baron von Liebig aurait déclaré :

– En réalité, l'expérience était impossible à refaire en laboratoire, très exactement dans les conditions décrites.

Quelles conditions décrites ? Un tapis d'Aubusson, une commode de bois précieux, un poêle de faïence ? Ou d'autres conditions... et décrites par qui ?

Stauff libéré, l'affaire continue son petit bonhomme de chemin dans les académies.

– Aucun chimiste digne de ce nom ne peut prêter foi à la combustion spontanée !

Liebig était un chimiste digne de ce nom, tout de même. Outre les inventions déjà citées, il avait découvert le chlorate, isolé le titane, un métal qui consent à fondre à mille huit cents degrés. Tout de même !

Autre chose de très important : dans les revues de médecine de l'époque, on peut trouver, répertoriés, un petit nombre de cas similaires. Un, en particulier, reproduisant très exactement le cas de combustion spontanée de la comtesse von Gorlitz.

Marie Jauffret, veuve d'un cordonnier, femme replète âgée de cinquante ans, adonnée depuis longtemps aux liqueurs fortes, termina ses jours par une combustion spontanée. Le rapport du médecin se résume ainsi :

Des restes de Marie Jauffret, je ne trouvai qu'une masse de cendres et quelques os calcinés. Une main et un pied avaient échappé à l'action du feu ainsi que l'occipital. Près du cadavre était une table intacte et, sous cette table, une chaufferette éteinte. La chaise sur laquelle se trouvait probablement assise Marie Jauffret au moment de l'accident avait le siège et les pieds à moitié carbonisés. Aucune trace de feu, ni dans la cheminée ni dans la chambre; tous les meubles existaient dans leur intégrité de sorte que, à l'exception de la chaise, aucune matière combustible ne me parut avoir contribué à une aussi prompte incinération du cadavre, opérée en l'espace de quelques heures.

Conclusions : en collationnant plusieurs rapports de combustions spontanées, il faut admettre que la chose ne se produit pas dans les conditions ordinaires d'une combustion par le feu, mais qu'il existe un ensemble de circonstances spéciales, provoquant et entretenant la combustion. Il a été remarqué que cette combustion spontanée ne frappait que les sujets atteints d'embonpoint, adonnés aux liqueurs fortes, dont le corps est en quelque sorte saturé d'alcool. Il se pourrait que la substance de nos tissus se combine à la matière alcoolique et provoque une réaction particulière facilement inflammable. Des gaz peut-être, que nul ne peut analyser au moment où ils se produisent, et capables de s'enflammer à la moindre étincelle.

Le baron Dupuytren (1777-1835), membre de l'Académie royale de médecine, chirurgien de Louis XVIII et de Charles X, grand patron de l'Hôtel-Dieu, maître d'enseignement supérieur d'anatomie et de pathologie, donne sa version de l'« accident » de combustion spontanée :

Une femme... – c'est toujours une femme que l'on cite, ce siècle était macho – *une femme, donc... rentre chez elle un soir, après avoir bu un certain nombre de liqueurs fortes. Il fait froid, elle allume un feu pour se réchauffer ou s'assied sur une chaise, sous laquelle est disposée une chaufferette remplie de braises. Au coma produit par l'alcool s'ajoutent les vapeurs de charbon. Le feu prend aux vêtements et, dans cet état comateux, la femme ne ressent pas de douleurs. Elle est dans une totale insensibilité. Le feu gagne, les vêtements s'enflamment et se consument. La peau brûle, l'épiderme carbonisé se crevasse. La graisse fond et coule à l'extérieur du corps. Une partie ruisselle sur le parquet, le reste sert à alimenter la combustion. Le lendemain matin, tout est consumé.*

Donc, la combustion spontanée existe. Donc, la comtesse avait un secret, elle buvait... Elle était replète sous ses robes de cour, dodue. Ayant allumé un peu de feu dans le poêle, sans avertir son valet de chambre afin qu'il ne la voie point en état d'ébriété, elle mourut solitaire, en combustion lente...

Et mystérieuse.

Il apparaît tout aussi mystérieusement que les combustions spontanées ne se produisent pas de nos jours. Les femmes ne seraient-elles plus aussi grasses ? Ne s'adonneraient-elles plus aux liqueurs fortes ? N'allumeraient-elles plus de chaufferettes à charbon, de poêle à bois ?

Il semble. La mode intime l'ordre de boire de l'eau, d'éliminer, d'être mince. Le chauffage est électrique, ou au gaz, il n'y a plus d'étincelle disponible pour entretenir la flamme du mystère.

L'enfant né du tombeau

Sur un lit de dentelle blanche, entouré de roses blanches, repose le corps de Maria Magdalena Goring, épouse bien-aimée de Rudolph Goring, décédée dans sa vingtième année.

Mystérieusement décédée. Comment une jeune femme alerte, au pied sûr, a-t-elle pu tomber accidentellement dans la rivière et en mourir ?

Autour de la couche funéraire, le prêtre et le médecin du village, tous deux presque aussi vieux que le vieux château des Goring. Ils sont arrivés trop tard. Le premier pour donner l'extrême-onction, le second pour ranimer la noyée.

Nous sommes en juillet 1901. Maria Magdalena aurait eu vingt ans aux vendanges. Belle comme la saison qui la vit naître, c'était un petit bout de femme fragile, noyée sous une cascade de boucles châtain qui avaient parfois, dans la lumière, des reflets prune. Elle riait comme un oiseau, trottinait comme une souris, s'essoufflait pour un rien et réclamait protection de tout.

Rudolph était beaucoup plus âgé que sa jeune épouse – presque quarante ans déjà. Il n'aura connu d'elle que deux années de bonheur fragile et délicat, après un triste célibat de misogyne convaincu.

Dernier représentant d'une famille jadis illustre mais appauvrie en ce début de siècle, il ne voyait guère l'utilité de prolonger cette décadence. Prendre femme, faire des enfants, remplir de cris et de rires le manoir sinistre, il n'y songeait pas jusqu'à cette apparition dans un jardin.

Maria Magdalena, une lointaine parente, si lointaine qu'il ne l'avait connue d'abord qu'en enfance, alors qu'il était déjà un jeune homme. Et puis, un jour, auréolée de ses dix-huit ans tout neufs, elle était apparue dans une robe de drap ivoire, brodée de fleurs mauves et bleues, la taille fine prise dans un gilet de Chantilly blanc. Une fleur dans un verger. Une fleur en visite, une fleur orpheline, sévèrement gardée par deux tantes redoutables.

Comme souvent en ces temps de féminité en esclavage, la visite des deux tantes n'était pas innocente : caser la jeune nièce sans dot à ce lointain neveu par alliance.

Rudolph, pourtant méfiant, avait complètement négligé le piège grossier, subjugué qu'il était par cette jeune fille qui lui souriait comme une offrande, dans le verger centenaire de son domaine. Ils avaient calculé, en zigzaguant sur l'arbre généalogique, qui était l'oncle du cousin de la tante, qui... Et ils avaient ri de leur bon tour. Tomber amoureux l'un de l'autre, au nez et à la barbe des deux marieuses!

Ainsi Rudolph, grand et mince, sombre philosophe, plus épris de livres et de musique que de féminité, était tombé en une seconde amoureux fou de l'apparition. On la lui offrait mais il l'avait choisie, élue, avec passion. Et Maria Magdalena, de son côté, éblouie par cette passion, libérée de son triste orphelinat provincial, s'était mise à courir dans le parc, à rire dans les couloirs sombres, à ouvrir toutes les fenêtres, et à réclamer des roses en son jardin.

Ce 25 juillet de l'année 1901, sous une ombrelle de dentelle, elle se promenait au bord de la rivière, seule, juste accompagnée d'un chien. Au soleil couchant, le chien était revenu sans elle. Et deux serviteurs, partis à la recherche de la jeune maîtresse, avaient retrouvé un petit corps sans vie sur la berge, à un bon kilomètre du château.

Le monde de Rudolph Goring s'est effondré en voyant revenir le cortège funèbre. Durant plus d'une heure, il a tout tenté pour rendre la vie à sa femme. Il aurait donné son souffle, sa vie, pour ramener des couleurs sur les joues ivoire, pour que cette poitrine fragile ait un sursaut. Pour réchauffer le corps de glace.

Le médecin, dès son arrivée, s'est penché sur la jeune femme. Le petit miroir devant la bouche ne s'est pas embrumé. La veine bleutée sur le cou de nacre n'a pas palpité. Alors, il a signé l'acte de décès et Rudolph s'est mis en prière, effondré sur le prie-Dieu du boudoir, touché à mort par une telle injustice.

La servante s'est approchée du médecin pour lui confier un secret que le maître lui-même ignorait.

– Madame était enceinte. Quatre mois, je pense. Elle attendait d'être sûre que tout irait bien pour l'annoncer au maître. Faut-il lui dire ?

A quoi bon ? A quoi bon alourdir la peine de ce malheureux en lui annonçant qu'il était plus que veuf ?

Et le prêtre ? Qu'en pensait-il ?

– Je bénirai l'enfant en bénissant la mère. Il vivait en elle, il est mort en elle, ils auront la même sépulture. Nous ferons ce chagrin au père plus tard. Que Dieu nous pardonne de mentir par omission.

Maria Magdalena sera donc inhumée dans le parc du vieux château, ainsi qu'il est de coutume, près de la chapelle, parmi les dernières demeures des Goring.

Par la fenêtre du salon, le jardinier observe la scène. Embauché récemment pour cultiver les roses de Maria Magdalena, il n'éprouve pas les mêmes sentiments que les autres serviteurs. Il est même assez indifférent au drame et songe surtout à sa place. Qui voudra des roses à présent ? Va-t-on le garder ? Rudolph Goring n'a rien d'un riche propriétaire, toute sa fortune est représentée par ce château, dont la moitié est en ruine. Le salaire du jardinier était une charge pour lui, les roses mourront avec leur maîtresse, le jardinier s'en doute. Il l'a deviné au regard sombre de Rudolph alors qu'il lui intimait l'ordre de couper toutes les roses de juillet pour en faire l'ultime sépulture de son épouse. Une moisson de velours et d'épines que Rudolph a lui-même disposée sur la couche mortuaire.

Le jardinier s'approche un peu plus près de la fenêtre et observe. Demeuré seul, Rudolph se livre à un étrange cérémonial. Il tient entre ses bras un petit coffret d'où il sort un par un des bijoux somptueux, dignes d'une princesse.

Le jardinier écarquille les yeux de surprise. Dans ce château où l'argent est si rare, voilà soudain qu'apparaît un trésor. Rudolph tient dans ses mains un collier dont les émeraudes et les diamants étincellent à la lueur des candélabres. Il s'approche et, cérémonieusement, l'accroche délicatement au cou de l'épouse défunte. Puis il sort du coffret un bracelet aussi étincelant, qu'il glisse au poignet, enfin, il dispose sur la poitrine de sa bien-aimée deux boucles d'oreilles comme deux larmes vertes... Cette parure est tout ce qu'il reste de la magnificence ancienne des Goring, jadis comtes et fidèles sujets de l'empereur d'Autriche.

Après Maria Magdalena, il n'y aura plus d'autre femme dans la lignée, les Goring s'éteindront et c'est à elle que Rudolph confie l'héritage familial, qu'il enterre définitivement. Geste théâtral et suicidaire financièrement, car le moindre de ces diamants, la vente de la plus petite de ces émeraudes redonneraient au vieux château un toit convenable, des écuries, des chevaux, des calèches...

Olaf Berguer, le jardinier, est complètement fasciné par ce désastre. Les seigneurs sont d'étranges humains. Comment peut-on sacrifier ainsi une telle fortune au nom de l'amour ? C'est ridicule. Le maître ne peut pas faire cela. Ce doit être un rite, une dernière parure qu'il reprendra au moment de l'inhumation. Nul ne peut être fou à ce point.

S'il le pouvait à cette seconde, Olaf s'emparerait bien d'une seule de ces boucles d'oreilles. Une seule lui suffirait à rentrer chez lui, dans son village, et à y bâtir la plus belle des maisons. Il en a les yeux écarquillés de convoitise, le cerveau bloqué, il en transpire de désir.

Olaf recule silencieusement et se rend comme les autres domestiques à la chapelle pour y préparer la cérémonie funèbre.

Maria Magdalena doit reposer dans le caveau de famille, lequel se trouve au bout d'un escalier de pierre qui descend abruptement dans les profondeurs de la chapelle du château. La crypte est humide, il y règne un froid glacial.

Le 26 juillet, lendemain de la mort de Maria Magdalena, les domestiques déposent dans la chapelle le corps de la jeune femme, recouvert d'un linceul blanc qui ne laisse dépasser que son visage, superbe jusque dans la mort.

Rudolph y passe toute la nuit en prière. A bonne distance, caché derrière un pilier, Olaf le jardinier guette. Les bijoux sont-ils toujours là ? Comment savoir ? Il lui semble bien deviner sous le drap blanc la forme du collier. Mais il voudrait en être sûr.

Une longue nuit de prière. Une longue nuit d'attente. Enfin Rudolph s'approche, se penche sur le corps, replie le linceul, et s'abîme dans le spectacle de cette beauté qui va lui échapper demain, qui va disparaître sous une lourde pierre, dans la nuit du caveau.

Depuis son coin d'ombre, le jardinier distingue l'éclat des diamants. Celui, aussi, plus sombre des émeraudes.

Deux jours ont passé. Vient enfin la cérémonie funèbre. La messe est courte dans la chapelle. Le prêtre a parlé de rédemption, de Paradis, d'un ange rappelé à Dieu. Puis, Rudolph et un serviteur descendent eux-mêmes le cercueil dans la crypte, à pas lents pour ne pas glisser sur la pierre moussue. Il ne manque que la dalle gravée, le marbrier du village doit la livrer dans quelques jours.

Le prêtre s'en va, suivi des domestiques. Rudolph demeure seul devant le cercueil. Il ne se résigne à regagner le château qu'à la nuit tombée. Inconsolable, il s'est endormi de chagrin.

Or, pendant ce temps, à l'auberge du village, Olaf le jardinier, le cerveau quelque peu embrumé par la bière, accroche l'épaule d'un ami. Une sorte de brute au regard surbaissé sous d'énormes arcades sourcilières, dans lequel l'on chercherait vainement une lueur d'intelligence. L'homme s'appelle Bertie. D'ordinaire, il est employé à l'auberge, au soin des chevaux de passage et à divers travaux de force.

D'une voix pâteuse, le jardinier demande :

– Eh, Bertie ! t'as peur des morts ?

– Pourquoi que j'aurais peur des morts ? Ça ne peut pas te mordre, un mort.

– Écoute... Bertie... J'ai une affaire à te proposer.

Bertie écarquille deux petits yeux porcins et s'efforce de comprendre. Quel genre d'affaire pourrait bien lui proposer ce petit malin de jardinier ? Détourner une charrette de fumier ? Dérober des paniers de cerises pour les revendre au marché ? Échanger un cheval boiteux contre un alezan de calèche ?

– Écoute bien, Bertie. Tu sais qu'on a enterré la dame du château aujourd'hui ?

– Je sais. Pourquoi tu parles si bas ?

Bertie prête l'oreille car son camarade de beuverie murmure avec prudence, en examinant alentour les clients de l'auberge.

– Elle est là-bas, Bertie... dans cette espèce de petite église qu'ils ont dans le parc... Et moi, j'ai tout vu avant qu'il referme le cercueil.

– T'as vu quoi ? Le diable ?

– Tais-toi donc, ne crie pas si fort. J'ai vu le Maître. Il lui a mis plein de bijoux sur le corps, des bijoux comme je n'en ai jamais vu et toi non plus, pour sûr. Des choses de princesse... Y'en a pour une fortune.

– Ah bon ? C'est bien des idées de riches, ça...

– T'as raison... Et là où elle est, cette pauvre femme, ça peut pas lui servir. Si on ne fait rien, voilà une fortune perdue pour tout le monde...

– Ben, qu'est-ce que tu veux faire ?

– Et si on allait rendre une petite visite à la morte ? Qu'est-ce que t'en dis, Bertie ?

– Ben, c'est pas des choses qu'on fait. C'est sacrilège. On va pas fouiller chez les morts sous la terre... Ça, non...

– Écoute, Bertie. Personne ne le saura. On remettra tout en place. On fera même une prière. Et puis on partagera. Je te donnerai un beau diamant. Tu sais ce que c'est qu'un diamant ?

– Ben, je n'en ai jamais vu.
– Ça vaut plus cher que l'or.
– Plus cher que l'or du ciboire de la messe?
– Et comment!
– Qu'est-ce qu'il faut faire, alors?
– Y'a qu'à ouvrir la grille, c'est tout. Après, on n'aura plus qu'à se baisser pour ramasser la fortune. Juste un cercueil à ouvrir. Ce n'est pas difficile.

Quelques bières de plus, quelques beaux rêves... et Bertie se laisse prendre dans l'histoire. Voici qu'Olaf l'entraîne insensiblement au-dehors...

Voilà donc les deux hommes dans le parc, glissant d'arbre en arbre jusqu'à l'entrée de la chapelle dont l'ancienne croix gothique paraît bien menaçante sous la lune de juillet.

Les deux voleurs se faufilent jusqu'à la grille de fer forgé, à l'entrée de la crypte. Olaf la croyait fermée et avait besoin des muscles de son compagnon pour la forcer. Or, le battant cède à la première pression. L'énorme clé pend au bout d'une chaîne, personne n'a fermé. Probablement dans l'attente de l'installation de la dalle de pierre.

Les deux hommes descendent l'escalier de pierre, prudemment, dans l'odeur humide de moisi et le froid glacial du caveau. Puis Olaf bat le briquet et désigne le cercueil au fond du trou.

– Vas-y, Bertie, ouvre-le.

Rien n'est plus lâche, rien n'est plus méprisable que des profanateurs de tombes. Ce sont des êtres en état d'aliénation mentale pour la plupart, ou des fanatiques, ce qui revient quasiment au même. Au siècle dernier, les pilleurs de tombes exerçaient assez souvent leurs méfaits, car on enterrait les morts parés de leurs bijoux personnels, des alliances toutes simples, le plus souvent. Mais les horribles fossoyeurs, exerçant parfois officiellement ce métier, s'étaient spécialisés dans la récupération des alliances, chaînes de cou ou de montre, dents en or et boucles d'oreilles. Les peines encourues étaient lourdes. Pourvu qu'elles le soient encore... car les lâches et les déments de ce genre fréquentent encore les cimetières, nous le savons depuis peu.

Bertie pose ses énormes mains sur le cercueil, tandis qu'Olaf lève une vacillante bougie, afin d'éclairer la sinistre besogne. Il s'agit de dévisser le dessus du cercueil. Bertie s'y emploie avec force, il sort même un couteau de sa poche pour aider à l'ouvrage.

– Ne fais pas ça, imbécile! Si quelqu'un voit les traces, on sera pris...

Mais les mains de Bertie ont beau être larges et solides, les vis lui échappent. Olaf décide :

– Reste-là, éteins la bougie quand je serai parti. Je vais chercher un outil dans la grange.

– Je ne veux pas rester tout seul.

– T'avais dit que tu n'avais pas peur des morts, imbécile! Mauviette!

– Eh! Je ne suis pas une mauviette, tu veux que je t'étrangle d'une main pour voir?

– Arrête Bertie, Écoute-moi. Je suis plus malin que toi, t'es d'accord?

– Tout le monde est toujours plus malin que moi... Le patron me le dit sans arrêt.

– Il a raison. Alors écoute-moi. Je vais chercher un outil pour dévisser. Tu éteins et, quand je reviendrai, je sifflerai deux coups, tu rallumeras la bougie pour que je descende.

– Pourquoi je ne peux pas garder la bougie...

– Parce qu'on pourrait te voir, si jamais le Maître venait faire une prière... Quand je reviendrai, tu rallumeras et moi, je ferai le guet pendant que tu dévisseras. Si quelqu'un venait, on aurait le temps de se cacher, tu comprends?

Bertie est d'accord. Il attend, pas longtemps. Une dizaine de minutes seulement. Mais lorsque le jardinier revient et siffle deux fois, il crie :

– Je suis là!

Le diable est avec eux. Pour l'instant, du moins, car personne n'entend ce cri intempestif qui fait blanchir de trouille le jardinier Olaf.

– Ferme-la, imbécile... Mais ferme-la!

Certes, le diable est avec eux, et il ne les quittera plus.

Rassuré par le silence opaque, il est plus de minuit, Olaf se poste à quelques mètres du tombeau et regarde Bertie dévisser le cercueil.

– Pose les vis à côté de toi, ne les fais pas tomber, il faudra les remettre.

S'il savait, l'affreux Olaf! Il ne se croirait pas si malin...

La tombe étant relativement profonde, Bertie est contraint de se mettre à plat ventre au bord du trou pour retirer le couvercle du cercueil. Il peine mais fait glisser le couvercle verticalement. Il aperçoit maintenant le linceul, se penche, attrape le drap un peu au hasard, tire, et pousse un grognement d'extase :

– Ben dis donc... Qu'est-ce que c'est beau... Qu'est-ce que ça brille...

– Dépêche-toi, bon sang!

– Faut que tu me retiennes par les pieds, Olaf. Le collier, je ne peux pas le défaire d'une main.

Bon gré mal gré, Olaf le lâche est bien obligé de s'approcher du cadavre de sa maîtresse. Il en transpire de peur malgré le froid de la crypte. Mais la vue du fabuleux collier lui redonne des forces. Il attrape les deux pieds de Bertie, s'arc-boute et ordonne :

– Vas-y, tu peux lâcher les mains... Dépêche-toi, t'es lourd.

Lentement, les bras en avant, Bertie glisse ses mains derrière le cou de la jeune morte et bataille avec un fermoir dont il ne soupçonnait pas la difficulté.

– Je n'y arrive pas. J'ai les doigts trop gros.

Olaf le jardinier s'énerve. Il n'en peut plus. De peur, d'envie d'attraper ces bijoux à portée de main, d'envie de détaler, d'envie d'étrangler ce lourdaud.

– Sors de là ! Tu vas me tenir, c'est moi qui vais le faire.

Cette fois, la chose paraît plus facile. Olaf est bien plus maigre, ses doigts plus agiles. Bertie n'a aucune peine à le maintenir presque à l'aplomb du tombeau.

Les mains sacrilèges glissent sous la nuque. Le profanateur fermerait bien les yeux, s'il le pouvait, devant ce visage si blanc, ces mains diaphanes, croisées sur la poitrine, qui tiennent une rose blanche et les deux larmes d'émeraude, fixées à la dentelle de la robe mortuaire.

Si Olaf s'était contenté de dégrafer les boucles d'oreilles, peut-être... peut-être qu'il n'aurait pas vu ce qu'il a vu. Mais il voulait avant tout le gros du trésor. Le superbe collier.

Alors, il a soulevé la tête fragile et a tiré sur le bijou pour mieux voir le fermoir compliqué.

Olaf faisait-il un cauchemar ou cette nuque frémissait-elle réellement sous les cheveux tièdes ? Vivante...

Dans la bibliothèque où il somnole, Rudolph Goring entend soudain un cri. Plus qu'un cri. Un hurlement, une plainte, un appel... Mon Dieu, cette voix, cette petite voix aiguë comme le cri d'un oiseau !...

Rudolph bondit comme un diable et se penche à la fenêtre. Il ne rêve pas, ce n'est pas un cauchemar, il entend bien une voix, celle de Maria Magdalena, sa femme, qui appelle de la chapelle... La voix vient d'outre-tombe.

Alors Rudolph court, court à travers les arbres du parc, le cœur en chamade, trébuchant dans le noir, guidé par cette voix aiguë, qui lui demande de l'aide :

– Rudolph... Rudolph... aide-moi... Rudolph!

Il dévale les escaliers dans le noir, au risque de se rompre le cou. La voix est toute proche. Il bute sur quelque chose, un corps renversé, auquel il ne prêtre pas attention. C'est Bertie.

La bougie fume dans un candélabre et diffuse une lumière fantomatique. Rudolph voit le couvercle du cercueil, il se penche vers le trou béant du caveau et se fige, glacé de terreur, devant un spectacle effrayant.

Le corps d'un homme pèse de tout son poids sur celui de Maria Magdalena dont il voit les bras se débattre, se tendre vers lui, s'agripper au corps de cet homme pour le repousser. La voix bien-aimée appelle désespérément :

– Rudolph... au secours! Rudolph, où suis-je? Que se passe-t-il, mon Dieu... Sauvez-moi! Rudolph!

Rudolph est là, hébété, paralysé, le cœur soulevé d'une émotion si violente, qu'il a du mal à se pencher à son tour, à empoigner le corps de cet homme, à le tirer hors du tombeau.

Deux bras blancs se tendent alors vers Rudolph qui se précipite et descend dans le caveau pour serrer contre lui une revenante.

Maria Magdalena est vivante! Vivante! C'est à devenir fou! A mourir d'émotion!

Il palpe le visage, la poitrine, les mains. Elle a froid, mais elle vit. Les jolis yeux noisette cernés de bleu, affolés, ne comprennent pas :

– Où suis-je Rudolph ? Que s'est-il passé ? Mon Dieu, ces hommes horribles ! J'ai eu si peur en me réveillant !

Trois jours après sa mort, Maria Magdalena était donc vivante...

Il fut un temps où ce genre de choses arrivaient. Arrivent encore parfois, rarement. Coma profond, catalepsie, corps refroidi, en état de survie imperceptible et indécelable. En tout cas, en 1901, avec les moyens de l'époque, le médecin prévenu de la noyade a cru de bonne foi à la mort de la jeune femme.

Appelé par Rudolph, il accourt au trot de sa calèche, se penche sur la revenante et n'en revient pas lui-même.

– On m'a rapporté une histoire semblable au siècle dernier... Une malheureuse marquise, en France, ainsi dépouillée par sa servante dans son tombeau. La servante a voulu se venger et a giflé la malheureuse avant de lui dérober ses bijoux Puis, la voyant revenir brutalement à la vie, elle s'est évanouie de peur et est restée démente pour la vie... Où sont les coupables ?

Au fait, c'est vrai, où sont les coupables ? Rudolph serait presque prêt à les remercier... Olaf et Bertie... Comment ont-ils vécu cet instant ?

Mal. On s'en réjouit pour eux. Le premier a hurlé de terreur en sentant une main repousser la sienne...

Maria Magdalena revenait lentement à la vie ; l'air, après l'ouverture du cercueil a accéléré le processus. Le geste pour lui relever la tête l'a réveillée. Sa main s'est levée pour comprendre ce qui l'effleurait, ses yeux se sont ouverts, ont vu tout près le faciès de l'immonde jardinier. Elle s'est débattue immédiatement et Olaf, saisi de la terreur qu'on imagine, s'est évanoui instantanément sous le choc

Quand à Bertie, il a lâché prise, s'est effondré sur le sol de la crypte, paralysé, réduit à l'état de pierre, les yeux révulsés. Fou. Il fut condamné à des années de prison, comme Olaf le jardinier. Mais des années qui ne leur servaient plus à rien. Hors du monde des vivants. Déments.

La vie reprit au château.

– Votre femme attendait un enfant, Rudolph, il vivra.

L'enfant naquit en effet, de la tombe. Et il vécut, assurant ainsi la descendance des Goring.

Mais Maria Magdalena ne survécut pas aux douleurs de l'enfantement. Son extraordinaire aventure de mort l'avait fragilisée encore davantage. Quelques semaines après la naissance de l'enfant, elle mourut pour de bon cette fois.

Rudolph attendit longtemps pourtant, à son chevet. L'ayant déposée dans la crypte une seconde fois, il interdit que l'on fermât le cercueil et le garda ouvert au-delà du supportable. Il fallut l'arracher à cette veillée funèbre.

L'on dit que Maria Magdalena fut à nouveau enterrée sous la lourde pierre, gravée cinq mois avant sa véritable mort, parée de ses bijoux somptueux. Où ? Il est hors de question de le révéler.

On dit, dans la campagne viennoise, que les diamants brûlent les yeux des profanateurs, enflamment leur cerveau et les guident en enfer. C'est sûrement vrai.

Le silence de mort

William Murris dort profondément dans son cottage de Los Angeles. A côté de lui, Suzanna, son épouse, dort moins profondément. Elle s'agite, se retourne, se redresse sur un coude, soupire et siffle avec désespoir, pour faire cesser les ronflements de son époux. William est obèse. Chacun de ses poumons semble souffrir terriblement de la position allongée et emmagasiner si peu d'air à chaque inspiration, que chaque expiration provoque une terrible douleur. Suzanna n'en peut plus. Soudain elle secoue violemment le dormeur :

– William, réveille-toi... William, j'ai entendu des coups de feu... Mais réveille-toi, bon sang!

William grogne, les yeux clos :

– Je dors. Fous-moi la paix!

Suzanna a réellement entendu des coups de feu. L'énervement du manque de sommeil et l'angoisse lui font dire des choses qu'elle retient depuis longtemps :

– Oh non! Tu ne dors pas, tu ronfles comme un porc depuis des heures. Je n'appelle pas ça dormir, j'appelle ça empêcher l'autre de dormir! Réveille-toi ou je t'assomme. On a tiré dehors!

William Murris se redresse sur ses oreillers avec

difficulté, s'étire, bâille et, poussé par sa femme, se lève enfin pour aller mettre le nez à la fenêtre.

Il n'entend rien, ne voit rien. Il râle à son tour.

– Tu as rêvé! Qu'est-ce qui te prend de me réveiller en pleine nuit? Si tu ne supportes plus de dormir dans mon lit, il y a le canapé du salon!

Et William Murris se remet au lit en grommelant, grommellements qui se transforment rapidement en nouveaux ronflements.

Deux heures passent, l'aube pointe doucement derrière les volets. William ronfle toujours avec une volupté indécente. Suzanna s'apprête à abandonner le combat pour aller boire un café lorsque, à nouveau...

– William, ça recommence! Réveille-toi! Fais quelque chose! Va voir!

– La paix, Suzanna...

– Ah non, cette fois, pas question! Je te dis que ça recommence, on tire! Quelqu'un pleure... J'entends des lamentations, des prières plutôt, William, je t'en prie, ça vient de la maison des Madison...

– Nelly? Pourquoi voudrais-tu qu'elle se lamente à 5 heures du matin? Elle a dû mettre la radio!

– Ils n'ont pas de radio, William!

– Alors, c'est un chat qui miaule...

– Et les coups de feu?

– Ils sont dans ta tête les coups de feu!

– William, lève-toi! Je suis sûre que c'est grave!

William se lève tout de même.

– Bon... d'accord... J'y vais. J'y vais pour te mettre le nez dans ta bêtise.

Il enfile une robe de chambre douillette sur son pyjama, met ses chaussures, cherche son chapeau et sort dans l'aube bleuâtre de cet hiver 1931. Il franchit en frissonnant les quelques mètres qui séparent son cottage de celui des Madison et frappe. Pas de réponse. Il sonne, frappe à nouveau, appelle et attend. Il n'obtient rien que le silence. Mais un silence étrange. Il est des silences bienfaisants, des silences réparateurs, des silences paisibles. Ce silence-là est angoissant... Même le gros et placide William Murris le ressent. Voilà qu'il a peur tout à coup là, devant cette porte muette, ce silence anormal...

Derrière, en chemise de nuit sur le pas de leur porte, Suzanna lui crie :

– Enfonce la porte si on ne répond pas, c'est pas normal !

Prudent et circonspect, William fait d'abord jouer la poignée et recule de surprise. La porte s'ouvre toute seule...

William Murris n'est pas un héros. Il ne fonce pas au-devant du mystère, du danger. D'ailleurs, il ne fonce jamais sur rien. C'est donc à pas lents qu'il pénètre dans le vestibule et cherche, en tâtonnant, la porte du salon. Il est venu souvent chez ses voisins, mais ne connaît pas pour autant l'emplacement des interrupteurs... Dans le salon, il prend le temps d'accoutumer son regard à la pénombre et distingue peu à peu un rai de lumière sous la porte voisine, celle de la chambre à coucher. Il stoppe immédiatement sa progression.

De quoi aura-t-il l'air s'il trouve les Madison en petite tenue et batifolant tranquillement comme les deux jeunes mariés qu'ils sont ? Suzanna n'a même pas pensé à cela... « Des gémissements, des pleurs » dit-elle... Sa conception des joutes amoureuses retarde de plusieurs années...

William hésite toujours mais se rappelle autre chose. Suzanna a parlé de coups de feu cette nuit. On ne sait jamais... Alors, prudemment il appelle :

– Eric ? Nelly ? Vous êtes là ?

Toujours ce silence, cet insupportable silence alors qu'il y a là un rai de lumière... Le gros estomac de William Murris commence à se nouer désagréablement. Il avance, frappe à la porte :

– Eric... Nelly... répondez-moi ! Tout va bien ? Vous êtes là ? On a entendu des bruits... Enfin, répondez !

Silence. Alors, William pousse doucement la porte de la chambre à coucher, très doucement... les mains moites, la gorge serrée, car il a véritablement peur maintenant.

Sous son regard sidéré, un décor atroce : Nelly Madison est agenouillée à terre, elle tourne vers William un visage déformé par la terreur, au regard atrocement fixe. Les immenses yeux clairs paraissent plus immenses encore, démesurés. Et, en apercevant son voisin, elle pousse soudain un cri d'angoisse effrayant. Un hurlement si profond, tellement inhumain, que le malheureux William a l'impression d'être soudain enveloppé par ce hurlement, comme par un tourbillon d'horreur. Il en est statufié et muet un certain temps avant d'apercevoir à terre le corps d'Eric Madison. Immobile.

Nelly Madison est son épouse depuis cinq ans. C'est une jeune femme mince et brune, au visage de madone, aux grands yeux verts. Une vraie beauté. Mais, en ce moment, elle a l'air d'un monstre. Bouche ouverte sur le hurlement, les traits distendus, le long cou mince, crispé, tendu comme un arc sous la violence du cri. Et soudain le silence. Elle se tait, aussi brutalement qu'elle a hurlé. Elle contemple le corps de son époux, tout habillé, et baignant dans une mare de sang. William n'a jamais vu autant de sang d'un seul coup. Plusieurs blessures au ventre, à la poitrine et à la tête d'Eric, laissent encore échapper de minces filets rouges.

Toujours pétrifié devant ce spectacle, William Murris a du mal à arracher ses yeux de tout ce rouge visqueux. L'odeur caractéristique lui parvient, fade, oppressante. Bizarrement, un crucifix a été placé sur la poitrine du mort. Deux bougies brûlent dans des chandeliers d'argent placés à sa tête, des fleurs retirées d'un vase ont été répandues sur le corps et sur le sol, comme pieusement effeuillées.

William Murris voit enfin les détails, il sort lentement du premier choc provoqué par ce spectacle insensé. Il réagit, s'ébranle enfin, veut s'approcher du corps. C'est à ce moment que Nelly se jette sur lui, en bafouillant des mots incompréhensibles. Elle s'accroche à ses épaules, s'agrippe à sa poitrine, retombe à genoux, se remet à psalmodier d'étranges prières, dans un langage inhumain. Il est fait de plaintes, de chants, de cris, de larmes... Une bête gémissante.

Il doit y avoir des heures qu'elle est ainsi. C'est donc cela que Suzanna a entendu cette nuit. La mort d'Eric doit remonter à 3 heures. Il s'est vidé de son sang... personne n'a rien fait pour le sauver. William, effrayé, pense soudain que, s'il était venu voir plus tôt, Eric ne serait peut-être pas mort. Il est désorienté, tout se mêle dans sa tête, les détails, l'horreur immense et ce qu'il faudrait faire maintenant. Quoi ? Ah oui, appeler la police. Il cherche le téléphone, ne le trouve pas. Alors il veut faire de la lumière, mais, à peine a-t-il trouvé l'interrupteur et allumé, que Nelly Madison se dresse comme un diable, le bouscule, et s'enfuit dans la rue.

William n'a pas le temps ni le réflexe de la poursuivre. Il se sauve à son tour. Rester seul dans cette chambre horrible est au-dessus de ses forces. Expliquer ce qui se passe à Suzanna, il en est même incapable. Il la laisse entrer à son tour, l'entend hurler de peur et revenir en courant. C'est elle qui prend le téléphone et appelle la police. Elle qui explique ce qu'elle a vu ; elle qui secoue William devant les uniformes, quelques minutes plus tard :

– Où est Nelly ? Tu as vu Nelly ?...

– Elle... s'est enfuie quand j'ai allumé... Elle a couru, elle a disparu dans la rue. Je n'ai rien compris à ce qu'elle disait. Elle avait l'air complètement folle, c'était affreux...

Nelly est évidemment la seule à pouvoir expliquer le drame qu'elle a vécu. La seule à pouvoir dire comment est mort son mari. A qui appartient le revolver abandonné sur le tapis. Pourquoi il y a eu plusieurs coups de feu, à deux heures d'intervalle alors qu'il n'y a qu'un mort.

Mais Nelly Madison demeure introuvable pendant vingt-six jours. Plus de trois semaines durant lesquelles les enquêteurs n'ont à se mettre sous la dent que le témoignage de Suzanna et William Murris. Et la police n'avance pas dans ce crime bizarre.

Le couple était donc marié depuis cinq ans. Ils étaient, selon le voisinage, amoureux et sans histoires. Eric, chef comptable dans une société de production cinématographique de Los Angeles. Un homme sérieux, calme, pondéré, aux petites lunettes rondes, le cheveu ras, portant cravate et costume sombre. L'air d'un fonctionnaire tranquille. De son vivant, il avait l'œil plutôt gai derrière ses lunettes de myope, la bouche facilement souriante et le teint frais d'un homme qui ignore les abus, dort bien, n'a d'autre souci que ses livres de compte et les fleurs de son jardin. Pas de liaison.

Nelly, si jolie, si grande, si mince, malgré son visage de madone et ses immenses yeux verts, ne s'occupait pas non plus du mirage de la pellicule. Elle s'occupait de sa maison, avait toujours un sourire pour les voisins, faisait de la couture et s'habillait elle-même. Joliment. Parfois le couple recevait des amis, leur grande gentillesse était admise par tous. Ils semblaient s'aimer beaucoup, leur bonheur était rassurant, leur tendresse si visible que tous les témoins interrogés sont prêts à parier que leur ciel était sans nuage au-dessus du pavillon, du jardin fleuri, depuis cinq ans.

Mais cette nuit d'hiver 1931 a transformé le couple tranquille en personnages d'un cinéma fantastique. Un mort exsangue, des cierges, des fleurs éparpillées, un crucifix, un fantôme d'épouse hurlant des prières incompréhensibles, avant de disparaître... Les journaux sont à court d'hypothèses. La police tente d'en établir une.

On sait qu'Eric Madison a été tué de trois balles de revolver. Que ce revolver lui appartenait, que les empreintes relevées sur la crosse sont en partie celles de sa femme et en partie celles d'un inconnu. Donc... Il y aurait trio. Amant peut-être, et crime passionnel.

Le vingt-septième jour de l'enquête, un promeneur visite une grotte près de Dorbanks, à quelques kilomètres de Los Angeles. Il entend quelque chose, un souffle, au fond de cette grotte. Il pense à un animal, s'approche et découvre une femme. Dans un état physique épouvantable. Elle n'a pas mangé depuis longtemps et semble avoir vécu terrée dans ce trou sauvage, sans en bouger depuis des semaines. Elle est vêtue d'un tailleur en lambeaux, pieds nus, ses cheveux emmêlés sont pleins de poussière et de sable, son visage crispé dans une expression bizarre, les yeux fixes. Elle est muette. Le promeneur ne lui tire pas le moindre mot. Elle respire, mais aucun son ne franchit sa gorge. Elle ne réagit à aucune question et se laisse emmener par l'homme sans résistance, avec indifférence.

La police l'identifie comme étant Nelly Madison, soupçonnée du meurtre de son mari.

C'est elle. Sans aucun doute. William et Suzanna Murris la reconnaissent. Pas elle. Le regard fixe se pose sans réaction sur les visages pourtant connus, d'amis et de voisins. C'est une morte vivante que la police remet entre les mains des médecins, car aucun interrogatoire n'est possible.

Au début, il faut la nourrir de force. Puis, elle accepte peu à peu les plats qu'on lui présente et boit sans l'aide des infirmières. Mais il est toujours impossible de lui arracher un mot.

– Comment vous appelez-vous ? Nelly ? Dites Nelly ? C'est vous Nelly ?

Aucune résonance à l'appel de son nom. Le psychiatre explique à la police ce qu'il en pense :

– Cette femme a subi un choc psychologique important qu'elle n'a pas supporté. Cela entraîne la perte de la parole et, bien entendu, une amnésie. La seule chose que je peux vous proposer, c'est de tenter de lui faire revivre le drame.. Avec prudence, car nous ignorons sa réaction, et elle peut sombrer définitivement dans la démence... Nous allons commencer par lui montrer des photos.

La police fournit au médecin les clichés de l'enquête. On y voit le décor de la chambre à coucher et le corps d'Eric Madison, baignant dans son sang.

A cette vue, Nelly réagit enfin. Elle regarde la photo, effrayée, pour la première fois, le regard n'est plus fixe. C'est donc qu'elle n'a pas complètement oublié. Mais c'est en vain que l'on essaie ensuite de la faire parler. Médecins, infirmières, policiers, puis juge et avocat, s'arrachent les cheveux devant cette affaire.

La police estime que Nelly a décidé de se taire.

Qu'elle joue un jeu destiné à s'innocenter, à empêcher les poursuites criminelles. Elle pourrait écrire ses réponses à leurs questions, si elle ne peut pas parler... Or, elle refuse de le faire. Elle repousse le papier et le stylo.

Organiquement, elle est parfaiblement capable de parler, il n'y a aucun doute là-dessus. On place près d'elle une fausse malade, dans sa chambre, afin de tenter de la surprendre mais le piège ne donne rien. Nelly passe son temps couchée, à fixer le plafond ou assise sur une chaise devant une fenêtre, à contempler le jardin de l'hôpital, exactement comme s'il s'agissait du plafond. Or, elle a retrouvé un état physique normal, mange, ne se montre pas agressive, dort sans cauchemars. Ni ses gestes, ni son comportement ne sont ceux d'une démente. Silencieuse, c'est tout. Muette. Et n'entendant pas, ou feignant de ne pas entendre, ce qu'on lui demande. Lorsqu'il s'agit d'une question directe, d'ailleurs. Du genre : « Comment vous appelez-vous? où habitez-vous? qui est votre mari? que s'est-il passé cette nuit-là?... » Pour le reste, les choses anodines, du genre : « Couchez-vous, c'est l'heure de dormir » ou « mettez-vous à table », elle obéit comme un automate.

Le juge l'inculpe, on la met en prison, dans une cellule isolée. On charge une détenue de la surveiller, de tenter un rapprochement, sans succès.

Ce silence est déconcertant pour la justice. L'avocat, nommé d'office, a déjà tenté à plusieurs reprises d'obtenir un mot de sa cliente, sans succès lui non plus. Or, le procès approche et il ignore comment préparer sa défense. Plaider la folie, certes... Mais le psychiatre n'est pas forcément d'accord. Le comportement est normal physiquement. L'avocat tente alors une dernière visite avant l'audience.

On lui amène la prévenue au parloir, vêtue d'une

blouse bleue, le cheveu bien peigné, nette, un peu pâle peut-être, mais redevenue jolie, même dans l'accoutrement d'une détenue.

– Madame Madison, demain vous serez accusée du meurtre de votre mari, Eric. Je sais que vous m'entendez, que vous comprenez chacun des mots que je prononce et que vous êtes parfaitement capable de répondre. Les médecins l'ont dit. Vous êtes normale, ni folle, ni muette, alors répondez au moins par oui ou par non, ou faites un signe de tête. Il faut absolument que vous répondiez à une question, unique en ce qui me concerne. Avez-vous tué votre mari ?

Silence.

– Madame Madison, je vais formuler la question autrement. Je suis votre avocat, je dois vous défendre, il faut que je sache si vous plaidez coupable ou non coupable. Je repose la question : Êtes-vous coupable du meurtre de votre mari ?

Silence.

– Bon. Nous allons essayer autre chose. Vous avez le droit de refuser un avocat. On m'a nommé votre avocat. Voulez-vous un avocat, oui ou non ?

Silence.

– Êtes-vous folle, madame Madison ?

Silence.

– Êtes-vous malade, madame Madison ?

Silence.

– Souffrez-vous ?

Silence.

– Cachez-vous quelque chose ?

Silence.

– Protégez-vous quelqu'un ?

Silence.

Exaspéré, l'avocat observe le silence à son tour et se met à marcher dans le parloir de long en large. Il offre une cigarette, n'obtient pas de réponse. Le regard de Nelly se pose simplement sur le paquet tendu, mais l'ignore en fait.

– Madame Madison... Il y a eu trois coups de feu cette nuit-là, deux à 3 heures du matin, un autre à 5 heures environ. Qui a tiré ? Vous ? Un autre homme ? Si c'est un autre homme qui a tué votre mari, est-ce vous qui avez tiré le dernier coup de feu ? Il y a vos empreintes sur l'arme, ainsi que d'autres empreintes inconnues... Cela peut vouloir dire que quelqu'un a tiré d'abord sur votre mari, que vous avez tiré ensuite... Ou l'inverse...

Silence.

– Pourquoi cette mise en scène ? Les bougies, les fleurs, les prières... les cris, les pleurs... Vous parliez encore ce matin-là... quand votre voisin vous a trouvée...

Silence.

– Pourquoi vous êtes-vous enfuie ?

Tout est silence. Cette femme est un silence vivant. S'il s'agit d'une simulatrice, elle a un talent extraordinaire.

« Parlez » hurlera le juge au procès. « Parlez » supplieront les jurés et l'avocat... « Qu'elle parle d'abord » écrivent les journalistes. On ne peut pas juger quelqu'un qui ne parle pas. C'est impossible. Nous n'avons qu'une version des faits, celle des témoins. Nous n'avons que des constatations... pas d'explications. La justice ne peut se rendre sans explication !

Les titres des journaux de Los Angeles nomment Nelly « l'énigme vivante ». Elle ne parlera pas. Et le juge, estimant que les faits sont parlants, les preuves suffisantes et ce silence suspect, condamne Nelly Madison à la prison à vie, à l'issue d'un incroyable procès, aussi déconcertant pour le jury que pour les magistrats. Il y avait ses empreintes sur l'arme : coupable. Elle était habillée au moment du drame. Elle n'a pas été surprise dans son sommeil par un agresseur : coupable. Il n'y a eu que trois coups de feu tirés par l'arme, et les blessures de la victime y correspondent : coupable. Elle s'est enfuie : coupable. Les psychiatres ne la cataloguent pas comme étant en état de démence : coupable.

William Murris, témoin principal dit : « Elle avait l'air d'une folle »... Mais l'accusation répond : « Elle pouvait avoir l'air d'une folle après le meurtre, cela ne prouve pas qu'elle était en état de démence au moment des faits. »

Elle se tait parce qu'elle veut bien se taire. N'a-t-elle pas réagi par la peur, à la vue des photos du drame ?

En 1932, Nelly Madison est donc transférée dans une prison pour femmes, où elle entame, avec indifférence, une longue existence silencieuse. Les détenues, les gardiennes, ont peur d'elle. Comment peut-on vivre ainsi ? Comment peut-on jouer ainsi la comédie ?

Il se trouve alors certains psychiatres pour affirmer que cette femme est réellement malade. Qu'elle vit une sorte de coma debout et qu'il est inhumain de la maintenir en prison. Le débat s'instaure. Faut-il soigner Nelly Madison ? Y a-t-il possibilité d'erreur judiciaire ?

Les partisans d'une démence, estimée sans précédent, vont gagner. En 1935, Nelly est transférée dans une maison de santé pénitentiaire où elle commence à subir divers traitements psychiatriques, dont les premières tentatives d'électrochocs, à la suite desquels elle fera plusieurs crises de nerfs et se remettra à hurler, mais des hurlements incompréhensibles, sans mots, un langage de terreur animale plus qu'une réaction humaine.

Après la Seconde Guerre mondiale, le cas de Nelly Madison, quelque peu oublié, fait encore l'objet de quelques articles de presse ou de conférences médicales. De l'avis d'un psychiatre, Nelly Madison a régressé mentalement à un point tel qu'elle est inaccessible désormais à tous les sentiments et réactions d'un adulte du genre humain. Nelly est, en quelque sorte, un fœtus.

Alors la médecine abandonne. La justice la maintient en maison de santé et, comme personne ne tente de procédure pour la faire sortir et la recueillir – elle n'a pas de famille –, Nelly Madison reste à l'hôpital jusqu'à la fin de ses jours. Cette fin est survenue dans les années cinquante. Une fin due à une infection pulmonaire aiguë, que nul n'avait soupçonnée à temps, car elle ne se plaignait jamais de rien, d'aucune souffrance, ni d'aucun malaise. Elle ne réclamait aucun soin, même en silence, par geste... Elle subissait ce qu'on lui faisait, ce qu'on lui donnait à manger, à boire, les médicaments, les piqûres, tout, sans paroles.

Alors, le silence est retombé sur elle et sur le mystère irritant de ce drame. Définitif, hermétique. Le silence le plus lourd du monde, celui de sa propre mort silencieuse. L'éternité.

La petite fille aux cheveux roux

L'homme porte un feutre à larges bords et des lunettes rondes. Le col de son pardessus est relevé car il fait froid sur les marches de l'immeuble de la police.

Cinquante ans, visage carré, front intelligent et regard froid derrière des lunettes : c'est le shérif Craig de la ville de Douglas dans le Wyoming. Il tient par la main une fillette dont le joli visage de poupée semble buté et boudeur. Vêtue d'un pantalon noir et d'un duffel-coat, tête basse, elle se laisse guider. Ses longs cheveux roux, épais et bouclés, lui balayent parfois le visage. Quatorze ans, ravissante, les yeux bleus, le nez en trompette et parsemé de taches de rousseur : c'est Caril F...

L'homme et la fillette ont grimpé l'escalier main dans la main, d'un même pas, sous les éclairs des flashes, volontairement indifférents aux appels des dizaines de journalistes maintenus par un cordon de policiers. Arrivé sur le perron, le shérif sent une résistance. Caril ralentit le pas et sa petite main tente d'échapper à celle du policier.

– Qu'est-ce qu'il y a ?

– J'ai peur. Je veux pas entrer là-dedans.

– Là-dedans, c'est mon bureau, et personne ne te fera de mal.

– Vous dites ça. Mais vous allez me mettre en prison.

– C'est pas moi qui en déciderai, c'est le coroner. Pour l'instant tu vas entrer là et me raconter tout ce qui s'est passé depuis quarante-huit heures.

– Je suis malade.

– Qu'est-ce que tu as ? Le médecin t'a soignée ! Il a dit que tu pouvais subir un interrogatoire. Alors qu'est-ce que tu as ?

La gamine redresse la tête, écarte ses cheveux d'un revers brusque de la main et dit :

– Rien, je n'ai rien. Allez-y.

Cette étrange enfant, à mi-chemin entre l'adolescence et le bébé, vient de dire au shérif qu'elle n'avait rien.

Une fuite à travers tout l'État du Wyoming, 800 kilomètres avec un dingue dans des voitures volées, dix morts en quarante-huit heures, sous ses yeux, une chasse à l'homme, une chasse au fauve plutôt, et elle dit : « Rien, je n'ai rien. »

Caril traverse les couloirs de l'hôtel de police, sa petite main toujours dans celle du shérif Craig. Sur son passage, les hommes s'écartent. Cette enfant les fascine. Elle les fascine de peur car chaque père de famille peut se demander, en regardant ses yeux clairs et ses cheveux roux, si sa propre fille aurait pu agir comme elle, à quatorze ans.

Le shérif ouvre une porte, s'écarte pour laisser passer Caril. Ils sont à peine installés que la porte s'ouvre à nouveau sur un grand type essoufflé, en costume de ville.

– Je suis son avocat, shérif, Eddy Elb ! Vous ne l'avez pas encore interrogée ?

– Pas du tout.

– Et sur place ? Vous ne lui avez pas posé de questions sur place ? Au moment de l'arrestation ?

– Des questions ? Elle s'est sauvée ! Un de mes hommes l'a retrouvée dans la campagne, dans un fossé très exactement ! En pleine crise d'hystérie !

– Alors vous devez la confier à un médecin, avant toute chose !

– C'est déjà fait mon vieux, vous débarquez ! J'ai l'autorisation des médecins pour l'interroger. Mais au fait, qui vous envoie ? Elle n'a plus de famille à l'heure qu'il est.

– Je suis mandaté par l'Association pour la protection et la défense de l'adolescence.

– Okay. On peut commencer ?

– Je dois enregistrer vos questions et ses réponses !

Le shérif hausse les épaules, d'un air fatigué, et désigne l'officier de police, assis à une petite table près de lui.

– Nous aussi on enregistre, qu'est-ce que vous croyez ?

– Vous auriez pu choisir une femme. Pour cette enfant ce serait plus rassurant.

– Écoutez Elb, cette enfant était la maîtresse de Charles Stark, l'assassin le plus dingue que j'aie jamais rencontré. Alors, si vous permettez, trêve de précautions. J'ai dix morts éparpillés sur 800 kilomètres et je n'ai pas dormi depuis quarante-huit heures.

– Elle non plus, shérif, apparemment, et ce qu'elle a subi !

– Okay... okay... Caril, est-ce que tu veux raconter ton histoire maintenant ? Ton avocat a peut-être envie de te donner des conseils pour la modifier ou pour t'en faire raconter une autre.

Caril, assise sur une chaise, les genoux remontés

sous son menton, écarte nerveusement ses cheveux épais, qu'elle tortille rapidement en une espèce de natte bouclée. Son visage apparaît dégagé en quelques secondes. Sa voix un peu rauque répond :

– Je n'en ai rien à foutre de l'avocat. Et je peux dire la vérité toute seule, je ne suis pas une gamine.

– Alors, allons-y. Comment as-tu connu Charles ?

– Dans la rue. Il traînait tout le temps à la recherche d'un boulot mais personne ne voulait l'employer. Tout le monde le trouvait bête et moche. On a parlé une fois, et puis on a pris l'habitude de se rencontrer au drugstore.

– Tes parents étaient d'accord ?

– Non. Ils ne l'aimaient pas. Personne ne l'aime, d'ailleurs, à part son père. On se voyait en cachette.

– Est-ce que tu savais qu'il avait une arme et des munitions ?

– Oui, il s'amusait à tirer dans la campagne sur des boîtes de bière.

– Et ça ne te faisait pas peur ?

– A ce moment-là, non. Il jouait au cow-boy. Il voulait devenir le meilleur tireur du Wyoming.

– Caril, fais attention à ce que tu vas répondre maintenant, c'est important car tu es mineure. Est-ce qu'il t'a violée ?

– Moi ? Oh non !

– Tu n'étais pas sa maîtresse ?

– Jamais de la vie. Je l'aimais bien, c'était mon amoureux.

– Tu es sûre ?

– Évidemment que je suis sûre ! Qu'est-ce qu'il y a ? Vous voulez vérifier ? Je n'ai jamais couché avec un garçon, si vous voulez le savoir et je n'en ai pas envie pour l'instant.

– D'accord. Alors commençons par le début. Pourquoi est-il venu chez toi avant-hier matin ?

– Je n'en sais rien. Comme ça! Il m'a appelée dans la rue. Je suis sortie et il m'a dit qu'il avait envie de me voir. Et puis il a ajouté : « Est-ce que je peux entrer chez toi? » Moi, j'ai dit oui, parce que mes parents commençaient à m'embêter avec cette histoire, à m'obliger à le voir en cachette et tout. Je suis libre, non?

– Qu'est-ce qu'il a fait en entrant dans la maison?

– On a été prendre du café dans la cuisine. Il était tôt encore. Mes parents sont descendus en pyjama. Et mon père a commencé à crier après Charles en disant qu'il devait s'en aller, qu'on ne venait pas chez les gens si tôt le matin, et des tas de trucs comme ça!

– Et alors? Qu'a dit Charles?

– Il a sorti son flingue, et...

Caril ferme les yeux. Son petit visage se durcit et sa voix rauque, un peu agressive jusqu'à présent, descend d'un ton :

– Il a tiré sur mon père et sur ma mère. Ils sont morts tous les deux, et puis le bruit a réveillé ma petite sœur. Elle avait trois ans, elle dormait encore dans sa chambre. Il est monté et il l'a tuée aussi.

– Caril, tu n'as pas essayé de l'empêcher?

– Je ne sais pas. Je ne pouvais rien empêcher. C'était comme ça...

– Et tu n'as pas cherché à t'enfuir?

– Non.

– Pourquoi Caril? Pourquoi? Il t'a forcée à le suivre, c'est ça? Il t'a menacée?

– Non.

– Mais qu'est-ce qu'il a dit, bon sang! Il a bien dit quelque chose, on ne tue pas les gens comme ça, pour rien! C'étaient tes parents, tout de même! S'il t'aimait, il ne devait pas les tuer. Et toi, tu ne devais pas accepter ça!

– Je sais pas, je vous dis. Il a eu peur, après, parce que des copains venaient me chercher pour aller à l'école. Il s'est planqué derrière la porte et moi, je les ai renvoyés. Je leur ai dit que mes parents avaient la grippe, qu'ils étaient couchés et que moi, je ne me sentais pas bien. Finalement, ils sont partis.

– Tu as dit ça parce que Charles te menaçait ?

– Non. Il avait peur, il ne voulait pas voir ces gens.

– Et toi ? Tu n'avais pas peur ?

– Un peu.

– Pourquoi es-tu partie avec lui ?

– Parce que j'étais la seule en qui il avait confiance. Je savais bien qu'il ne me tuerait pas, moi, tant que je resterais avec lui.

– Est-ce qu'il t'a dit pourquoi il avait tué tes parents ?

– Il voulait se venger.

– De quoi ?

– Du monde entier. Il disait que c'était le jour de sa grande vengeance.

– Alors, tu l'as suivi de ton plein gré ?

– J'étais sa complice, vous savez, puisque j'avais dit des mensonges aux copains.

– Mais, Caril, ça leur a sauvé sûrement la vie, à tes copains. Tu n'étais pas obligée ensuite de suivre ce fou !

– Obligée, obligée ! Vous n'avez que ce mot à la bouche... Je l'ai suivi, je ne sais pas vraiment pourquoi ! Voilà. C'est comme ça !

L'avocat se trémousse sur son siège et les interrompt soudain.

– Je suppose que Caril a subi un choc psychologie très grave. En voyant les corps de ses parents et de sa petite sœur, j'imagine qu'elle était en état de choc lorsqu'elle a suivi ce garçon, il ne peut pas s'agir de complicité !

– Ne vous emballez pas, l'avocat ? Vous n'êtes pas au tribunal. J'interroge et elle répond, c'est tout.

Un coup de téléphone coupe le shérif. Il raccroche et commente à l'intention de l'avocat :

– On a ramené Charles. Il est dans une cellule au premier étage et, soyez content, il a déclaré que la petite n'avait rien à voir là-dedans. Il exige qu'on lui foute la paix ! Vous vous rendez compte ! Il exige ! Je sens que je deviens fou, moi. Voilà un dingue de dix-neuf ans, qui tue dix personnes en quarante-huit heures, en compagnie de cette gamine-là, et qui exige !

Le shérif prend le temps de commander des cafés et des sandwiches. Caril est toujours recroquevillée sur sa chaise, l'air un peu absent. Elle n'écoute même pas l'avocat qui la réconforte.

Charles Stark, dix-neuf ans, grand gaillard de 1 mètre 80, est un curieux garçon. Avec son visage d'ascète, il serait beau sans doute, sans quelques détails qui le rendent inquiétant : des yeux d'un bleu délavé, bien trop pâles ; des sourcils bas et rapprochés de la racine du nez. L'expression de sa bouche n'indique que le mépris. Son curriculum vitæ est rapidement fait. D'abord balayeur municipal, puis apprenti mécanicien, enfin chômeur. Caractère : violent, froid, incapable de s'adapter à un travail continu. Les filles le repoussent, les garçons aussi. On dit de lui qu'il marche comme un singe, qu'il parle vulgairement, et qu'il ignore les scrupules.

Charles Stark ne tirera de tout cela qu'une seule explication : on ne l'aime pas. Il ne veut pas savoir s'il en est responsable.

L'unique personne avec qui il entretiendra des rapports affectifs, c'est Caril, la seule qui puisse le prendre par le bras pour rire avec lui. Il l'aime et la respecte. Mais elle ?

Le shérif regarde cette enfant, qu'il n'ose appeler ni enfant, ni femme, cet être bizarre et mystérieux qu'est une adolescente de quatorze ans.

– Et toi, Caril, tu l'aimais?

– Je l'aimais bien.

– Comment le juges-tu maintenant qu'il a tué tes parents et tous ces gens, pour rien. Tu ne crois pas qu'il est fou?

– Je crois qu'il est malheureux mais ça, vous ne pouvez pas le comprendre.

– C'est parce qu'il était malheureux qu'il a tué le vieux Meyer?

– On s'est sauvé de la maison et on s'est retrouvé près du champ de Meyer, tout à fait par hasard. Le vieux n'aimait pas Charles, il l'avait chassé de sa terre, il ne voulait pas qu'il tire sur les oiseaux.

– Alors, Charles a tiré sur le vieux Meyer et l'a tué, comme ça, en passant, quatre balles dans le corps!

– C'était sa vengeance. Il répétait tout le temps que c'était sa vengeance.

– Et toi là-dedans? Qu'est-ce que tu faisais?

– Je lui tenais la main.

– Tu le prenais pour un héros peut-être? Ou alors tu avais peur qu'il te tue?

– Je ne sais pas. Je n'en sais rien. Vous êtes là à poser des questions, le cul sur votre bureau. Vous n'étiez pas à ma place!

– Continue... Vous en êtes au quatrième meurtre tous les deux. Il est 10 heures du matin. Qu'est-ce que vous faites?

– Charles a dit qu'il nous fallait une voiture pour nous enfuir. On en a rencontré une sur la route, y'avait deux jeunes dedans qui flirtaient...

Caril interrompit son récit... Elle semble revivre les images, puis se remet à parler lentement :

– Charles prend le pistolet... Il dit au type de descendre de la voiture... et... il a tué aussi la fille...

– Il l'a violée d'abord, on le sait. Tu as tout vu et tu n'as rien dit à Charles ? Même pour ça ?

Caril ne répond pas. Elle veut peut-être gommer de sa mémoire cet épisode affreux. Elle enchaîne :

– Après, Charles a dit que la police devait nous rechercher et que tout l'État devait être en révolution. Il fallait passer la frontière. On a foncé avec la voiture.

Et, tandis qu'ils foncent, 80 agents fédéraux et 200 soldats bloquent les routes qui mènent aux frontières de l'État. On a découvert les corps des parents de Caril, puis celui du vieux Meyer dans son champ. Et bientôt ceux des jeunes gens dans le fossé au bord de la route.

Charles Stark en est à son sixième meurtre, sans raison valable. Il s'affole en constatant que les barrages de police deviennent de plus en plus nombreux. Il prend des petites routes et soudain la voiture s'arrête. Plus d'essence.

Caril continue :

– Il a dit : « Ça ne fait rien. Ils nous auraient repérés là-dedans. On va changer de voiture et filer vers le Nebraska. Ça fait 800 bornes. Il nous faut une bonne bagnole. » On a aperçu les lumières d'une villa au bout d'un moment et, devant l'entrée, une Packard. Charles était content. C'était une grosse bagnole. Il a bricolé le moteur pour la mettre en marche et il a réussi, mais le bruit a attiré les gens de la villa. Alors il m'a dit : « Viens, on y va. » Personne, pas même un bataillon n'aurait pu l'arrêter à ce moment-là. Tout a été très vite. Il y avait un homme et une femme, et puis une femme plus vieille dans la salle à manger. Il a tiré et on est parti.

Cet homme, c'est Laver Ward, quarante-huit ans,

industriel. Sa femme, Clara, quarante-deux ans. Tous deux assassinés de deux balles chacun, lui dans le couloir, elle à table devant son dîner. Et puis aussi la vieille domestique, Lilian Francer, soixante-huit ans.

A présent, la Packard noire file sur la route comme une flèche. Charles veut franchir dans la nuit les 800 kilomètres qui le séparent du Nebraska. Il a laissé neuf victimes derrière lui, et il raisonne comme un grand criminel :

– Tu comprends Caril, avec une grosse bagnole comme ça, on va vite mais, à la frontière, on risque de se faire repérer. Surtout si les flics ont découvert les corps. Alors on va en changer, quand on arrivera près de la frontière.

Caril dort dans la voiture, bercée par la vitesse. A aucun moment elle n'a tenté de s'échapper. Elle suit Charles comme une somnambule.

C'est à quelques kilomètres de la frontière du Wyoming et du Nebraska que Charles la réveille.

– Regarde, une vieille bagnole, tout à fait ce qu'il nous faut.

Dans cette vieille bagnole, une moyenne cylindrée, un seul homme au volant. Il roule devant la Packard, à petite allure. Charles accélère comme pour le doubler, puis il lui barre la route. Le conducteur freine éperdument et évite de justesse la catastrophe. Il sort furieux de sa voiture mais n'a pas le temps d'insulter Charles. Deux coups de feu le font pirouetter et il va rejoindre la Packard dans le fossé.

Caril va vite à présent et le shérif ne l'interrompt pas. L'avocat non plus. Son récit est un cauchemar. Cette petite voix, ce regard bleu, ces cheveux roux, ce petit nez, comment peut-on être si jolie et raconter de pareilles horreurs sans frémir ?

– Charles était content. Il était calme. Moi je me suis dit : « C'est fini, maintenant, il va s'arrêter. » Mais la voiture s'est mise à dérailler. Un pneu a éclaté. Ça l'a mis en rogne. Il est descendu pour changer la roue. Tout d'un coup, il m'a crié : « Je n'ai plus de munitions, on s'arrêtera en ville, il faut que j'en achète ! » Là-dessus, un flic est venu nous demander si on avait besoin d'aide et Charles l'a envoyé promener. Il l'a même insulté. Le flic est parti mais j'ai trouvé bizarre qu'il s'en aille sans répondre et sans mettre une contravention. Charles aussi a trouvé ça bizarre. Alors on a abandonné la voiture et on est partis à travers champs. On approchait de la ville et Charles était nerveux. Il avait la frousse, je crois, de se sentir sans munitions, ça le rendait malade. Je suis restée sur le trottoir et il est entré chez un armurier. J'ai vu les flics se précipiter sur lui. Ils étaient au moins cinquante. J'ai entendu la mitraillette et Charles qui criait. Alors, je me suis mise à courir.

Pendant que Caril s'enfuit enfin, Charles est à genoux sur le trottoir. Il supplie, il pleure comme un gosse, il ne veut pas mourir. La police a tiré une rafale dans le bas de la vitrine de l'armurier et il est sorti immédiatement les mains en l'air en criant :

– Arrêtez ! Je ne veux pas mourir ! Je ne veux pas mourir !

Dix morts. Mais pas lui.

L'équipée sauvage est terminée. On retrouve Caril dans un fossé, en proie à une crise d'hystérie affreuse. Il faudra deux heures pour la calmer.

Elle semble à présent avoir repris corps avec la réalité. Mais que deviendra-t-elle ? Peut-on continuer à vivre normalement après avoir connu un tel cauchemar ? Est-elle la complice de Charles ou sa victime ? Ou les deux à la fois ? Comprend-elle que ses parents sont morts ?

Les voilà confrontés tous les deux, il joue les cyniques et a raconté cent fois déjà aux policiers comment il avait tué.

Pourquoi ? Il ne semble pas pouvoir l'expliquer. Mais comment, il en est fier. Caril lui fait un petit signe de la main et un pauvre sourire. Il dit : « Elle n'est pas dans le coup, il faut la laisser tranquille ! » Et il a l'air cynique, sûr de lui. Il a déjà oublié sa peur de mourir devant les mitraillettes.

Est-il fou ? Dingue, comme dit le shérif ? Son père va tenter de le faire croire, en expliquant qu'il a reçu un choc sur la tête, du temps où il était apprenti mécanicien et que, depuis, sa vue a baissé. Il n'y avait rien à faire pour le soigner.

Mais les médecins haussent les épaules car la théorie paternelle ne peut pas être retenue.

Alors Charles Stark attend la chaise électrique. Il affirme que c'est une plaisanterie et qu'il n'en a pas peur. Au rythme des expertises, renvois en appel et en cassation, pour combien de temps en a-t-il ? Dix ans durant lesquels la justice américaine et Charles Stark jouent à cache-cache autour de cette chaise électrique, avant que la sentence soit exécutée.

Caril a été retenue comme complice. Puis jugée avec les circonstances atténuantes et, vu son âge, confiée à une maison spécialisée. On n'a plus jamais entendu parler d'elle après le procès. Même Charles, l'assassin, l'oublie dans ses nombreuses interviews. Il avait trouvé une sorte de gloire morbide qui remplaçait, semble-t-il avantageusement, l'amitié d'une petite fille aux cheveux roux.

Sur les eaux troubles de la légalité

Le chef de la police de Los Angeles, en 1934, est un homme au franc-parler, à l'estomac rond et au regard d'aigle. Né dans les bas quartiers de la ville, il en connaît toutes les impasses, tous les pièges, toutes les poubelles, pourrait-on dire. Vingt années de service l'ont habitué à ne s'émouvoir d'aucune situation. La seule chose qu'il craigne dans l'exercice de son métier, c'est l'intervention dans le déroulement d'une enquête, d'un homme politique ou d'un « ponte quelconque », selon son expression. Cette chose a le don de le mettre dans une colère noire, et il a déjà plus d'une fois frisé l'irréparable, en envoyant promener l'un de ces influents personnages qui se croient tout permis même pour une simple contravention.

Or, la rogne vient de monter au nez de celui que ses hommes ont surnommé « Chief Nusty » ou « Big Chief ». Et cette rogne lui monte au nez à la vitesse d'un mustang au galop, car l'homme à l'autre bout de son téléphone lui parle sur un ton négligemment autoritaire.

– Vous comprenez que je ne souhaite pas voir s'étaler au grand jour ce genre d'histoire. Après tout, ma femme a le droit de jouer avec qui il lui plaît, tant que mes électeurs ne sont pas au courant. Cela fait partie de sa vie privée...

Devant Chief Nusty, le tableau de service indique la date du 3 juin 1934 et les affectations de ses équipes. Il a un travail monstre, comme d'habitude, et guère le temps pour les conversations mondaines de ce genre. Il s'efforce de se calmer :

– C'est votre problème, monsieur le Sénateur... En effet, mais le mien...

– Le vôtre, Nusty, est d'être un bon chef de la police... Laissez tomber ce prêtre et son prétendu temple spirituel... Ça ne gêne personne !

Un « bon chef de la police », selon cet homme-là, est donc un bon perroquet qui répète les ordres et ferme son bec ensuite.

– Justement si, monsieur le Sénateur. Il se trouve que ça gêne quelqu'un !

– Allons donc... Qui ça ?

– Moi, monsieur le Sénateur !

– Nusty ! Bon sang ! Vous vous prenez pour qui ? Pour le président des États-Unis ?

– Eh non, monsieur le Sénateur, juste pour le chef de la police de cette saloperie de ville infestée de sectes de gourous et de temples de la prostitution religieuse ! Ça prolifère comme des insectes nuisibles ! Et justement, ce prêtre, comme vous dites, est un fichu salopard de petit malin, qui a réussi à monter une affaire de prostitution avec des femmes mariées et complètement stupides ! Elles s'imaginent offrir leurs corps à Dieu, chaque vendredi... et en prière par-dessus le marché !

– Modérez votre langage, Nusty... Je vous demande en quoi ça vous gêne ?

– J'ai une plainte ! Ce type a embobiné une jeune femme, du genre nerveux et fragile, que son mari recherche depuis des semaines...

– Et après ? C'est une histoire de mari cocu... Ne me dites pas que vous voulez rétablir la morale...

– Désolé, monsieur le Sénateur, c'est plus grave... Je me fiche de la morale en la matière, mais il s'agit de deux gamines mineures. Cette femme a disparu avec ses deux filles, douze et quatorze ans... et je suis sûr qu'elles sont toutes les trois dans ce temple bidon.

– Si vous en êtes sûr, sortez-les de là sans esclandre, refermez la porte et n'en parlons plus...

– Mais bon sang, Sénateur, cet homme a porté plainte et c'est son droit le plus strict. Il s'agit de sa femme et de ses enfants... Il s'agit de viol et de détournement de mineur...

– Nusty... Ne me dites pas que vous avez perquisitionné ?

– Pas encore... Le type n'a déposé sa plainte que ce matin. J'ai demandé un mandat au procureur.

– Eh bien alors, vous n'êtes pas certain que cette femme et ces enfants se trouvent là-bas ?

– Forte présomption, Sénateur... quasi sûr...

– Mais vous n'êtes pas certain. Laissez tomber Nusty. D'ailleurs le procureur est de mon avis. Perquisitionner dans un lieu de culte, c'est contraire à nos lois dans cet État. Tant qu'il n'y a pas de crime... L'Amérique est un pays de liberté, Nusty... Liberté de culte, notamment...

Le mustang au galop a largement dépassé les frontières de la colère de Chief Nusty... Son adjoint silencieux, de l'autre côté du bureau, voit l'énorme poing cogner sur la table et le chef reprendre son souffle, comme un sportif avant le dernier obstacle. L'affaire est trop importante, il faut se montrer diplomate. Mais la diplomatie pour Nusty, c'est plus dur à avaler qu'une purge... Saleté d'hypocrisie... Encore un effort :

– Sénateur? Et si je sortais d'abord votre femme de là, hein? Sans vague et sans publicité... Je referme la porte comme vous dites, et ensuite j'aurai les mains libres?

– Pas question! Laissez ma femme où elle est! Compris Nusty? Nusty...

Il y a changement de ton. L'échange de mauvais procédés arrive à son terme et Nusty attend la dernière attaque :

– Nusty... c'est un service que je vous demande. Je vous expliquerai... Donnez-moi quelque temps, bon sang! Un mois ou deux... après ça, vous pourrez faire ce que vous voudrez de ce prêtre et de son temple... Après tout, il ne s'agit que d'une affaire de mœurs... Un mois ou deux... Nusty, d'accord?

– D'accord sur un point, il ne s'agit que d'une affaire de mœurs, pour l'instant. Je vous laisse le temps de récupérer vous-même votre femme. Vous avez vingt-quatre heures. Après quoi, j'enfonce cette bon dieu de porte de temple! Mandat ou pas!

– David Nusty! Vous jouez au cow-boy et vous jouez votre place en ce moment!

L'adjoint de Big Chief voit s'ébaucher un sourire de loup sur les lèvres de Nusty.

– Je joue ma place... Vous aussi, monsieur le Sénateur, non? Bien le bonjour!

Et voilà. Ce 3 juin 1934, David Nusty, chef de la police de Los Angeles, raccroche son téléphone avec une fureur concentrée. Les turpitudes de la femme d'un sénateur nerveux à propos de ses électeurs ne l'intéressent pas vraiment. Ce qui l'intéresse, c'est de savoir pourquoi diable cet homme a pris le risque de chercher à l'influencer, lui, chef de cette police, patron de cette enquête. Il faut croire que l'affaire est bien plus importante encore qu'il ne le pensait, pour que le coroner prenne le risque d'annuler un mandat de perquisition...

Voyons les faits. D'abord, une espèce de prêtre à longs cheveux, se disant apôtre de l' « amour spirituel ». L'homme s'appelle Charles Grosse. Il est arrivé un jour en ville avec l'intention de bâtir le temple de son culte. Jusque-là, rien de répréhensible. Il a donc bâti son temple. Et il a fait rapidement des adeptes. De curieux adeptes. Il s'est avéré que ce temple de l' « amour spirituel », que ce prétendu culte consistait, en fait, en l'exercice d'une pratique simple et bien connue : l'amour tout court. Des échangistes en quelque sorte. Mais il restait à prouver que le temple n'était qu'une vulgaire maison de rendez-vous. Un bordel, pour être clair. Et à boucler le bonhomme pour prostitution.

L'équipe de Nusty, composée de deux inspecteurs, était formelle :

– La couverture de ce type est transparente, chef... On voit entrer et sortir tout ce que la ville compte d'excités dans le genre... Mais il est malin... Pas de prostituées notoires, pas de retape à l'extérieur... On n'a pas vu une fille faire de racolage dans le coin. C'est le bordel mondain...

A ce point de l'enquête, Big Chief Nusty réfléchissait au moyen de monter un flagrant délit. Introduire un de ses hommes dans le circuit, lequel... Les candidats ne manqueraient pas... Lorsqu'un citoyen d'une quarantaine d'années est arrivé dans son bureau, complètement affolé :

– Ma femme... elle a disparu avec mes deux filles... Elle m'a raconté une histoire incroyable, il y a quelques semaines, à propos d'un prêtre extraordinaire, un grand barbu, avec des cheveux longs et noirs... Je n'en sais pas plus...

David Nusty et ses deux inspecteurs ont fait immédiatement le rapprochement avec Charles Grosse. La police tenait le bon bout. Le mari était un homme intelligent, ingénieur de son métier et qui avait immédiatement suivi les directives de Nusty. Porter plainte pour séquestration. Il était vraisemblable que sa femme et ses deux filles avaient rejoint le temple. Et cette fois le cas était grave, car il s'agissait de deux enfants mineures, à la merci d'un satyre, doublé probablement d'un dingue. Grave aussi car, selon l'ingénieur, sa femme était fragile, nerveuse, excessivement influençable, à peine remise d'une grave dépression nerveuse et donc une proie facile pour n'importe quel gourou, se prétendant apôtre d'un dieu sur terre...

Et voilà qu'au moment de lancer ses hommes à l'assaut du temple maudit, grâce à une plainte régulière et à un mandat de perquisition en bonne et due forme, David Nusty subissait des pressions d'un homme politique assez influent pour lui couper les pattes et bloquer l'enquête.

Sa propre femme fréquentait les lieux, le fait figurait au rapport des deux inspecteurs. Il était logiquement plus simple de demander l'aide de la police, sa discrétion, de la récupérer, de la tenir à l'écart des journalistes quelque temps. Les électeurs n'en sauraient rien. Or, le sénateur faisait exactement le contraire. Pourquoi vouloir protéger le temple et son prêtre ? Pourquoi demander un ou deux mois de délai ? Où était l'avantage ? Le résultat des réflexions de Chief Nusty était qu'il existait, en fait, une sombre histoire personnelle que le sénateur voulait cacher, au mépris du danger encouru par d'autres que sa femme. Même des enfants. Donc, l'histoire était plus que sombre... noire.

David Nusty range provisoirement sa rogne dans un coin de son crâne solide et appelle ses inspecteurs.

– Les gars, vous allez me décrire physiquement

toutes les femmes que vous avez vu entrer dans ce fichu temple. Et dénichez-moi une photo de la femme de ce fichu sénateur!

– Elle? Pas la peine, chef, on peut en témoigner. On l'a vue plusieurs fois, c'est une vraie dingue...

– Comment ça « dingue »?

– Ce n'est pas la première fois que les collègues la ramassent à la sortie d'un bar, complètement saoule, ou d'une maison mal famée, si vous voyez le genre...

– Si vous la connaissez si bien, cette femme, dites-moi pourquoi le sénateur n'a pas demandé le divorce?

– Pas fou, chef, c'est elle qui a tout le fric!... Et un sacré tas de fric, vous ne saviez pas, chef?

Eh non, le chef ne savait pas. Il n'a pas cherché à savoir, les politicards et leurs salades lui donnent la nausée...

– Dites-moi les gars... à votre avis, qu'est-ce qu'il cherche le sénateur, en laissant sa femme batifoler comme ça? S'il avait voulu le divorce, il l'aurait obtenu depuis longtemps... Il veut donc autre chose.

– Le fric, chef... Il veut garder le fric, sûrement...

– Okay. Mais comment peut-il le garder, ce fric, tout en se débarrassant de sa femme sans divorcer? Je vais vous le dire, moi... En me téléphonant pour qu'on foute la paix à ce fichu temple, en me demandant quelques mois de délai... Le bonhomme attend tout simplement que sa bonne femme devienne vraiment dingue... Comme ça, il n'a plus qu'à la faire enfermer... On le nomme tuteur de ses biens, il gère tout le fric à sa place et il passe pour le pauvre malheureux sénateur affublé d'une épouse malade... Ça vous va?

– Ça c'est une idée, Chef.

– Diabolique l'idée... Non seulement il nous obligerait à être complice de son plan, mais il nous empêcherait de sortir de là une pauvre femme vraiment malade et ses deux gamines... rien que pour assurer sa petite combine... Vous trouvez pas ça dégueulasse ?

– Si, Chef.

– C'est vu ?

– Oui, Chef, c'est vu. Mais qu'est-ce qu'on peut faire sans mandat ?

– Je sais. On a une plainte et pas de mandat.

– Chef ? Y'aurait peut-être une idée...

– Si vous pensez à vous coller là-dedans pour faire un flagrant délit, j'y ai déjà pensé. Mais c'est un peu tard. Je suppose que le sénateur n'a pas perdu de temps pour renseigner notre homme ou sa femme... Pourquoi pas sur vos bobines à tous. On ne vous laissera pas entrer.

– Nous, non. Mais l'ingénieur ?

– Et après ? Il n'a pas de plaque de police que je sache ?

– Il peut entrer là-dedans, mine de rien et ensuite, faire un scandale de tous les diables, appeler police-secours...

– C'est parfait ! Sauf que je ne veux pas de police-secours. C'est vous qui l'emmenerez là-bas, vous vous planquerez ensuite et c'est vous qui ferez police-secours. Je ne veux pas de bavure, compris ?

– Compris Chef. Et on vous ramène qui dans le lot ?

– Tout le monde. Je veux le grand jeu. Vous allez me poster des voitures dans toute la rue, prévoyez une ambulance...

– Pourquoi une ambulance, Chef ?

– Il y aura peut-être des blessés... Mais s'il n'y en avait pas... débrouillez-vous pour que l'un de vous en ait l'air et la chanson ? Compris ? Je veux que le quartier soit réveillé en pleine nuit et en fanfare, je veux que les journalistes bondissent sur le coup... Je veux que vous me rameniez tout le monde, les gosses d'abord...

C'est ainsi que, dans l'illégalité la plus totale, le chef de la police de Los Angeles, David Nusty, vingt ans de carrière dans cette fichue ville comme il dit, organise, une nuit de juin 1934, l'assaut du temple de l'« amour spirituel ».

C'est une nuit noire. Quelques réverbères dans la banlieue ouest de Los Angeles laissent deviner l'étrange construction de briques rouges, portes et volets clos sur le mystère du culte.

A l'intérieur d'une voiture garée à l'écart des lieux, David Nusty fait ses dernières recommandations à John Marshall, l'ingénieur. Le malheureux est vert d'angoisse.

– Je n'ai jamais su forcer une serrure... Pourquoi ne pas frapper et demander à entrer, tout bêtement ?

– J'ai réfléchi, Marshall. Il me faut tout ce grabuge de nuit. Le maximum de témoins réveillés en sursaut, et prêts à déclarer n'importe quoi, y compris la vérité, aux journalistes. Pour la serrure, pas de problème. Un de mes hommes va faire le boulot, vous n'aurez qu'à dire ensuite que c'est vous... C'est important pour nous, ça... C'est vous qui entrez par effraction... D'accord ? Ensuite vous foncez.

– Mais je fonce où ? Comment ?

– Vous foncez comme un dingue, Marshall. Tout ce que vous avez à faire, c'est de crier, d'appeler votre femme, vos filles... Je veux vous entendre gueuler leurs noms...

– Et si quelqu'un veut m'en empêcher ?

– Vous hurlez encore plus. Vous l'insultez, vous cognez, vous vous précipitez sur toutes les portes que vous voyez, vous allumez toutes les lumières que vous pouvez... Ne craignez rien, ça ne prendra pas beaucoup de temps, et vous ne serez pas en danger. Un de mes hommes, pendant ce temps, se charge de réveiller les voisins et de faire semblant d'appeler police-secours... En cinq minutes, on sera là...

– Je n'ai jamais fait ça, vous savez. Je comprends mal pourquoi la police ne peut arrêter ce monstre... J'ai quand même déposé une plainte!

– Je ne peux pas tout vous expliquer maintenant. La police peut, elle pourrait... Mais avec un délai. Et vos enfants sont là-dedans... Pensez-y... Chaque heure, chaque minute peut être importante pour elles. Dans le meilleur des cas, nous, nous ne pourrions agir qu'au matin, à l'heure légale... Vous comprenez ça? Toute une nuit encore, pour ces deux gamines... Dieu sait à quoi elles assistent, ou ce qu'on leur fait subir... C'est le meilleur moyen, faites-moi confiance.

Marshall secoue la tête comme un automate et suit les inspecteurs en silence.

David Nusty guette les premiers cris, les premières lumières... Il compte les minutes. Une minute pour la serrure, son adjoint est un as... qui en remontrerait à plus d'un voleur en taule. Une minute pour que Marshall se lance dans l'entrée... se repère... et voilà! L'attaque est déclenchée! Lumières, hurlements, coups de pied dans les portes, fenêtres brisées, Marshall met le paquet.

Les hommes de Nusty se précipitent, les voitures de police font mine d'arriver à fond de train, sirènes hurlantes, les hommes sautent des voitures, les portières claquent, et voici...

Voici qu'un homme, immense, barbu de noir, chevelu de noir, vêtu de blanc, surgit sur le perron de son temple en levant les bras au ciel, comme un christ implorant. Il appelle à lui tous les apôtres et tous les saints... Mais deux policiers l'enfournent sans ménagement dans une voiture et il disparaît.

« Un de moins », se dit Nusty.

A l'intérieur, les inspecteurs vont de découverte en découverte.

– Tiens, Monsieur X... vos papiers ? Que faites-vous dans le lit de Madame Y ? Vos papiers, Madame ?

De chambre en chambre, de couple en couple, comme à la parade, saisis sur le vif entre de beaux draps, les fidèles de l' « amour spirituel » se retrouvent eux aussi sur le perron ; qui en chemise, qui en combinaison, qui enveloppé d'une serviette, l'œil effaré, ou fou furieux...

Les inspecteurs arrivent enfin jusqu'à une salle dite des prières, où une dizaine d'individus se rhabillent hâtivement en tentant vainement de dissimuler l'étrange messe à laquelle ils prenaient part.

L'offrande à leur dieu de l'amour spirituel, c'est Mary Marshall. La jeune femme de l'ingénieur. Nue, attachée sur une sorte d'autel, les yeux hagards, fous, livrée sans aucun scrupule à des hommes, qui ne croient en rien, sauf aux dollars versés au prêtre, sous la promesse d'une orgie fantastique.

Ceux-là sont emmenés sans précaution... Les journalistes auront de quoi faire avec eux. Mais Mary ? Elle supplie les policiers. Elle croit. Elle croit véritablement qu'un dieu la regarde, que ces hommes sont des prêtres chargés de purifier son corps.

Marshall, pétrifié devant le spectacle qu'offre son épouse, reste là un long moment, puis il s'approche avec les policiers pour la délivrer. Alors, elle se précipite dans ses bras, mais sans le reconnaître vraiment, sans comprendre pourquoi il est là :

– Tu es venu nous rejoindre! Je suis heureuse... nous serons purifiés tous les deux...

– Les enfants, Mary? Où sont les enfants?

Elle n'entend pas. Elle ne sait pas.

Un policier rattrape alors un des hommes sans chemise, menottes aux mains :

– Vous avez des gosses ici? Dépêchez-vous de parler, mec, parce que je sais où vous coller d'autres menottes, moi, c'est compris?

– Elles prient... un prêtre les a emmenées pour faire leur éducation religieuse.

Course folle à travers le temple à la recherche des enfants. Éducation religieuse? Le père est fou d'angoisse, de terreur, de colère, il tuerait bien sur place l'un de ces sadiques...

Heureusement, rien n'est plus rétif, parfois, qu'un enfant de douze ou quatorze ans. Les deux fillettes, effrayées, mais toutes griffes dehors, ont dû être enfermées dans un réduit. On les entend crier. Sandy et Judy Marshall ont donné du fil à retordre à l'éducateur religieux. Il n'a pas pu les toucher.

On le rattrape lui aussi au vol dans un couloir. Visage marqué par les ongles des deux gosses. Pourtant, elles n'ont ni bu ni mangé depuis trois jours. Le prêtre les avait punies. Elles ne cherchaient qu'à s'enfuir, et il les aurait laissées là le temps qu'elles meurent de faim et de soif.

L'ambulance les emporte avec leur mère que l'on a dû calmer. L'infirmier qui lui a fait une piqûre dit à l'un des inspecteurs :

– Elle est dans un sale état. On a dû lui coller une drogue quelconque... le cœur est faible... Je ne sais pas si elle s'en sortira...

Marshall, pâle comme un mort, assis sur une marche du temple, ne cesse de répéter :

– Je vais les tuer... Je vais les tuer, tous...

Les journalistes l'entourent comme une nuée de mouches. Les questions fusent. Et Marshall n'a aucun mal à tenir son rôle. Le choc a été si affreux pour lui qu'il crie à qui veut l'entendre et tout le monde veut l'entendre, comment il a décidé de forcer la porte du temple, comment il a appelé la police, comment il a découvert sa femme et ses deux filles.

– Qu'allez-vous faire maintenant, monsieur Marshall ? demande un journaliste.

– Je veux que ce prêtre du diable passe sur la chaise électrique, ou c'est moi qui le tuerai !

David Nusty, satisfait, regagne son bureau. Satisfait mais triste. A l'hôpital où elle a été transportée, Mary Marshall est en train de mourir. Son mari attend, prostré dans un couloir, que s'achève l'examen médical de ses deux filles.

Enfin, le médecin vient lui dire :

– Pas de viols, monsieur Marshall. Elles sont choquées, mais intactes. Il faudra probablement les garder ici un certain temps.

– Ma femme ?

– C'est fini, monsieur. Elle s'est éteinte calmement.

– C'est de ma faute. J'aurais dû l'enfermer, j'aurais dû la laisser dans cette cellule où on la soignait... Mais j'espérais que les enfants... la patience...

– Vous n'êtes coupable de rien, monsieur Marshall. Pour certains d'entre nous, l'adaptation à la réalité est impossible. Votre femme était dans ce cas.

Pendant ce temps, Chief Nusty, dans son bureau, voit arriver entre deux inspecteurs, aux environs de minuit, une dame en petite tenue, apparemment ivre : la femme du sénateur. Les inspecteurs lui ont donné une couverture qu'elle rejette nerveusement.

La femme est agressive :

– C'est mon mari qui vous a envoyé ? C'est ça ?

– Non, madame. Au contraire, si je puis dire...

– Pourquoi au contraire ?

– J'aimerais vous poser une question, si vous vous sentez capable de répondre en ce moment.

– Qu'est-ce que vous croyez ? Qu'un verre ou deux m'empêche de marcher droit ? Allez-y, posez-la, votre question !

– Madame, êtes-vous folle ou en passe de le devenir ?

– Parce que je fréquente une église qui ne vous plaît pas ?

– Parce que cette église est une maison de prostitution, un vulgaire bordel et vous le savez !

– C'est mon mari qui vous envoie me récupérer ?

– Oh, non. Je vous le répète, votre mari préférait de beaucoup vous laisser vous encanailler un peu plus, histoire de faire signer au coroner un certificat d'internement... Histoire de rester seul à la maison devant votre coffre-fort... C'est pourquoi je vous demande si vous êtes folle, ou sur le point de le devenir...

– Je ne comprends pas... folle, moi ? Peut-être que oui, au fond... je n'en sais rien...

– Si vous êtes folle ou peut-être... un bon conseil : dépêchez-vous de vous faire soigner, avant qu'il ne s'en mêle !

– Mais qu'est-ce que vous me racontez là ? Qu'est-ce que c'est que cette histoire d'internement ? Je fais n'importe quoi, d'accord, mais je ne gêne personne...

– Vous aimez votre mari, madame ?

– La réponse est non, depuis un certain temps, déjà...

– Vous êtes riche ?

– La réponse est oui... Depuis toujours...

– Et votre mari ? Il est riche, lui ?

– Mon mari est sénateur. Riche, certainement pas.

– Vous vous conduisez mal ?

– Si l'on veut... Où voulez-vous en venir ?

– Faites l'addition et la soustraction de tout ça... Et quand vous aurez compris, fichez le camp et réfugiez-vous dans une maison de repos. Faites une désintoxication, de votre propre initiative... C'est un conseil que je vous donne... Maintenant, filez... Je ne vous ai pas vue... Vous ne m'avez pas vu... Ça aussi, c'est un conseil, important... Vous n'étiez pas là-bas, mes inspecteurs ne vous ont pas arrêtée en combinaison, je ne vous ai parlé de rien. Vu ? Filez ? En vitesse. Vous dormiez dans votre lit, ce soir. Demain vous appelez vous-même un médecin.

– Qu'est-ce qui se passe ? Vous savez quelque chose ?

– J'ai deviné ce qui vous attend. Vous auriez pu le comprendre vous-même, si vous ne préfériez pas vous noyer la cervelle dans du gin et courir tous les lits de la région. Mais tant que vous prendrez l'initiative, vous ne risquez pas qu'il vous fasse enfermer. C'est ça le résultat de la soustraction de tout à l'heure. Bouclée... Vous comprenez ? Dingue officielle, privée de la gestion de vos biens... c'est dans le Code, pigé ? Alors, faites-le avant lui... Au revoir, madame... Content de ne pas vous avoir rencontrée cette nuit...

Elle est partie, la femme du sénateur, avec sa couverture. Une voiture de police l'a ramenée jusqu'à sa porte. Elle est rentrée chez elle par le service. Et David Nusty n'a plus entendu parler du sénateur, même pas au téléphone.

Le procès de Charles Grosse a eu lieu. Condamné à perpétuité. Il n'avait pas tué lui-même... N'est-ce pas. Pas de ses propres mains sales.

Mais, deux années plus tard, Big Chief Nusty apprenait, par une indiscrétion, que la femme du sénateur était internée sur décision judiciaire, après une tentation de suicide et une tentative de meurtre sur la personne de son époux... lequel devenait tuteur légal de la fortune de sa femme.

L'indiscrétion venait de la maîtresse du sénateur, rendue furieuse par le fait qu'elle ne parvenait pas à se faire épouser... et pour cause. On ne divorce pas d'un titre de tuteur. On ne divorce pas d'une folle milliardaire. On reste fidèle au poste sur un navire de luxe, dont on a pris le commandement. Pas question qu'il coule!

Alors, Big Chief Nusty a fait une vilaine chose. Mais il était à la retraite, il avait la permission de s'amuser un brin. Un de ses camarades journalistes bénéficia en exclusivité de l'indiscrétion de la belle. Et en bon journaliste américain, il s'empressa de publier une série d'articles fort désagréables, au point de faire baisser la cote du sénateur, qui ne fut pas réélu. On sait l'attachement du public américain à une morale exemplaire de ses représentants... Une maîtresse... quelle horreur!

Le crime d'Ève

Ronald Esquive a cinquante ans environ. C'est l'un des policiers les plus méticuleux et les plus efficaces de Scotland Yard. Un homme silencieux, observateur, doué d'un remarquable esprit de synthèse. Il a pondu plusieurs manuels destinés aux stagiaires de la police criminelle. Depuis quelques années, compte tenu de son expérience et de sa réputation, il n'a travaillé que sur de « grandes affaires », dites mondaines et compliquées, en qualité de superviseur d'enquêtes. La rançon de la gloire, en quelque sorte.

Anglais jusqu'à la perfection de la moustache, du parapluie et de la politesse attentive, il pénètre chaque matin dans son bureau du sanctuaire londonien de la police criminelle. Ce bureau, lui, n'a rien d'un sanctuaire. Encombré d'archives, il fait le désespoir des femmes de ménage.

Ce matin de 1935, Ronald Esquive se heurte immédiatement à son problème du jour.

– Le directeur veut vous voir. Il y a eu crime à l'hôtel de la Couronne, quartier Sud. La brigade est déjà sur place. On vous attend. J'ai téléphoné chez vous ce matin mais vous étiez déjà parti. Le directeur s'impatiente.

Ronald Esquive trotte jusqu'au bureau directorial. Il est ravi : on l'appelle sur une affaire fraîche. Une affaire fraîche est une affaire où l'on est le premier à faire les constatations, les interrogatoires, à réfléchir sur le problème posé. Dans les articles qu'il écrit parfois sur son métier, Ronald Esquive compare un crime à une partie d'échecs, car il est passionné d'échecs.

Quelques instants plus tard, Ronald Esquive sort du bureau, réfléchissant déjà au problème posé dans l'absolu.

« Il a été trouvé dans une chambre d'hôtel le corps d'un homme mort. L'arme du crime est inconnue, l'homme semble être passé sous un rouleau compresseur. La victime se nomme Craig. Ancien major de l'armée des Indes, travaillant actuellement pour l'Intelligence Service. »

Dès que les services secrets montrent le bout de leur nez, une affaire criminelle simple devient une affaire criminelle complexe. C'était la raison de l'appel directorial. Il y faut le doigté d'un professionnel.

L'hôtel de la Couronne dans le quartier sud de Londres est un hôtel moyen, sans plus, dirigé par un homme pour l'heure très ennuyé. Ronald Esquive l'écoute en silence, comme d'habitude.

– Le major Craig descend chez moi depuis des années. Un homme remarquable, surtout de ponctualité. Ce matin, j'ai trouvé bizarre de ne pas le voir à la salle à manger pour le breakfast. J'ai donc envoyé la femme de chambre frapper à sa porte, craignant qu'il ne soit malade, mais la porte était fermée à clé. Personne ne répondait. Or, nous n'avions pas vu sortir le major. La femme de chambre a donc ouvert avec son passe et l'a trouvé mort dans son lit. La fenêtre était fermée, la porte également, comme je viens de vous le dire, de l'intérieur. Le vasistas de la salle de bains aussi. A part un membre du personnel disposant d'un passe, personne n'a pu pénétrer dans cette chambre. De plus, la compagne du major, qui occupait une autre chambre, a quitté l'hôtel ce matin pour un voyage à Paris. Elle est partie de bonne heure sans savoir ce qui se passait. Je vais devoir lui adresser un télégramme, c'est ennuyeux. Elle a laissé son adresse en France, celle d'un hôtel. J'espérais que le major était décédé de mort naturelle, mais votre médecin légiste dit qu'il s'agit d'un crime. C'est extrêmement ennuyeux pour la réputation de mon établissement. Je tiens à préciser que mon personnel est irréprochable. J'emploie les mêmes gens depuis des années, tout le monde ici connaît le major. Il est impensable de soupçonner qui que ce soit parmi mes employés. Je m'en porte garant.

Le gros homme, essoufflé par son discours, se tient en première ligne devant le personnel en question. L'inspecteur examine un à un les employés : trois femmes de chambre d'un certain âge, deux valets d'étage stupéfaits, une cuisinière ébahie et un concierge rhumatisant. Tout le monde peut se tromper, certes, y compris Ronald Esquive, mais on ne voit guère d'assassin dans cette brochette de braves gens. Ladite brochette, d'ailleurs, semble espérer une phrase d'encouragement de la part de ce policier et l'inspecteur consent à la prononcer :

– Ne vous inquiétez pas, j'interrogerai tout le monde car j'ai besoin de détails précis, d'horaires et de toutes ces sortes de choses, mais je ne soupçonne personne. Je comprends que votre directeur soit ennuyé par cette affaire et, si vous craignez, vous aussi, pour la réputation de votre hôtel, écartez les journalistes, ne répondez à aucune question qui ne vienne pas de la police et évitez les ragots...

Un faible sourire de soulagement éclaire les visages, celui du directeur, en particulier, qui conduit immédiatement l'inspecteur au premier étage.

Ronald Esquive, en recommandant la discrétion, sert également son enquête. Un agent de l'Intelligence Service meurt rarement dans son lit. Nul ne sait ce que peut cacher la mort d'un espion. La brigade d'intervention est déjà au travail depuis 9 heures du matin. Le médecin légiste, assis dans un fauteuil, prend tranquillement des notes pour son rapport, il salue l'inspecteur et lui laisse contempler le cadavre un long moment.

Le major Craig est en pyjama de coton rayé tout à fait convenable, il est allongé, bras le long du corps, jambes jointes, et menton redressé, comme à la parade. Le nez est pointu, mais tous les nez sont plus ou moins pointus dans la mort, le front dégarni. Le major est mort en bon ordre, quasiment au garde-à-vous. Le seul désordre apparent est la bouche : elle est ouverte et tordue par un rictus étrange. L'inspecteur se penche sur le corps, longuement, à la recherche d'une autre bizarrerie. Le pyjama est froissé par endroits, rien d'autre.

Il écoute alors avec attention l'analyse du médecin :

– L'homme est mort par étouffement de la cage thoracique, entre autres. Car tout le corps a été compressé, comme passé au laminoir ou au rouleau compresseur. C'est tout à fait étonnant. Regardez ici... le thorax, les côtes enfoncées, le cou et même l'abdomen. On trouve des traces jusque sur les bras et le haut des jambes.

Le médecin écarte le pyjama aux endroits qu'il indique et l'inspecteur constate les marques qui commencent à noircir, passant du bleu au violet sombre par endroits. Le corps semble avoir été pris en effet sous un rouleau compresseur. « Jamais vu ça », se dit l'inspecteur.

Le médecin poursuit, très excité par l'étrangeté de cette mort :

– Je suis formel. Il est mort dans son lit, le corps n'a pas été déplacé après la mort. C'est incompréhensible. Je situe le décès aux environs de 3 heures dans la nuit. Je vous en dirai peut-être plus après l'autopsie, mais, en ce qui concerne la cause du décès, elle est visible actuellement : compression.

Un rouleau compresseur dans une chambre d'hôtel dont la porte était fermée à clé de l'intérieur... Voilà qui représente une absurdité totale. L'inspecteur est perplexe, il examine le crâne dégarni.

– Il n'a pas été assommé avant ?

– Non.

– Endormi ou empoisonné, alors ?

– A priori, non. La plupart des poisons donnent des signes visibles *post-mortem*. L'examen des viscères le dira mais, pour l'heure, j'affirme avec moins de un pour cent d'erreur possible que cet homme est mort par étouffement. Les signes sont clairs.

– S'est-il débattu ?

– C'est logique. Sûrement. Mais il est difficile de l'affirmer avec certitude. Voyez la position du corps, en ligne, les bras allongés : un homme qui se débat contre un autre homme aurait une attitude différente après la mort.

– Est-ce qu'un homme peut être assez fort pour en écraser un autre de cette façon ?

Le médecin a une moue dubitative.

– C'est possible. Un tel homme peut exister. Un catcheur ? Un lutteur ? Quelqu'un d'assez monstrueux, cela dit, mais je ne retiens pas cette hypothèse a priori, car nous n'avons aucune trace de doigts, aucune marque d'étranglement. Ce devrait être le cas, s'il s'agissait d'une lutte. J'insiste sur le fait que cet homme est mort étouffé. Pas simplement étranglé. Et le poids qui a provoqué cet étouffement est considérable, sur toute la surface du corps. Nous pouvons dire que l'homme était dans son lit, allongé tel qu'il l'est maintenant, et non debout ou assis. Dans la position du sommeil, il faut supposer une immobilisation totale dans cette position.

– Des cordes ou des liens ?

– Du tout. Pas de traces non plus. Même une corde mince laisserait une marque.

L'inspecteur fait le tour de la chambre du major. Il n'y règne aucun désordre. Apparemment rien n'a été volé. Les valises sont en place dans l'armoire, le linge rangé dans la commode qui n'a pas été fouillée. Les spécialistes des empreintes n'ont rien découvert de significatif.

Sous le lit du mort, une valise qui ne ressemble pas aux autres. Peut-être n'appartient-elle pas au major ? Grande, en fort carton bouilli, assez usagée et totalement vide. Les bagages du major sont de bien meilleure qualité, en cuir, et à l'abri, dans l'armoire.

Un tout petit détail, mais un détail tout de même, le seul que révèle l'examen de la chambre.

En ce qui concerne le major Craig lui-même, l'inspecteur apprend l'essentiel par le directeur de l'hôtel.

Il est arrivé la veille à 18 heures, avec sa compagne. En provenance d'Afrique, où ils font tous deux de fréquents séjours. A chaque retour de voyage, le major descend au même hôtel car il ne dispose pas d'appartement à Londres. Sa famille est propriétaire d'un manoir dans le Hampshire mais il s'y rend très peu. Il dispose de rentes confortables en qualité de retraité de l'armée des Indes, et il porte encore la soixantaine avec élégance. Sportif, bel homme, grand chasseur de fauves, joueur d'échecs accompli. L'inspecteur regrette de ne pas avoir rencontré le major de son vivant dès qu'il apprend qu'il faisait partie d'un cercle renommé à Londres.

Bien évidemment, le directeur de l'hôtel ignore totalement les autres activités du major Craig au sein de l'Intelligence Service. C'est à la faveur de ses voyages en Afrique et aux Indes qu'il transmettait de précieux renseignements : cela, l'inspecteur l'a appris à Scotland Yard. En revanche, l'hôtelier sait pas mal de choses sur la vie privée de son défunt client :

– Cette jeune femme, sa compagne, elle est ravissante, tout à fait ravissante, et bien plus jeune que lui. Elle a vingt-neuf ans, vous pensez ! Ils sont ensemble depuis quatre ans. Ils voyagent ensemble. Bien entendu, ils ne sont pas mariés, mais nous sommes discrets. Nous jouons le jeu, ils occupent officiellement des chambres séparées.

L'inspecteur relève le mot « officiellement »...

– En privé aussi, apparemment, puisqu'elle n'était pas avec lui cette nuit. D'ailleurs, pourquoi est-elle partie ce matin justement, et de bonne heure ?

– Oh ! son voyage à Paris était prévu depuis longtemps. Mademoiselle Weber y avait fait allusion. Elle devait y rencontrer un directeur de cirque.

– Elle est artiste ?

– Pas que je sache. Il s'agissait de lui proposer des bêtes sauvages.

– Sauvages ? De quel genre ?

– Je l'ignore. Je sais que c'était une des activités

du major. Il ramenait régulièrement un ou deux spécimens pour des acheteurs en Europe. Des singes par exemple, ou des petits tigres.

– En a-t-il ramené cette fois ?

– Je l'ignore, inspecteur, nous n'avons pas eu le temps d'en parler malheureusement. Mais je le suppose car la jeune dame s'est rendue à Paris pour cela. Lorsqu'il ramène des animaux de ce genre, ils ne peuvent pas les laisser en garde trop longtemps ici, à Londres.

L'inspecteur Esquive arrêtera là son enquête du jour. Il lui faut attendre que la jeune femme soit informée par télégramme de la mort du major et invitée à se présenter au Yard le plus rapidement possible pour un interrogatoire.

Ce que l'on sait d'elle, actuellement, tient en quelques traits : Allemande d'origine, ancienne écuyère de cirque, jolie, excellente chasseresse... C'est elle qui a convaincu le major de faire commerce avec les grands zoos d'Europe, et les cirques.

Nous sommes en 1935. La vogue est au sauvage, dans le mauvais sens du terme. La faune n'est pas protégée, les pays d'Afrique et d'Asie regorgent de chasseurs sans scrupules, qui tuent ou capturent avec, pour tout discernement, le plaisir ou l'argent. Greta Weber appartient donc à ce peuple de destructeurs. Elle y a entraîné le major.

Et voilà que l'inspecteur a une petite idée en tête, avant même d'avoir rencontré cette Diane chasseresse. En gros, il la considère a priori comme le suspect numéro 1. Logique : départ étrange, qui a peu de chance d'être une coïncidence. Une jeune femme étrange, puisqu'elle n'est pas commune... Peu de femmes de vingt-neuf ans pratiquent le safari ; peu de femmes de vingt-neuf ans décident de vivre avec un homme plus âgé, un retraité, dont les rentes, bien que confortables, ne sont pas mirifiques...

Ne pas oublier, non plus, que le major est un espion, règlement de comptes entre services?... Toujours possible. Ou entre associés, dans ce commerce peu ordinaire lui aussi? Règlement de comptes entre amants, pourquoi pas? Ce qui importe avant tout dans la partie d'échecs engagée par l'inspecteur, c'est l'arme du crime. Mystère complet. Il a beau chercher, imaginer, cette histoire de rouleau compresseur dépasse son imagination, pour l'instant. Mourir dans son lit au garde-à-vous, comprimé comme un vulgaire paquet... La partie s'annonce intéressante.

Greta Weber met trois jours avant de rentrer à Londres et de se présenter au Yard.

Le major Craig est à la morgue. L'autopsie minutieuse des viscères n'a démontré qu'une chose : la compression. Foie, rate, intestins... comprimés.

Greta Weber vient de voir pour la dernière fois son compagnon de route et de safari; elle lève un regard bleu pâle sur l'inspecteur Ronald Esquive :

– Je ne comprends pas. Il est resté à Londres pour régler des affaires personnelles; c'est pour cela qu'il ne m'a pas accompagnée à Paris.

– Quelles affaires personnelles?

– Une vieille cousine à voir, je crois.

– Et vous ne lui avez pas dit au revoir le matin de votre départ?

– Le bateau partait de bonne heure. Je ne l'ai pas réveillé.

Esquive observe la jeune femme en silence, alors qu'ils quittent la morgue et montent dans sa voiture pour se rendre à Scotland Yard. Il aime observer, laisser parler sans trop questionner. Une manière très personnelle de s'imprégner du personnage. Et ce personnage est intéressant.

Assez grande, allure quelque peu garçonnière. Non dépourvue de charme féminin. Sous le tailleur élégant, on devine un corps souple, musclé. La démarche et les attitudes sont nettes, franches, mais une certaine inclinaison du cou ainsi que du visage démentent cette première impression de franchise. Greta penche légèrement la tête de côté, dans un mouvement de charme, pour s'adresser à son interlocuteur et, lorsqu'elle parle, ses yeux pâles ne quittent pas le regard de l'autre, comme s'il était très important de ne pas perdre le contact. Pour enregistrer les réactions? Pour convaincre? Sa voix est calme, persuasive :

– Nous sommes rentrés d'Afrique il y a quelques jours. Un voyage parfait, aucun incident. Sur le bateau, je n'ai vu personne susceptible de créer des ennuis à Édouard. A ma connaissance, il n'avait pas d'ennemis. Vous m'avez dit qu'on n'avait rien volé dans sa chambre, c'est curieux. Peut-être a-t-il fait une mauvaise rencontre à Londres, mais sincèrement je ne vois pas quand elle aurait pu se produire. Nous avons passé la soirée ensemble à l'hôtel, ensuite nous sommes montés nous coucher très rapidement. Édouard avait hâte de retrouver un vrai lit, quelque chose qui ne soit pas en toile, sous une tente et dans la brousse, ou même dans la cabine d'un bateau. Moi-même j'étais assez fatiguée, j'ai dormi, je n'ai rien entendu de spécial.

– Vos chambres étaient contiguës? Vous ne lui avez pas rendu visite pendant la nuit?

Greta Weber accroche le regard du policier avec insistance :

– Mes relations avec le major ne sont pas en cause, j'espère, inspecteur?

– Du tout.

– Je me suis endormie. D'ailleurs, la porte de communication entre les chambres était fermée.

– Je sais. Tout était fermé. La seule issue est une bouche d'aération de la salle de bains. Elle donne dans le couloir. Vingt centimètres de diamètre. Il est évident que personne n'a pu l'emprunter pour aller tuer le major...

Greta Weber ne relève pas ce détail, apparemment, mais se redresse un peu vite tout de même :

– Avez-vous besoin d'autre chose, je suis un peu lasse...

– Désolé, j'ai encore d'autres questions. Voulez-vous reprendre place, je vous prie ? J'aimerais que vous me parliez de votre métier. Quel genre d'animaux capturez-vous par exemple ?

– Tout dépend des demandes au départ : fauves, singes, perroquets...

– Et cette fois ?

– Un jeune tigre.

– C'est tout ?

– Absolument. Je l'ai envoyé à Paris, il est destiné à un cirque italien que je connais depuis longtemps.

– Vous deviez absolument l'accompagner ?

– Cela fait partie du métier, inspecteur. C'est moi qui l'ai capturé, je l'observe pendant le voyage... ainsi je peux décrire au mieux son caractère à celui qui va le dresser. La plupart du temps, je commence le dressage moi-même en cours de route, je vends ainsi l'animal beaucoup plus cher...

– Vous ne dressez que les fauves ?

– Pas du tout. Je ne touche aux fauves que depuis quelques années. Mon père était dresseur de lions, lui, mais ma spécialité reste les chevaux.

– Aucun autre animal ?

– Aucun. A part les chevaux et les fauves, des animaux nobles à mon sens, je ne trouve pas d'intérêt au reste.

L'inspecteur se décide à lâcher le morceau :

– Miss Weber, saviez-vous que le major était un fonctionnaire de l'Intelligence Service ?

– Non. Mais ce n'est pas très étonnant, en fait.

– Pourquoi ?

– J'imagine que nombre d'officiers de son grade, à la retraite, travaillent pour les services secrets. Cela paraît logique après tout, des professionnels... Mais je l'ignorais.

– Sa mort nous pose des problèmes, Miss Greta Weber. Le major constituait des dossiers sur toutes ses relations, dossiers que le service complétait le cas échéant, si le personnage en valait la peine. Il a fait un dossier sur vous...

– Ah oui ? C'est normal je suppose.

L'inspecteur aime cette partie d'échecs. La partenaire est d'un calme impressionnant. Il avance un pion, elle en avance un autre, tranquillement, sans écart de langage, sans apparemment aucune peur de perdre.

– Le dossier qui vous concerne, Miss Greta Weber, a donc été complété par les soins du service des archives. Nous avons là des coupures de presse, quelques affiches... une sorte de résumé de votre carrière.

– J'ai travaillé dans plusieurs cirques avant de connaître le major. Ce métier est un métier de nomade.

– Sur l'une de ces affiches, nous voyons, imprimés, vos talents de charmeuse de serpents... Un numéro présenté à Berlin ou à Vienne...

– Nous faisons de tout dans les cirques, vous savez.

– Je comprends. Mais vous présentiez, cette fois, un numéro de serpent dressé. C'est extrêmement rare, un serpent dressé. J'ignorais que l'on puisse parvenir à un tel résultat.

– Dresser n'est pas le terme exact. Un jour ou l'autre, une femme doit se plier à ce genre d'exercice, dans un cirque... Vous connaissez comme moi l'attirance du public pour ce type de spectacle. J'ai fait ce numéro il y a plus de dix ans... En quoi vous intéresse-t-il ?

– Mon hypothèse, je dirais, presque ma certitude, est que vous avez ramené de ce voyage un animal dont vous ne parlez pas, dont le major lui-même ignorait peut-être la présence. Je dirais que cet animal est un serpent, un python par exemple. Le même que celui qui faisait le numéro avec vous, à Vienne en 1929. Sur l'affiche il est dit qu'il mesure quatre mètres. Un python de quatre mètres peut parfaitement étouffer un homme endormi. Vous voyez ce que je veux dire ?

Je vois parfaitement. Mais vos soupçons sont assez ridicules, inspecteur. Je n'ai pas emporté de serpent dans mon sac à main. D'ailleurs, pourquoi aurais-je laissé ce serpent tuer le major ? Je n'avais aucune raison de vouloir tuer Édouard. Je ne vois comment je l'aurais fait, d'ailleurs...

– J'ignore pourquoi vous vouliez tuer le major, mais je pense que vous l'avez fait, et je crois savoir comment.

– Je suis curieuse d'entendre cela, bien que vos soupçons soient ridicules, je le répète.

– Il y avait une valise vide sous le lit du major. Une très grande valise de carton, fort solide. Susceptible de contenir un serpent. Disons que vous avez déposé cette valise sous le lit. Disons que le serpent en est sorti, qu'il est allé étouffer le major dans son lit et qu'il est allé ensuite retrouver sa maîtresse, en passant par la bouche d'aération. Seul un serpent peut passer par là. Seul un serpent peut écraser un corps à ce point, le comprimer. Je dirais qu'un serpent est une sorte de rouleau compresseur qui ne laisse pas de traces autres que celles constatées sur le cadavre du major. Je dirais enfin que vous êtes la seule capable, dans l'environnement immédiat du major, de dresser un serpent. Voilà, Miss Greta Weber.

– C'est un roman assez stupide. Vous me prêtez un talent exceptionnel. Dresser un python à tuer ? Un exploit ! Et quelle serait votre preuve ?

– Dans la journée d'avant-hier, Miss Greta Weber, vous avez effectivement livré un jeune tigre à Paris, dans un cirque italien. Mais ensuite, vous avez vendu un python de quatre mètres à un collectionneur. Le corps d'un python plus exactement, mort, selon vous, durant votre voyage. La police française nous a prêté son concours. Je connais votre itinéraire à Paris et ce que vous y avez fait.

– Et vous appelez cela une preuve ? En quoi considérez-vous la vente de ce serpent mort comme une preuve ?

– Vous l'avez vendu mort à Paris, il était vivant à Londres. L'arme du crime, c'est lui. Vous l'aviez dressé.

– Inspecteur, vous m'étonnez ! Vous avez déjà dressé un serpent ? Sûrement pas, bien entendu. Interrogez les spécialistes. Ils vous diront, comme moi, qu'il n'est pas facile du tout d'ordonner quoi que ce soit à ce genre d'animal. Le serpent n'obéit qu'à une musique ou un sifflet et il ne fait pas grand-chose avec ça. S'il a confiance en vous, il se contente de ne pas vous agresser, sans plus. Les numéros du genre de celui que j'ai présenté il y a dix ans consistent essentiellement en une sorte de danse, assez courte, quelques entortillements, le temps de faire frémir le public. C'est plus impressionnant qu'autre chose. Une question de confiance entre l'animal et soi, ainsi, il n'agresse pas la « dompteuse ».

– Miss Greta Weber, j'ignore, je vous l'ai dit, comment votre serpent a exécuté le crime. Je peux supposer que vous l'avez habitué à se montrer agressif vis-à-vis du major. Il reste ma certitude que ce python est l'arme du crime. La vôtre, exclusivement. J'espère le prouver.

– Suis-je arrêtée pendant que vous espérez le prouver ?

– Pas pour l'instant. Il est nécessaire que j'aie l'avis d'un juge. Mais bien entendu, vous vous tiendrez à la disposition de mes services.

– Bien entendu, inspecteur.

Greta Weber et ses yeux pâles quittent donc le bureau de l'inspecteur Ronald Esquive, ce jour-là, en toute tranquillité. Et le policier a mal joué. Erreur fatale dans la partie d'échecs qu'il a entamée avec cette jeune femme étrange : il aurait dû conclure immédiatement. Certes, il ne pouvait pas, à partir de simples présomptions obtenir une inculpation rapide. Mais, vingt-quatre heures après son entretien avec lui, Greta Weber avait disparu.

Les recherches demeurèrent vaines. Le plus ennuyeux est que le collectionneur qui aurait hérité de l'arme du crime, maintenait, mordicus, que le serpent dont il s'était rendu acquéreur était mort depuis longtemps. Desséché. Il était bien entendu impossible de prouver le contraire.

Des années passèrent. Greta Weber avait disparu dans les remous de la guerre mondiale. Était-elle une espionne allemande ? Découverte par le major, l'avait-elle réellement assassiné avec un python ? L'inspecteur Esquive l'a toujours pensé, les spécialistes du dressage en doutaient : le major aurait dû être endormi au préalable, sinon il se serait logiquement défendu, aurait appelé au secours. Endormi ? Peut-être par un somnifère léger que l'autopsie ne révéla pas à l'époque. Les méthodes d'investigation se sont affinées depuis. Avant la guerre, l'analyse chimique des viscères n'était pas aussi précise.

Le mobile est donc resté secret. Les circonstances de la mort, une hypothèse...

Cependant, une dizaine d'années plus tard, vers la fin de l'année 1946, Scotland Yard eut des nouvelles de Greta Weber. Il semble que la police allemande l'ait arrêtée. Il semble aussi qu'elle appartenait à la Gestapo et qu'elle était effectivement un agent secret nazi. Malheureusement, on ignore la suite. Fut-elle condamnée et exécutée ? Greta Weber portait-elle un état civil de complaisance ? Quel était son rôle exact avant-guerre ?

Le rapport de Ronald Esquive, en 1935, conclut qu'il s'agit d'un règlement de comptes entre agents de services étrangers. Par l'intermédiaire d'un rouleau compresseur de quatre mètres, obéissant au sifflet et à la souris vivante. Et il maintenait sa théorie personnelle en matière de psychologie criminelle : le jeu criminel ressemble au joueur, sa tactique le dénonce. Une charmeuse de serpent tuera de préférence à coups de python, plutôt qu'à l'aide d'un rouleau de pâtisserie.

C'est évident, inspecteur Esquive. Mais, évidemment, exceptionnel.

Cet homme dans ce jardin

Quelque part dans l'État du Nevada, en 1960.

Dans le parc immense d'un énorme hôpital, des êtres déambulent, vêtus de chemises longues et blanches. Certains ont l'air calme et marchent en suivant les allées, respectant les bordures et les règles de l'environnement. D'autres s'agitent, regardent en l'air, marchent de travers, font des gestes démesurés et inutiles. Un panneau indique aux visiteurs qu'il s'agit là du secteur de neurochirurgie, que ces malades sont donc des opérés récents ou futurs, et qu'il faut observer le silence. Ce mot est répété sur plusieurs autres panneaux : « Silence. Respectez le silence. Silence. »

Au fond du parc, un jardin. Il est entretenu par certains malades, ceux que l'hôpital ne relâche pas. Les fous, en quelque sorte, bien que ce mot, fou, ne veuille absolument rien dire en lui-même. A fou, il faut ajouter quelque chose. Fou de quoi ? De peur, d'alcool, de drogue, d'obsession, de névrose, de solitude, de désespoir... Il existe tant d'autres épithètes qu'on pourrait ajouter, sans pour autant obtenir une définition adaptable à tous.

Sur un banc de ce jardin, un homme est assis. Un bandage assez important lui entoure le crâne et il cligne des yeux au soleil. Ses yeux sont vides, sans expression, comme les traits du visage. Il y a, sur ce visage, un voile invisible, indéfinissable, tissé de calme et d'indifférence ; il ressemble à la mort.

Effectivement, sur ce banc au soleil, cet homme, dans ce jardin, est un mort vivant. Sa vie, avant ce jardin, est une longue histoire qui commença un jour d'été, en Floride.

Jusqu'à quarante ans, Rodney était un vivant comme beaucoup d'autres. Célibataire, en pleine forme, il passait le plus clair de son temps libre en parties de poker ou de gin-rummy interminables avec des copains. De longues soirées à se taper dans le dos en buvant de la bière, toujours les mêmes éternels week-ends de pêche ou de chasse... et des filles qui passaient dans sa vie comme des météores.

Mais, ce jour de soleil en Floride, Rodney est tombé amoureux. Les vacances finies, il retourne au Nevada, à Carson City où il exerce la profession de directeur d'une succursale de banque. Mais il n'y retourne pas seul : il présente rapidement, à la ronde, son épouse.

Suzan, la jeune épouse, a vingt-cinq ans. Avec sa silhouette, Hollywood pourrait en faire une star, si elle avait le moindre talent de comédienne, ce qui n'est pas le cas. Grande fille toute simple, elle trimbale un corps de mannequin et un sourire d'ange avec une étonnante tranquillité. Tout est beau chez elle, tout est vivant, d'une rare simplicité. Les cheveux épais, drus, bouclés, dorés comme la peau, les yeux bleus sans mystère, la bouche souriante. Rodney en est si amoureux qu'il ne lui lâche jamais la main, même en ville, comme s'il avait peur de la perdre. Ce coup de foudre est un exemple du genre. Ceux qui l'éprouvent un jour semblent avoir toujours peur de se quitter du regard ou du corps et que la magie s'arrête.

Au début de l'été 1952, après un an de mariage, Rodney et Suzan, toujours également amoureux, toujours avec la même intensité, toujours main dans la main, s'en vont en vacances. Ils ont loué une maison au bord d'un lac.

C'est là que va mourir leur bonheur.

Un matin, vers 10 heures, Rodney prend la voiture pour aller faire les courses. Suzan n'a pas envie de l'accompagner. C'est inhabituel, mais elle s'est blottie dans une chaise longue au soleil, avec un petit sourire mystérieux. Rodney hésite encore, il n'aime pas vivre sans elle, même une heure. Mais ce petit sourire mystérieux finit par le convaincre de faire le marché tout seul. Il n'ose pas poser la question mais, en roulant, l'idée lui trotte dans la tête. Suzan serait-elle en train de concocter un héritier ? Ça doit être ça. C'est ça... Elle n'a rien dit, mais il a deviné. Sinon, pourquoi refuse-t-elle depuis quelques jours de faire du ski nautique sur le lac ? Pourquoi cette folie de confiture de framboises au petit déjeuner ? Et pourquoi ce regard apaisé, comblé intérieurement, riche de tant de secret, de tant de douceur, ce sourire...

Le bonheur s'est arrêté là, sur ce petit sourire mystérieux qui promettait tant.

Lorsque Rodney est revenu de la ville, la voiture pleine de pots de confiture de framboises, la maison au bord du lac avait un air d'épouvante.

Il l'a compris en claquant la portière. Il est resté debout, attendant de voir resurgir le sourire, apparaître la longue silhouette, bras tendus, tendresse offerte. Mais le silence de la maison était bien celui de l'épouvante.

Il a hurlé comme un chien à la mort.

Plus tard, lorsque la police eut achevé de relever toutes les traces de ce drame, on expliqua à Rodney ce qui s'était passé.

Deux énergumènes, dont le signalement avait été donné par des campeurs, avaient attaqué Suzan. Ils l'avaient violée et étranglée. Le monde était mort pour Rodney. Il avait lâché la main de sa femme une fois, une seule fois, et l'avait perdue dans l'horreur.

Toute la police de l'État était sur les dents. Le shérif assurait à Rodney qu'on allait retrouver les coupables et qu'ils allaient payer. Mais Rodney n'était plus un homme capable de comprendre, de se résigner, d'attendre que le piège policier se referme. Les dents serrées, il contemplait les photos d'archives qu'on lui montrait. Le têtes des deux tueurs, répertoriés, étaient devant lui, devant ses yeux. Immondes. Des récidivistes du viol et de l'agression. Relâchés Dieu sait pourquoi... par quel mystère juridique des arcanes des remises de peine. Cette fois, ils avaient emporté cent vingt dollars. Et ils avaient violé et tué pour ça. Violé d'abord, tué ensuite, disait le rapport du légiste. Et Rodney ne cessait de tourner dans sa tête le film d'horreur que représentait ce rapport. Ce médecin, à la mine de croque-mort, avait dit aussi : « Votre femme était enceinte de trois mois, le saviez-vous ? »

Les mois passaient et Rodney n'était que souffrance. Incapable de reprendre son travail, il parcourait la région du lac en voiture, maigre, barbu, obstiné, à la recherche des tueurs. Il ne voulait qu'une chose : les écraser. Au shérif, il avait grondé :

– Les faire éclater sous mes talons, comme des punaises.

Et le shérif était inquiet de cette réaction. Compréhensible les premiers jours, elle aurait dû se calmer.

– Rentrez chez vous... Reprenez votre travail à Carson City... Voyez un médecin... vous avez besoin d'être aidé... Laissez faire la police, c'est notre travail, pas le vôtre...

Mais Rodney n'entendait rien, ne voyait rien, la souffrance l'aveuglait, le rendait sourd à toute logique humaine. La logique humaine... que voulait-elle dire, face à ces deux monstres inhumains. Alors, il ne dormait plus, ne mangeait plus, à l'affût en permanence, ne vivant que de cigarettes, de mauvais sandwiches, de café et de vengeance inassouvie. Il traînait sur les routes, le regard fiévreux, dévisageant les passants, se retournant sur tous les hommes. Une fois pour toutes, les deux têtes s'étaient inscrites dans sa mémoire, il espérait l'impossible, le face à face, le soulagement.

– Je les écraserai comme des punaises...

Il n'avait même pas d'arme.

La police, elle, avait évidemment de bien meilleures chances de parvenir à un résultat. L'identification certaine, les indices, la méthode, les hommes et, ainsi que l'avait dit le shérif, la bêtise des criminels. L'un fut pris et dénonça l'autre, qui dénonça l'autre à son tour. Ils étaient sous les verrous, enfin. Cette fois, la peine de mort était au bout. On allait délivrer Rodney de sa vengeance impossible. La justice prenait le relais, ainsi qu'il est normal, en pays civilisé. Mais la justice, en pays civilisé, n'est pas un instrument de vengeance immédiate, irréfléchie, œil pour œil, dent pour dent. La justice se pose des questions, prend le temps pour écouter les réponses, pose d'autres questions. La justice doit réfléchir, et les avocats discuter. Un procès dure longtemps...

Alors un jour, à bout de forces et de résistance

logique à cette souffrance, à ce besoin de vengeance absolue, Rodney est arrivé en voiture devant la prison d'État. Il voulait entrer et tuer, c'était aussi simple que cela dans sa tête. Ils étaient là, derrière cette porte de fer, il n'y avait qu'à entrer et tuer pour que la souffrance cesse.

Le résultat fut que l'on enferma Rodney vingt-quatre heures dans un hôpital. C'est là qu'il prit conscience de sa maladie, une maladie sans nom répertorié, qu'il nommait, lui, « le mal des souvenirs ».

Pas une minute de repos dans sa tête. Le visage, les yeux, le sourire, les cheveux, le corps de Suzan y défilaient comme un film permanent. S'il avait pu encore garder une dernière image fixe sur ce bonheur, une image de fin supportable... Mais les circonstances ne l'avaient pas permis. Il avait vu le carnage en rentrant au chalet. Il se voyait encore courir, pousser la porte, découvrir le corps, à terre, cheveux répandus, lèvres crispées sur la souffrance, jambes repliées sur l'horreur. Et ça, ce n'était pas un souvenir supportable.

Dans cet hôpital où on le soignait en 1956, Rodney suppliait le médecin :

– Faites quelque chose... Arrachez ce souvenir, arrachez-le de moi, je souffre trop, je veux vivre pour être sûr de comprendre que je serai vengé, sinon je me tuerai, c'est trop insupportable.

Arriva le jour où l'on apprit à Rodney que les deux tueurs, condamnés à la peine de mort, allaient être exécutés. Son avocat vint lui-même rendre compte de l'exécution à laquelle il avait assisté. C'était fini. Ils n'existaient plus. Ils étaient rayés du monde. La chaise électrique avait fait son office, par deux fois. Justice rendue. Paix.

Mais ce n'était pas la paix pour Rodney. Rien

n'était changé. Cette vengeance n'avait rien de tangible, rien de réel. Comme si elle n'existait pas. La mort des criminels n'effaçait rien, c'est donc qu'elle ne servait à rien.

Rodney pensait au suicide, mais ne le mettait pas à exécution : la mort des autres n'ayant servi à rien, la sienne ne réglerait pas non plus l'histoire.

Alors il fit le tour des psychiatres, répétant inlassablement son obsession, suppliant sans relâche qu'on le délivre du dernier souvenir. Mais les médicaments étaient impuissants. L'image ne s'effaçait pas.

Il entendit alors parler d'une opération miraculeuse, la lobotomie... et fit le siège des chirurgiens. Mais personne ne voulait accéder à sa demande. La lobotomie, expérimentale d'ailleurs et interdite depuis, n'était réservée qu'à de très rares cas de délinquants sexuels, de violeurs... Pas à lui. Lui, Rodney, veuf inconsolable, était normal, il n'était donc pas question de le priver d'un cerveau normal. On lui conseillait la psychanalyse, les tranquillisants, les voyages, les cures de sommeil, la religion. On lui parlait du temps qui passe et qui efface.

Rien n'effaçait.

Un jour, un homme comprit que la douleur de Rodney était irréversible. Du moins, il estima qu'elle l'était et prit, de ce fait, une énorme responsabilité.

Rodney dut signer des tas de papiers, passer des tas de tests et supplier une année encore, avant d'obtenir enfin ce qu'il voulait : la délivrance.

Qu'était-ce donc que cette délivrance-là ? Pourquoi l'accordait-on si difficilement ?

Nous sommes à l'automne 1960. Rodney a accepté de répondre aux questions des étudiants en neurologie. Le professeur-chirurgien qui l'a opéré souhaitait faire profiter ses élèves de cas particuliers qui posent parfaitement, explique-t-il, le problème de l'intervention chirurgicale. Doit-on, et peut-on, pratiquer une lobotomie sur un sujet à sa demande ?

Qu'est-ce que la lobotomie ?

Exemple (volontairement simple) : prenons un homme agressif dont l'obsession est de cogner sur tout ce qui bouge, comme une mécanique déréglée. Le chirurgien ouvre son crâne, coupe une transmission électrique, referme le crâne et l'homme ne cogne plus. Il ne ressent plus le besoin ni l'envie de cogner. Il ne l'aura jamais plus. Mais que reste-t-il dans son cerveau ? En coupant cette transmission, ce fil électrique, plus ou moins bien repéré d'ailleurs, n'a-t-on pas supprimé autre chose que l'obsession ?

C'est le but de la réunion des étudiants. Il faut interroger le sujet. Ils sont une dizaine, réunis dans une salle d'examen de l'hôpital, pour un cours particulier, à l'avant-garde de la médecine expérimentale, sur un sujet vivant : Rodney.

Celui-ci entre dans la salle d'examen. Le professeur avance lui-même un fauteuil à son patient.

– Asseyez-vous, Rodney... J'aimerais que vous disiez à ces jeunes gens ce que vous pensez du résultat de l'opération pratiquée sur vous.

– Je me sens bien. Je suis libéré et reposé. Très reposé.

– Êtes-vous capable de raconter à mes étudiants l'histoire qui vous est arrivée, afin qu'ils comprennent bien pourquoi vous avez demandé cette intervention ?

– Je peux la raconter. J'espère ne pas oublier de détails.

– Vous voulez dire que vous avez des pertes de mémoire ?

– Je ne crois pas, non. Mais cette histoire s'est passée il y a longtemps... Parfois j'ai l'impression qu'elle ne m'a jamais concerné.

Rodney parle d'une voix neutre, sur un ton morne, sans relief ni intonation particulière. Il explique qu'il était marié, que la mort de sa femme l'a rendu malade. Il insiste sur la longue quête qu'il a dû mener auprès des médecins avant que l'un d'eux accepte de le libérer de ses souvenirs. Son récit est d'une platitude remarquable. Sans émotion ni commentaire superflu. Les étudiants écoutent en silence puis, lorsque Rodney a fini de raconter, l'un d'eux demande :

– A quoi pensez-vous maintenant ?

– Je pense que votre chemise est bleue.

– Non. Je veux dire : à quoi pensez-vous en général dans la journée ?

– Aux choses qui se présentent à mes yeux. En ce moment, je pense que votre chemise est bleue, que le soleil fait un rond sur cette table. Je pense que je parle avec vous, que nous parlons.

– Et vos souvenirs ? Ils n'existent plus ?

– Mes souvenirs existent. Je me souviens de mes parents, de mon école, de mes collègues de la banque, de mon travail, de ma femme.

– Le souvenir de votre femme est-il différent des autres souvenirs ?

– Différent ? Non. C'est un souvenir.

– Il ne vous gêne pas ?

– Non.

– Est-ce que vous pleurez ?

– Non.

Le ton est toujours morne et plat, que le sujet parle du soleil sur la table ou de sa femme. Les étudiants s'y laissent prendre, posant leurs questions presque sur le même ton, sans précipitation, sans se couper la parole.

– Je ne la vois pas. Vous avez une tête, des bras, des jambes comme moi, je ne la vois pas, elle est pourtant là. Mais je n'aime pas beaucoup réfléchir à ces choses. Cela me fatigue.

– Vous souffrez de la tête ?

– Parfois très légèrement. Mais j'ai des médicaments.

– Est-ce que vous êtes heureux ?

– Je suis heureux. Je suis très bien ici. Je suis soulagé. Je n'ai plus mal et je voudrais que cela continue.

Un autre étudiant se racle la gorge, puis se décide à une question plus directe, qu'il pose avec crainte :

– Êtes-vous conscient de manquer totalement d'affectivité ?

– C'est ce que je voulais. Je souffrais de trop d'affectivité. Le mal est parti.

– Vous ne voulez plus aimer ou détester les gens, les autres, c'est cela ?

– C'est cela.

– Mais votre état est définitif, vous le savez sûrement...

– Bien sûr. On me l'a dit.

– Et si vous vouliez recommencer votre vie avec quelqu'un ? Une autre femme ? Ce serait possible ? Ou difficile ?

– Je ne sais pas. Je n'en éprouve pas le désir.

– Vous n'éprouvez aucun désir ?

– Aucun, c'est beaucoup dire. J'ai le désir de manger quand j'ai faim, de dormir quand j'ai sommeil.

– Diriez-vous que vous êtes comme un animal, avec des désirs simples, simplement contentés ?

– Est-ce que vous lisez ? Est-ce que vous regardez la télévision ?

– Parfois, oui. Quand les images sont jolies, je regarde la télévision.

– Mais la lecture ? Vous lisez des journaux ? Des livres ?

– Je n'y pense pas.

– Mais vous savez lire encore ?

– Oui, je sais lire. Bien sûr. Je peux lire sur votre pull-over : *University of Nevada.*

– Que faites-vous dans la journée ?

– Je marche dans le parc, je vais m'asseoir au jardin, je regarde et j'attends.

– Vous regardez quoi ?

– Les choses, les autres...

– Et vous attendez quoi ?

– De retourner dans ma chambre, à l'heure du dîner.

– Est-ce que vous vous ennuyez ?

– M'ennuyer ? Non. Je regarde, je ne m'ennuie pas.

– Que ferez-vous lorsque vous serez complètement rétabli ?

– Je ne sais pas. Le docteur dit que je pourrai rentrer chez moi, mais je n'y tiens pas particulièrement. Je pense que je suis bien ici, avec des gens comme moi.

– Vous croyez-vous différent des autres ?

– On me l'a dit, et je vois que vous êtes différent de moi.

L'étudiant qui a posé la question se sent gêné soudain par le regard morne posé sur lui, pour énoncer cette différence.

– A quoi la voyez-vous cette différence ? Pouvez-vous la définir ?

– Je ne sais pas. Un animal dites-vous ? Non. Mais je ne sais pas.

– Que se passerait-il si quelqu'un vous faisait du mal ?

– Je me défendrais.

– Et si l'on faisait du mal à quelqu'un devant vous ?

– Je le défendrais.

– Vous êtes sûr ?

– Je crois. Mais je ne pense pas à ces choses.

– Lorsque vous repensez à votre vie passée, à votre femme, à sa mort, n'éprouvez-vous vraiment rien ?

– Je trouve cela très triste, parce que vous en parlez en ce moment. Mais je n'y pense pas moi-même. Je n'y pense que lorsqu'on m'interroge, et puis j'oublie.

– Cela vous fait-il de la peine qu'on vous interroge ?

– Non.

– Avez-vous oublié votre amour pour votre femme ?

– Je ne sais pas si je l'ai oublié. Je sais que je ne souffre plus. Je me sens comme quelqu'un qui avait une douleur, et qui, maintenant, ne l'a plus. Je sais que j'ai souffert, mais cela ne veut plus rien dire.

– Est-ce que quelque chose vous intéresse dans la vie ?

– J'aimerais me reposer maintenant.

Et Rodney se lève, devant les étudiants pensifs, d'un mouvement lent, mais décidé. Il s'en va, sans dire au revoir, comme si, brusquement, les autres n'existaient plus pour lui.

Et les jeunes gens regardent disparaître cet homme qui fut un célibataire bruyant et joyeux, un époux passionné et jaloux de son amour, un homme meurtri habité par la haine, un cerveau rongé par la souffrance.

Ils comprennent que cet homme ne porte en lui aucune émotion, aucune sensation excessive, aucune réflexion encombrante, que cet homme est un robot.

Il n'aimera plus. Il ne jalousera plus. Il ne souffrira plus.

Parler le fatigue. Le monde ne l'intéresse pas.

Les autres humains ne le concernent que dans la mesure où il les croise, où ils lui parlent, lui donnent à manger, lui offrent un lit.

Et tous ces jeunes étudiants, pleins de vie, d'ambitions, de désirs, de passions, ont presque peur devant cette terrible réalité.

Alors le professeur dit :

– Voyez-le... Voyez comme il reste assis sur ce banc à regarder les fleurs. Seule la beauté le touche encore, peut-être... Personne n'a songé à lui poser la question. Vous avez demandé des réponses sur l'ennui, le malheur, la souffrance, les souvenirs, les passions, la mort. Vous n'avez pas songé à parler de la contemplation de la beauté ?

Un étudiant se lève aussitôt et sort de la salle. Il traverse le parc, gagne le jardin. Les autres le voient s'asseoir sur le banc, à côté du sujet, le regardant contempler les fleurs. Puis il demande :

– Est-ce que vous aimez les fleurs ?

– Oui.

– Pourquoi ? Parce qu'elles sont belles ?

– Elles sont belles.

– Et que ressentez-vous à les contempler ainsi ?

– Rien.

La lobotomie a été interdite aux États-Unis et n'a jamais été pratiquée, à notre connaissance, en Europe occidentale. Sauf en Suisse dans les années cinquante. Les communications scientifiques à ce propos sont rares. Peut-être découvrira-t-on d'autres sujets d'examen, dans les souvenirs de l'Est et les hôpitaux psychiatriques... où les roses ne faisaient même pas partie du décor.

Le cauchemar perpétuel

L'homme qui vient de s'arrêter en haut de l'escalier de Mrs Spike ne semble pas entendre. Et pourtant, Mrs Spike a la voix la plus aiguë de toutes les concierges de Londres, son époux le lui dit souvent.

– Eh! Monsieur Jones! Vous m'entendez?

Jim Jones est un locataire poli d'habitude. Pourquoi regarde-t-il Mrs Spike avec cet air de dégoût et de terreur insupportable?

– Monsieur Jones, je vous parle! Qu'est-ce qu'il y a? Vous êtes malade?

Cette entrevue est extrêmement importante. Elle a lieu le 7 juillet 1929 à 8 heures du matin, dans un petit immeuble bourgeois du quartier ouest de Londres, au numéro 6 de la rue Chesterfields.

Mrs Spike y est concierge depuis plus de vingt ans. C'est une maigre femme au maigre chignon et à la voix acide, qui semble n'avoir pour but dans l'existence que la propreté des escaliers et des boutons de portes. Son époux, Théolonius, est agent de police, chargé des rondes de nuit. Il dort dans la journée alors que sa femme, le chiffon à la main, inspecte sans relâche la bonne tenue de l'immeuble.

Le locataire, Jim Jones, est un homme de trente-cinq ans, réservé et sympathique, marié depuis deux ans et père d'un bébé de six mois. Il est employé chez un notaire depuis son retour de l'armée en 1919.

Des locataires discrets, tranquilles, « convenables », ainsi qu'aime à le dire Mrs Spike qui, d'habitude, n'est pas tendre dans ses jugements. Or, ce 7 juillet 1929, à 8 heures du matin, Mrs Spike est furieuse contre son locataire préféré.

– Dites donc, monsieur Jones... Ce n'est pas pour dire mais vous en avez fait un raffut cette nuit! Je n'ai que la nuit pour dormir, moi! On n'a pas idée de déménager ses meubles à 3 heures du matin!

Jim Jones est si pâle, il a les yeux si creux, il tremble tellement, que Mrs Spike est à peine étonnée de le voir encore en pyjama, à l'heure où il s'en va travailler en costume et casquette de tweed. Il est malade cet homme, c'est visible au premier coup d'œil. D'ailleurs, il ne s'excuse pas, il reste là, planté sur les marches de l'escalier, hagard, avec toujours cet air de dégoût et d'effroi.

C'est alors que Mrs Spike remarque que son locataire a laissé ouverte la porte de son appartement au premier étage. Elle entend crier le bébé.

Avec l'esprit de décision qui la caractérise et en annonçant toujours à l'avance ses intentions, Mrs Spike déclare :

– Bon, eh bien, je vais voir ce qui se passe chez vous, monsieur Jones, et s'il est besoin d'y mettre de l'ordre, d'appeler un médecin ou quoi que ce soit d'autre, je m'en occupe!

Ce faisant, Mrs Spike pénètre de plain-pied dans une histoire qui ne la regarde pas vraiment.

L'appartement des Jones est assez petit, propret. Tout d'abord, Mrs Spike n'y découvre aucun désordre. La cuisine est rangée, la vaisselle faite de la veille, le living-room ne révèle pas même les traces d'une fête quelconque. Mais c'est en pénétrant dans la chambre à coucher, que Mrs Spike pousse des cris d'orfraie qui se répercutent à travers tout l'immeuble.

Que le bébé pleure dans son berceau, c'est normal. Il n'a pas eu son biberon du matin et personne ne s'est soucié de le changer. Mais, à dix mètres de lui, étendue en travers du lit conjugal, sa mère est morte. Morte d'une drôle de manière, comme au cours d'un combat de Titan. Ses vêtements de nuit déchirés, ses cheveux arrachés, son corps couvert d'ecchymoses en témoignent.

En l'espace de quelques minutes, Mrs Spike a toutefois récupéré son souffle, arraché le bébé à son berceau, entraîné monsieur Jones dans la loge et réveillé en sursaut son policier de mari.

Ahuri de sommeil, le brave homme se précipite à son tour pour prévenir Scotland Yard. Tandis que, sans aucun complexe, Mrs Spike prend les choses en main.

– Assez-vous ici, monsieur Jones et ne bougez pas. Je vais m'occuper du bébé mais vous allez me dire ce qui s'est passé chez vous !

Jim Jones semble avoir la gorge nouée. Totalement affolé, il n'arrive qu'à bredouiller des mots sans suite, en se tordant les mains.

– Bon, il faut d'abord vous calmer. Buvez ça, c'est du whisky, ça vous remontera. Pendant ce temps, je vais chercher de quoi nourrir cet enfant et le changer. Je suppose que vous êtes incapable de me dire où se trouvent les choses, le lait et le reste ? Donc je me débrouillerai sans vous. Mais surtout ne bougez pas d'ici. D'ailleurs je vous enferme à clé, hein ? Vous comprenez, je ne peux pas faire autrement, je connais la police, vous pensez, et si, par malheur, vous aviez assassiné votre femme, il faudrait qu'on vous trouve ici, en train d'attendre bien sagement.

Cinq minutes plus tard, la loge est envahie par une escouade de policiers et par Mrs Spike, chargée de couches et de biberons.

Les hommes se précipitent à l'étage et un inspecteur s'installe en face de Jim Jones, toujours frappé de stupeur.

– Je vous écoute, monsieur Jones. Que s'est-il passé ?

– Je... Je ne sais pas...

– Vous avez dormi chez vous pourtant ? Vous êtes en pyjama.

– Oui.

– Alors, qui a tué votre femme ?

– Je ne sais pas... Je... Je me suis réveillé... Elle était... Elle était déjà morte.

– Monsieur Jones ! Est-ce que vous avez bu ?

– Non ! Oh non, monsieur ! Juste un whisky que Mrs Spike vient de me donner.

– Vous êtes-vous battu avec quelqu'un ?

– Je ne sais pas, peut-être... Je... Je ne sais pas...

– Vous êtes couvert de marques de griffes, vous le savez ?

Jim Jones regarde ses mains, ses avant-bras, et se frotte le visage en tremblant.

– Monsieur l'inspecteur, je crois que j'ai fait un cauchemar. Il me semble que j'ai rêvé de quelque chose, quelque chose d'horrible. Je n'arrive pas à me souvenir vraiment, mais je vois des images...

– Quelles images, monsieur Jones ?

– La guerre, vous savez ? La guerre. J'ai rêvé de la guerre. J'étais dans une tranchée et un Allemand rampait pour me rejoindre... Je ne le voyais pas mais je savais qu'il était là, qu'il venait pour me tuer. Je... Je crois que je me suis battu avec lui.

– Est-ce que vous êtes dans votre état normal, monsieur Jones ? Je veux dire, est-ce que vous êtes soigné pour une maladie quelconque ?

– Non.

– Vous étiez seul chez vous avec votre femme ?

– Oui.

– La porte était fermée ?

– Oui.

– Personne d'autre que vous n'a pu entrer ?

– Non.

– Alors, monsieur Jones, vous avez tué votre femme, cela ne vous paraît pas évident ? Ou bien essayez-vous de vous payer ma tête ?

Tout cela paraît fort simple, en effet, pour un inspecteur de police. Cet homme-là, qui porte sur son visage des marques d'ongles, dont la poitrine et les épaules saignent même par endroits, sous le pyjama, cet homme-là a tué sa femme, pour un mobile qui reste à déterminer, mais il n'est pas question qu'il prenne les policiers pour des imbéciles.

Tous les témoignages concernant Jim Jones sont excellents. Les hommes de Scotland Yard ont interrogé les voisins, les collègues de bureau, les employeurs, la famille, les supérieurs de l'armée. Pas une fausse note.

Voilà donc un homme qui a étranglé son épouse après une violente bagarre dans la nuit du 7 juillet 1929, sans que rien ne le laisse prévoir.

Sauf une chose. C'est un médecin militaire qui le dit au procès, en s'adressant aux jurés :

– Ce garçon avait vingt-cinq ans à la fin de la guerre, qu'il a faite en France, dans les tranchées. Durant quatre ans, c'est-à-dire de vingt et un à vingt-cinq ans, il n'a connu que la guerre, la peur, le bruit des armes, le sang et la mort. Un jour, on me l'a ramené sur une civière, il avait le crâne fracturé. Ses camarades l'avaient dégagé d'une tranchée où il s'était battu au corps à corps avec un soldat allemand. Les deux hommes n'avaient plus de munitions. Jim s'est défendu farouchement et a blessé mortellement son adversaire d'un coup de baïonnette. Mais, avant de mourir, l'autre l'avait assommé d'un coup de crosse. On l'a retrouvé inanimé, empêtré dans le corps de son ennemi. Il a mis plusieurs jours à reprendre connaissance. Par la suite, il s'est plaint de faire des cauchemars, ce qui est tout à fait naturel : ceux qui ont vécu ce genre de combat ne l'oublient jamais. Je suggère donc à la Cour l'explication suivante : Jim Jones a tué, au cours d'un cauchemar. Dans son rêve, il se battait avec un ennemi.

La salle pousse un « Oh » d'étonnement et de doute, mais le juge ramène le calme :

– Votre suggestion, docteur, ne fait-elle pas partie des élucubrations que la science tente de faire admettre à la justice, sans preuves évidentes ?

– Non, Monsieur le Juge. Un de mes confrères américains m'a communiqué le cas particulier d'un de ses patients qui a massacré sa famille l'année dernière, dans de semblables circonstances. Cet homme souffrait depuis la guerre de crises de somnambulisme au cours desquelles il revivait certains épisodes particulièrement cruels des combats qu'il avait livrés. L'examen psychiatrique de cet homme a prouvé qu'il souffrait d'un déséquilibre mental particulièrement sournois, car il ne se manifestait pas, ou peu, dans la vie quotidienne. J'ai examiné moi-même Jim Jones, je l'ai interrogé ainsi que l'a fait la police et je suis arrivé à la conclusion que cet homme était irresponsable au moment du crime. Il a tué, certes, mais ce n'est pas sa femme qu'il a tuée. Je suis prêt à affronter toutes les contre-expertises que la Cour décidera.

Ainsi fut fait. Les examens donnèrent raison à la théorie du médecin militaire.

Jim Jones adorait sa femme et son fils de six mois. Depuis qu'il était marié, il ne se souvenait pas avoir souffert de cauchemars comme après sa blessure de guerre. Et puis, une nuit, Dieu sait pourquoi, le rêve noir l'avait repris et il s'était battu comme un fauve, dans le lit conjugal, sur les oreillers de dentelle ; la bataille avait duré longtemps, puisque, selon Mrs Spike, la concierge, le bruit avait duré plus d'un quart d'heure au premier étage.

Jim Jones fut donc enfermé dans une maison de santé et non pendu.

Mais les jurés se souviendront longtemps de ce qu'il a dit après avoir entendu le verdict :

– Vous auriez mieux fait de me pendre. Maintenant, ma vie ne sera qu'un cauchemar perpétuel. J'ai tué ma femme, je l'ai battue, je l'ai étranglée comme un sauvage. Avant de mourir, qu'a-t-elle pensé de moi ? Qu'a-t-elle compris ? Rien, sinon que je la tuais. Donc que je ne l'aimais pas... Oui, vous auriez mieux fait de me pendre.

C'est ce que Jim Jones a fait, de lui-même, quelques mois plus tard, après avoir écrit à ses juges :

« Je serai mon propre bourreau. Et que Dieu permette à mon fils de vivre une ère de paix dans le monde. »

Des robots et des hommes

Pipe au bec, lunettes sur le nez, John Howard vient de se cogner dans une porte en quittant son bureau. Maudite porte. Voilà cinq ans qu'il travaille dans ce laboratoire de recherches militaires et il oublie toujours que les portes sont blindées. Qui dit recherches militaires, dit en effet ultra secret, donc portes blindées. Celle du bureau d'Howard est blindée comme les autres : elle s'ouvre et se referme donc avec une certaine lenteur, menaçante pour un distrait.

Howard est un distrait, un professeur Nimbus, ingénieur de quarante-deux ans, qui se frotte présentement le genou droit en cherchant sa pipe et ses lunettes, lesquelles viennent de faire les frais de sa distraction. Une grosse voix l'interrompt dans ses recherches personnelles.

– Vous jouez à quoi Howard ?

Howard redresse son grand corps maigre et cherche du regard à discerner l'interlocuteur. Il est myope. Brouillard. Il s'agit d'un officier responsable de la sécurité mais il pourrait s'agir aussi bien de la reine d'Angleterre qu'Howard aurait, de toute façon, le même comportement, qui se définit ainsi : il ne répond pas à la question posée, il suit son idée :

– Bon, je vais me chercher une secrétaire. J'ai besoin d'une secrétaire, c'est affolant ce que les secrétaires disparaissent. Elle part ! Vous vous rendez compte ? Elle part ! Il y a à peine trois mois qu'elle est ici, et hop! elle part. Je ne sais pas pourquoi d'ailleurs... Une histoire de bébé, non ? c'est insensé, c'est fou ce que les bébés peuvent compliquer la vie. Qu'est-ce que j'ai fichu de mes lunettes, moi ? J'ai dû les laisser au labo... Dites... vous n'auriez pas vu ma pipe ?

L'officier de sécurité a l'œil partout, c'est son métier ; il a déjà ramassé les lunettes et la pipe de l'ingénieur Howard, qui le remercie distraitement. Il lui tient la porte blindée au passage. Tout le monde ici connaît ce personnage, les nuages qu'il trimbale dans sa tête et les gaffes qu'il commet en permanence. Pourtant, ce Lagaffe est un étonnant bonhomme : l'un des rouages les plus importants de la réorganisation de la puissance militaire britannique des années cinquante.

John Howard est le spécialiste de la conception des cerveaux de missiles. Les missiles sont le fer de lance des futures guerres modernes. Et l'Angleterre d'après la Seconde Guerre mondiale ne croyant pas à la paix future, monsieur le ministre de la Défense, Duneau Sandys, gendre de Winston Churchill, a décidé de tout mettre en œuvre afin que son pays soit doté de cette redoutable force d'intervention. Le travail le plus important, donc le plus secret, a été confié à John Howard, un brillant chercheur, bien qu'il soit complètement dans la lune.

A nouveau en possession de ses lunettes et de sa pipe, John Howard fonce maintenant dans les couloirs du laboratoire, laissant l'officier perplexe. Jamais l'ingénieur n'a autant parlé à quiconque. Il ne laisse échapper en général qu'une phrase, toujours à côté de la question, et se renferme aussitôt dans son mutisme habituel. Il faut croire que cette histoire de secrétaire l'a considérablement perturbé. De même, le personnel du labo n'a pas l'habitude de le voir circuler hors des frontières de son bureau d'étude. Il y passe d'habitude le plus clair de son temps, seul, silencieux, abandonnant à sa secrétaire la charge de remettre en ordre le fouillis de ses notes. Qu'est-ce qui fait courir John Howard, ce jour d'avril 1949 ?

Le voilà qui ouvre la porte d'un atelier dépendant de son secteur de recherche. Le voilà qui fait le tour des cinq ateliers travaillant sur ses plans et il examine, sans un mot, chacun des visages féminins. Puis, il retourne à son bureau. La secrétaire en titre, affectée à son service personnel, doit le quitter le jour même; elle semble très ennuyée.

– Monsieur Howard, je suis vraiment désolée... mais je vous ai averti de mon départ il y a plus d'un mois...

Howard avait oublié. Il oublie volontiers les détails. Et tout ce qui n'est pas recherche pure est un détail pour lui. Il fait un geste signifiant que la chose est sans importance alors que, bizarrement, elle semblait tout à l'heure revêtir au contraire une extrême importance.

– Faites venir la jeune fille de l'atelier 3.

– La jeune fille ? Mais quelle jeune fille, Monsieur ? Il y a cinq jeunes filles à l'atelier 3.

– Blonde, frisée, petite, l'air d'une poupée.

– Ah... Kathleen ? Celle qui travaille à la soudure ? Que dois-je lui dire, Monsieur ?

– Je lui parlerai moi-même. Elle va vous remplacer, Maggy.

Maggy est sidérée. La remplacer, elle ? secrétaire confirmée, testée par les services de sécurité, douée de toutes les qualités mondaines et professionnelles que son service auprès d'Howard exigeait ? Il rêve ?

– Excusez-moi, Monsieur, mais cette jeune fille n'est pas... enfin vous savez bien qu'il faudrait passer par la direction du personnel pour cette affectation, Monsieur ?

– Pas le temps. Tous des imbéciles. Compliquent tout. Savent pas ce qu'il me faut.

Maggy fait la grimace car ce commentaire pourrait aussi bien s'adresser à ses propres capacités. Mais Howard ne le remarque même pas. Il est déjà plongé dans une équation et Maggy sait parfaitement qu'un mur de béton l'entoure dans ces moments-là. Qu'elle continue à parler et il ne répondra plus, car il ne l'entendra plus. Il est immergé dans ses calculs, comme un plongeur sous la mer. Coupé de la surface et des êtres humains qui y circulent. Alors, elle se rend à l'atelier 3 et ramène, en silence, la jeune Kathleen. Jeune, car elle n'a que dix-sept ans, des cheveux blonds frisés, une bouche encore enfantine, des fossettes, et deux yeux bleus naïfs. Un bonbon anglais.

Le bonbon n'est pas rassuré :

– Vous savez ce qu'il me veut, mademoiselle Maggy ? J'ai fait une erreur ? Oh, mon Dieu ! si j'ai fait une erreur...

– Mais non... mais non... Vous verrez bien.

Le ton de Maggy est plutôt sec. Vexée de se voir remplacée par une simple ouvrière à peine sortie de l'adolescence, sans éducation ni culture, sans métier. Howard est décidément fou. Maggy pousse la jeune fille dans le bureau du patron, referme la porte blindée et disparaît.

De l'autre côté, l'antre du chercheur, Kathleen se tient sur un pied, tout en lissant sa jupe d'un air gêné. Elle a le trac. Ce grand bonhomme à lunettes, au nez en bec d'aigle, ne lève même pas la tête, comme s'il ne l'avait pas entendue entrer. Le silence est long, insoutenable. Finalement, Kathleen se racle la gorge, et se décide :

– Je suis là, Monsieur...

La petite voix n'a pas franchi le mur de béton. Silence, toujours.

– Euh... Monsieur ? Je suis là... Vous vouliez me voir ?

Cette fois Kathleen a pris le risque de s'avancer dans le dos d'Howard qui sursaute.

– Ah ? Ah oui ! C'est vous. Votre nom, déjà ?

– Kathleen, Monsieur...

– Asseyez-vous là. Vous êtes ma secrétaire, à partir de maintenant.

– Pardon, Monsieur ? Moi ? Mais je ne suis pas secrétaire du tout, Monsieur.

– Sans importance. Vous le devenez.

– Monsieur, pardonnez-moi... J'insiste, je n'ai pas vraiment la qualification, le service du personnel...

– Oh... au diable toutes ces sornettes ! J'ai besoin de quelqu'un comme vous. J'ai besoin de quelqu'un près de moi en permanence, un point c'est tout. Mettez-vous là.

« Alors là..., se dit Kathleen intérieurement, ma fille... tu es dans de drôles de draps. Ce type t'a tout simplement repérée. Il te propose d'être sa secrétaire et, dans pas longtemps, il va te proposer son lit. Pas question. Mais comment le lui dire ? »

– Monsieur je suis ouvrière, rien de plus. Et je préfère le rester.

La jeune fille prend alors son courage à deux mains pour regarder Howard bien en face, bien dans les yeux, derrière ses lunettes. Il faut qu'il comprenne ce qu'elle sous-entend.

– Ouvrière, hein ? Et pourquoi ?

Démontée, Kathleen bafouille.

– Ben, euh... c'est que... enfin, je ne suis pas de votre monde moi... je suis d'une famille d'ouvriers...

– Et alors ?

– Ben... un jour, j'épouserai un type comme moi, un ouvrier... voilà. Je ne cherche rien de plus.

– Pourquoi ?

– Mais enfin... parce que je sais ce que je vaux...

– Mais non, bien sûr que non, vous ne savez pas, comment pourriez-vous savoir ? Assez discuté... j'ai besoin de vous, n'en parlons plus, j'ai autre chose à faire.

Sur ce, John Howard, s'enferme à nouveau dans ses équations et le silence retombe dans le bureau. Au bout de quelques minutes d'angoisse, Kathleen ne sait plus ni quoi dire, ni quoi faire. Elle n'ose pas sortir, ni s'asseoir à la place de Maggy. Elle ose juste demander :

– Qu'est-ce que je dois faire, Monsieur ?

Pas de réponse. Elle n'existe pas pour Howard. C'est une situation vraiment très ennuyeuse. Il est le patron, elle ne peut tout de même pas se mettre à hurler pour savoir. Se moucher, tousser, gratter sur une feuille de bloc, triturer un stylo... rien n'y fait. Alors, Kathleen ouvre la porte sans bruit, la referme doucement et s'éloigne sous le regard ironique et glacé de Maggy, l'ex-secrétaire.

Dix années passent. Dans la petite ville de Moston, banlieue de Manchester où se trouve le laboratoire dirigé par John Howard, le coroner Fladbury vient d'ouvrir une enquête. Le jury est réuni, les témoins sont présents. L'affaire est délicate. La veille encore, le coroner a reçu un coup de téléphone du service de sécurité militaire. On lui a donné quelques précisions importantes :

– A priori, il peut s'agir d'espionnage. Mais nous n'avons pas de piste. On a vérifié son dossier. Le compte en banque est normal. Aucun indice ne vient contredire la thèse du suicide volontaire. Mais nous comptons sur vous pour nous signaler toute contradiction dans les témoignages. La prudence s'impose tout de même. Howard était un cerveau exceptionnel.

Le cerveau exceptionnel n'est plus. Il y a deux jours, le 4 février 1959, John Howard ne s'est pas rendu à son bureau comme d'habitude. Son père, âgé de quatre-vingt-quatre ans, ne l'ayant pas vu au petit déjeuner, a d'abord pensé à une distraction. Mais en montant dans sa chambre, il a découvert son fils, allongé sur son lit, mort.

Le médecin légiste n'a eu aucune peine à déterminer les causes de cette mort. Cyanure. De plus, sur sa table encombrée de livres et de revues scientifiques, John Howard avait laissé un petit mot, de son écriture pointue et minuscule, presque illisible, et qui disait, après décryptage :

« J'ai égaré un produit dangereux. Il risque de provoquer la mort d'innocents. Je ne me pardonne pas cette négligence. Adieu. »

Peu de mots. Efficacité, comme d'habitude. Et cyanure. Alors que, la veille, John Howard était dans son état normal, apparemment, c'est-à-dire distrait. Cette distraction l'aurait-elle amené à la plus tragique des imprudences ?

Le petit mot est sur le bureau du coroner qui interroge un pharmacien de la ville, dans le cadre de l'enquête.

– Vous dites avoir reçu la visite de John Howard, quelques jours avant sa mort. Que voulait-il ?

– Il est venu chez moi, c'est exact. Mais j'ai su qu'il avait rendu visite à tous mes collègues dans la même journée, et pour le même problème. Il avait égaré, disait-il, une plaquette de somnifères. Il paraissait très inquiet. Il avait peur que des enfants la trouvent et avalent le produit.

– Ce produit était-il si dangereux ?

– Absolument pas. Je le lui ai affirmé, ainsi que tous mes confrères. Une souris aurait pu avaler la totalité des vingt cachets qu'elle n'en serait pas morte pour autant. Il ne s'agissait que d'un soporifique léger, très faiblement dosé. Nous n'avions aucune inquiétude. La sienne était démesurée.

– Vous a-t-il paru rassuré lorsqu'il vous a quitté ?

– Absolument pas. Il était nerveux, agité. Je le connais, cette attitude ne lui ressemblait pas.

Le coroner remercie le pharmacien et appelle le père de John Howard. Le vieillard a été terriblement secoué, il est anéanti par le chagrin. Péniblement, il répond à la première question du coroner :

– Je n'ai pas d'explication à ce suicide. J'avais deux fils. John, ingénieur, et Ronald, qui est instituteur. Tous deux s'adoraient. Notre famille était très unie. Je sais qu'ils m'aimaient beaucoup tous les deux. Si John avait eu un problème grave, il m'en aurait parlé, je crois.

Le frère de John, Ronald, fait à peu près la même déposition, mais en ajoutant une précision :

– Mon frère m'a paru très affecté par le départ de sa secrétaire. J'ai remarqué que cette histoire de cachets perdus a eu lieu deux jours après le départ de la jeune femme.

– Précisez votre témoignage. Votre frère était-il amoureux de sa secrétaire ?

– Je ne le pense pas. Il n'en a jamais parlé, mais, depuis ce départ, il m'a donné l'impression, comment dire... l'impression qu'il lui manquait la moitié de son cerveau...

– Expliquez-vous...

– C'est difficile. De plus, il ne s'agit que d'une impression personnelle. Je ne suis pas psychologue, j'ai beau connaître mon frère, une partie de sa personnalité m'a toujours échappé. C'était un garçon brillant, surdoué même. Depuis des années, il s'acharnait à la mise au point de systèmes de plus en plus sophistiqués. Plus perfectionnés que le cerveau lui-même, disait-il. Je n'en connais pas les détails, bien sûr. Il n'en parlait pas clairement, toutes ses recherches faisaient partie du secret militaire, mais je crains qu'il se soit mis à vivre peu à peu dans un autre monde, un monde de robots. Par exemple, il ne manifestait jamais ses sentiments, même avec moi. Il était toujours très difficile de comprendre ce qu'il pensait, ou ce qu'il voulait. Il agissait, il cherchait, trouvait ou ne trouvait pas, mais sans commentaires personnels. Par moments, je me demandais s'il lui restait une once de sensibilité humaine.

– Pouvez-vous nous dire s'il entretenait des rapports autres que professionnels avec sa secrétaire ?

– Non. je ne crois pas. Mais cette jeune femme pourrait le confirmer mieux que moi, évidemment.

Alors, tous les regards du jury se tournent en direction de Kathleen. Secrétaire particulière de John Howard depuis dix ans, elle vient de quitter son emploi. Le coroner l'interroge minutieusement et Kathleen raconte son premier contact professionnel avec Howard qui a fait de la petite ouvrière sans ambition la secrétaire, au salaire confortable, qu'elle est devenue.

– Un moment, j'ai même cru qu'il avait une autre idée sur moi, vous comprenez ? Mais, très vite, je me suis aperçue que j'avais tort. M. Howard ne m'a jamais adressé la parole autrement que pour le travail. Il s'est toujours montré indifférent. Je n'ai jamais eu à me plaindre de la moindre insinuation, ou d'une attitude équivoque. Jamais. Nos rapports étaient complètement différents.

– Qu'appelez-vous différents ?

– Avec moi, il se montrait différent d'avec les autres. Il était humain.

– Je ne comprends pas. Ne venez-vous de dire à l'instant qu'il se montrait indifférent à votre endroit ?

– Je voulais dire indifférent à... mon physique. Je suis une femme, j'ai l'habitude. Mon physique lui était indifférent, voilà. Ce qui l'intéressait en moi, c'était la vie.

– La vie ? Vous représentiez la vie pour lui ?

– C'est cela. J'ai mis du temps à le comprendre, surtout au début. J'étais très jeune, presque une gamine encore, et je n'avais réellement aucune capacité pour ce travail. Et puis John Howard me faisait même un peu peur. Peu à peu, j'ai réalisé que je représentais autre chose qu'une secrétaire. J'étais le seul être vivant de son environnement. Il passait près de dix heures par jour dans son bureau, plongé dans les robots, environné de robots. Il devenait robot lui-même. Tout le monde au laboratoire le savait d'une distraction invraisemblable ; c'était dû à cela. Il n'avait plus de contact avec les choses de la vie courante. Il avalait un sandwich sans y penser, avec le papier parfois. Et moi... j'étais une sorte de robot vivant à ses côtés, je lui rappelais que la vie était toujours là. La vraie vie humaine. Mais au bout de quelques années, j'ai senti comme une emprise. Il me dominait, m'absorbait complètement. Il me donnait l'impression de se nourrir de moi, de manger ma propre vie.

– Êtes-vous certaine qu'il n'était pas amoureux de vous ? Après tout, il le cachait peut-être, puisque vous dites même, comme son frère, qu'il était incapable d'exprimer des sentiments.

– Sincèrement non, Monsieur. Il n'était pas amoureux. L'amour n'existait pas pour lui. Mais j'étais à lui, sa chose. Cela, je l'ai parfaitement ressenti. Surtout les derniers temps.

– Pourquoi avez-vous quitté votre poste ? A cause de cela ?

– Quand je lui ai annoncé mon mariage, il a été de mauvaise humeur pendant plusieurs jours. Je suis certaine que ça lui déplaisait.

– Nous parlons donc de jalousie ?

– Non, pas réellement. Enfin, je ne sais pas. Ça lui déplaisait. De toute façon, il a très vite oublié et nous n'en avons jamais parlé en détail. C'est moi, en fait, qui ne pouvais plus supporter d'être avec lui. Je voulais m'évader de cette ambiance étouffante, je voulais vivre avec mon mari, entièrement. Or, avec M. Howard, j'étais comme prisonnière. J'avais compris que, si je ne réagissais pas, il réussirait à m'assimiler complètement.

– Vous assimiler ? Quelle expression étrange. Comment pouvait-il ? Comment procédait-il ? Expliquez-vous.

– Par exemple, il fallait que je lui parle de tout. De tout ce qui se passait au-dehors, dans le bureau, à l'extérieur, dans le monde. Il voulait aussi que je lui raconte ce que je faisais, comment je vivais en dehors du bureau. Qui je rencontrais, quelles étaient mes distractions, ce que j'entendais dire autour de moi. Il vivait à travers moi en somme. Comme un handicapé, un aveugle à qui il faudrait raconter la vie. C'était épuisant.

– Lui avez-vous connu des relations féminines ?

– Jamais. Il ne recevait personne, ne téléphonait à personne et ne parlait à personne, c'est simple. Il quittait son bureau bien après tout le monde, et je sais qu'il continuait à travailler chez lui. Le lendemain, il rapportait des notes que je devais recopier et mettre en ordre. Malgré cela, mon travail de secrétariat était réduit à très peu de chose. Il me disait où ranger les documents. Parfois je tapais un rapport mais, la plupart du temps, je n'étais là que pour être à ses côtés. Quelqu'un de vivant, c'était le principal.

– Quelles explications pouvez-vous nous donner à ce suicide. Vous sentez-vous responsable, par exemple ?

– Un peu, oui. Cela me tracasse. J'ai le sentiment que le fait de l'avoir quitté, abandonné en quelque sorte, a provoqué un drame affreux.

– Et pourtant, vous persistez à dire qu'il n'était pas amoureux de vous ?

– En effet. Mais, moi partie, tout redevenait mort autour de lui. Les cerveaux électroniques ne parlent pas, ils ne respirent pas, ils n'ont pas d'odeur. Et si vous voulez mon avis, ils finissent par rendre fous ceux qui les inventent. Je sais pourquoi il m'avait choisie, il y a dix ans. J'étais une gamine, une adolescente facile à modeler. Il avait besoin de faire d'un être humain une sorte de robot à sa disposition, qui le nourrirait de sa propre vie.

Le coroner observe pensivement cette jeune femme qui parle si étrangement. Elle est devenue belle, la poupée anglaise, toujours blonde, frisée, regard pur et bleu, corps parfait aux lignes rondes. Rien d'un robot. Tout le contraire, même. Tout à coup, il lui apparaît que ce suicide est un vrai suicide. Au diable toutes ces histoires d'espionnage. John Howard, à cinquante-deux ans, avait besoin de cette présence charnelle, humaine, savoureuse dans son univers glacé de chercheur et de savant fou. John Howard pouvait ignorer l'amour en apparence, parce qu'il n'avait pas le temps d'y penser, tout bêtement pas le temps. Mais au fond, cette sorte de fringale dévorante qu'il avait de sa secrétaire, ce besoin qu'elle lui raconte sa vie, qu'elle ne le quitte pas, toutes ces choses si compliquées que le témoin a du mal à exprimer, c'était tout simplement de l'amour. Un amour différent des autres. Un amour déformé, mais un amour tout de même.

« Il avait perdu la moitié de son cerveau », disait son frère... Et la moitié de son corps aussi. Cette moitié-là, c'était Kathleen. La précieuse partie de lui-même qui vivait encore en lui, qui cherchait à exister humainement, à bousculer les robots.

Alors le coroner déclare au jury :

– Ma conclusion officielle est que John Howard s'est suicidé. Il s'agit d'un acte de désespoir passionnel.

Et Kathleen baisse la tête, en larmes. Cette conclusion la rend responsable pour toujours de la mort d'un homme.

Du côté de la sécurité militaire, on restera sceptique. Un maître en matière de recherche sur les missiles à têtes nucléaires n'a pas le droit de se suicider ; c'est suspect. Et si cette Kathleen ?...

Mais le coroner est formel.

– Ma décision est : suicide. Je n'ai pas découvert de contradictions dans les témoignages de son entourage. Vous pouvez rendre le corps à sa famille. Vous pouvez informer la presse : suicide passionnel.

Ainsi disparut sous la terre John Howard, maître de recherches, patron d'un laboratoire ultrasecret chargé des têtes de missiles, des robots à tuer, qui prolifèrent toujours, sans lui mais avec d'autres, s'améliorent et reprennent du service...

Car un robot ne se suicide jamais.

Exorcisme

Un village au fond de la vallée. Une femme, grande, sèche et maigre, vêtue de noir, marche dans la rue principale, une petite valise à la main. Lorsqu'elle est descendue du car, le chauffeur a grommelé :

– Tu parles d'un cadeau.

Elle est laide, cette femme : un front étroit, une bouche mince, la peau sèche, le menton pointu. Irrémédiablement laide. Même laideur dans la démarche saccadée, le pied plat se soulevant à peine du sol, le dos raidi de la nuque aux talons. Ceux du village qui la regardent passer derrière leurs fenêtres font le même genre de commentaire que le chauffeur du car.

– Voilà la grande Germaine. Toujours aussi mauvaise...

– Elle s'arrange pas en vieillissant...

– Quand elle était gosse, c'était déjà le diable...

La grande Germaine traverse le village, sans jeter un regard d'un côté ou de l'autre et sans saluer quiconque. Elle se dirige vers l'église, y pénètre, s'agenouille un instant devant l'autel désert, puis frappe à la porte de la cure.

Le prêtre qui l'accueille est bien vieux. Il a

baptisé jadis cette femme et il lui sourit gentiment.

– Ma pauvre Germaine... Quel drame...

Il s'attendait, ce pauvre monsieur le curé, à une réponse, quelques larmes peut-être, mais le visage figé de la grande Germaine ne laisse paraître aucune émotion.

– Où est-il ?

– Noël ?

– Parce qu'il s'appelle Noël, en plus ?

– C'est un enfant très émotif, il vient de supporter un choc beaucoup trop grand pour lui... je ne saurais trop vous recommander de...

– Où est-il ?

Cette femme est un automate. Le vieux curé ne peut s'empêcher de faire mentalement une petite prière, comme s'il se trouvait devant une émanation du diable en personne.

– Il est avec ma gouvernante, elle a essayé de le faire dormir... ce pauvre gosse est complètement retourné depuis...

– Allons-y.

Ce rictus de dégoût... c'est insensé.

– Vous savez Germaine... je peux le garder quelque temps encore...

– Allons-y. Je n'ai pas de temps à perdre.

Résigné, le brave curé accompagne Germaine jusqu'à la grande maison qui fut la sienne, où elle est née et dont elle ne s'est jamais préoccupée.

C'est lui qui ouvre la porte, lui qui lui montre l'escalier de la chambre et qui s'apprête à la suivre :

– Je veux le voir seule.

Dans la grande maison silencieuse, les pas de Germaine résonnent comme une menace. Elle ouvre une porte, la referme. Le curé s'assied dans le vestibule, inquiet et malheureux. Il a beau se raisonner, faire appel à la charité chrétienne, cette vieille fille raide de méchanceté lui donne envie de... il ne sait quoi. La jeter hors de cette maison, lui interdire d'approcher ce gosse. Mais il ne peut rien... Rien.

Là-haut, dans la chambre, la femme et l'enfant s'observent. Germaine, ses deux mains osseuses croisées sur son estomac en un geste de prière constante, parle d'un ton sec :

– Quel âge as-tu ?

– Neuf ans.

– Ta mère t'a parlé de moi ?

– Non, madame.

– Tu mens. Ta mère était ma sœur, Dieu m'en préserve mais c'est ainsi. Elle t'a forcément parlé de moi. Que t'a-t-elle dit ?

– Je ne me rappelle pas, madame. Je ne sais pas...

– Tu ne sais pas que je suis ta tante ? En voilà des manières ! Ta mère était une fille perdue. Tu es un enfant sans père, un enfant illégal, tu n'aurais pas dû naître ! Tu le sais, ça ? Elle ne te l'a pas dit ? Réponds !

L'enfant baisse la tête sans comprendre. Il n'a pas assez de son chagrin, il faut encore que cette vieille fille épouvantable de bigoterie et de méchanceté vienne lui parler comme s'il représentait, à lui tout seul, tous les péchés du monde...

Sa mère est morte, il a vu partir le cercueil, il l'a suivi, il a vu le trou noir et la pluie qui tombait sur la boue dans la pelle du fossoyeur. Il avait de gros sanglots dans la gorge, trop gros pour éclater en larmes, mal à la tête. Un peu de fièvre aussi. Le monde était devenu terrible tout à coup. Incompréhensible. Comment une mère aussi tendre, aussi jolie, peut-elle mourir en quelques jours d'une maladie inconnue... Comment un petit garçon de neuf ans peut-il se retrouver seul au monde, à suivre l'enterrement avec, pour unique soutien, le vieux prêtre de la paroisse. Et voilà que cette femme longue et maigre, terrifiante, est arrivée pour le punir encore ?

La tête de Noël a du mal à tenir sur ses épaules. Elle tourne, il a le vertige devant cette sorcière habillée de noir, qui sort de son sac un crucifix et l'agite devant lui en marmonnant :

– Tu seras exorcisé, il le faut ! Tu es le péché vivant, tu es l'enfant du démon...

Alors, il éclate en sanglots. Et, depuis le vestibule, le vieux prêtre l'entend. Il hésite encore un instant, peut-être pleurent-ils ensemble, la tante et le neveu ? Mais il en doute. Il attendait de cette visite autre chose tout de même. Que cette vieille fille ait du chagrin d'abord, qu'elle le remercie d'avoir pris soin de son neveu, en ces jours difficiles... Or, elle n'a dit qu'une chose : où est-il, je n'ai pas de temps à perdre...

Voici qu'il entend maintenant l'enfant crier :

– Laissez-moi ! Allez-vous en !

Alors, il s'élance dans l'escalier et il entre dans la chambre.

– Mademoiselle Billon, permettez-moi de garder Noël avec moi, le temps qu'il se remette... Il ne vous connaît pas, tout cela est trop dur pour lui et...

– Merci. Inutile de vous mêler de ça. Moi, je le connais. Il m'est confié par la force des choses et, avec l'aide de Dieu, j'en viendrai à bout !

« Venir à bout » de ce gosse ? le prêtre est suffoqué. Autant qu'il ait pu le constater depuis quelques jours, cet enfant n'a rien d'un monstre à dompter, au contraire.

– Mademoiselle Billon, Germaine... je ne comprends pas... Ce pauvre gosse est un peu sauvage mais quoi de plus normal ? Il ne connaissait presque personne au village. Il vient de perdre sa mère...

– Sa mère, comme vous dites monsieur le curé, sa mère aurait pu en faire dix comme lui ! Ou même vingt ! Vous ignorez quel était son métier ? Vous ne le savez pas ? Elle ne s'est pas confessée, évidemment ! C'était une prostituée, monsieur le curé... voilà ce qu'elle était ! Une mère incapable de dire à qui elle devait celui-là... Et elle est venue mourir ici, dans la maison familiale... probablement d'une maladie honteuse que je ne veux pas connaître... Elle l'a fait exprès, pour me faire subir cet affront ! Elle me laisse cet enfant, comme si j'étais, moi, responsable de son péché ! Moi qui ai consacré ma vie à la prière et à la chasteté ! Pendant qu'elle se traînait dans la fange...

– Je vous en prie, ne parlez pas ainsi devant cet enfant ! Ce n'est pas charitable. Calmez-vous... il n'est pas responsable, quoi qu'il en soit.

– Vous ne comprenez rien. Ne vous mêlez pas de nos affaires. Je vous paierai pour le dérangement et le prix de la messe. Maintenant, laissez-nous.

Le vieux prêtre a cédé. Parce qu'il est vieux peut-être... Parce qu'il n'osait pas affronter cette femme, devenue une inconnue... mais qui avait tous les droits sur l'enfant. Peut-être aussi parce qu'il ne connaissait pas vraiment cette curieuse famille et qu'il se disait : « Je reviendrai. »

Dans le village, on a murmuré pendant quelques jours. L'histoire était si simple et si choquante qu'on la racontait à ceux qui ne savaient pas, au coin d'une rue, en sortant de la boulangerie, à une table du café :

– Comment, vous ne savez pas ? La maison des Billon était fermée. Les vieux sont morts depuis longtemps, les deux filles vivaient à Paris... C'est la cadette qui est revenue, il y a un mois, avec un enfant sans père et un drôle de genre... Paraît qu'elle était malade. En tout cas, la voilà qui meurt... et voilà l'autre, l'aînée, qui rapplique à son tour... Vous savez la grande Germaine, celle qui était si laide et qui voulait devenir bonne sœur... Quand on pense qu'elle n'a même pas assisté à l'enterrement! Une vraie honte! Elle a fermé les volets, même pas salué les voisins, ni remercié personne... Une drôle de femme. Aussi laide que sa sœur était belle... Et ce pauvre gosse, vous avez vu comme il est beau? Un ange...

La suite s'est déroulée loin du village, à Lyon, la grande ville, dans un appartement entouré de voisins, là où quelqu'un aurait pu s'inquiéter davantage de la vie bizarre que menaient cette femme et cet enfant.

Bizarre... vu de l'extérieur, ce n'était que bizarre.

Le quartier est bourgeois, l'immeuble sérieux, en pierre de taille, l'escalier ciré, au tapis silencieux, mène à des appartements feutrés, où vivent des gens qui se parlent à peine. Chacun chez soi. On ne se lie pas comme ça. On ne se mêle pas des affaires privées.

Mademoiselle Billon, en rentrant chez elle, a dit au gérant, de son ton sec habituel :

– Mon neveu doit vivre avec moi. Il est orphelin. C'est une lourde charge que Dieu m'envoie mais c'est ainsi. De plus, cet enfant est malade et je ne peux pas l'envoyer à l'école. Que voulez-vous, la charité fait partie des devoirs d'une chrétienne.

Le gérant a donc vu passer un enfant blond, au visage pâle et aux yeux agrandis de peur et de désespoir. Il a pris ça pour une maladie et n'a pas posé de questions. Il n'allait pas ennuyer mademoiselle Germaine Billon, avec des questions indiscrètes. Il s'est dit simplement : « Dommage, un si beau petit garçon... » Image fugitive dont il n'a conservé le souvenir que quelques jours... Ensuite il était admis une fois pour toute dans son esprit que mademoiselle Billon, la vieille demoiselle du troisième, vivait avec son neveu anormal. Il n'en parla plus. Chacun sa croix. On évite de parler de ces choses-là, n'est-ce pas... c'est déjà assez dur pour la famille.

Les voisins l'ont su, par lui, mais personne n'est allé rendre visite à Germaine Billon. C'est une femme à qui on ne rend pas visite, une femme qui mène une vie sans intérêt pour les autres, que l'on devine bigote, aigrie, sévère, d'âge d'indéfinissable mais qui ne fait pas de bruit et paie son loyer régulièrement. D'ailleurs, elle ne parle à personne, n'ennuie personne.

Mademoiselle Billon a quitté son travail de comptable ; on suppose qu'elle a pris une retraite anticipée pour s'occuper de son neveu malade. Tout est en ordre apparemment.

Une porte s'est refermée au troisième étage. Chacun s'est contenté d'un bref salut de la tête. Et du silence. C'est confortable le silence. Ça ne pose pas de questions.

Un an a passé, pendant lequel personne n'a entendu de cri, personne ne s'est demandé pourquoi cet enfant ne sortait jamais, pourquoi il n'allait pas à l'école, pourquoi, s'il était malade, aucun médecin ne venait en visite. Et puis un jour, tout à coup, le gérant, en déjeunant avec sa femme, dans son appartement du rez-de-chaussée, dit en dépliant sa serviette :

– Tiens... mademoiselle Billon n'est pas descendue payer son loyer ce matin. J'espère qu'elle n'est pas malade.

– Pourquoi malade ? a demandé son épouse en servant les quenelles de brochet.

– Tu ne l'as pas vue l'autre jour, sur le trottoir ? Elle n'a jamais été aussi maigre... C'est une drôle de femme tout de même...

– Oh... drôle, c'est vite dit. Elle n'est pas très sympathique... Mais, avec ce gosse en plus, la vie ne doit pas être rose tous les jours.

Trois jours plus tard, au petit déjeuner, le gérant dit à sa femme :

– Je vais quand même monter voir au troisième. On ne l'a pas vue descendre ces jours-ci, ce n'est pas normal. D'habitude elle paie son loyer le 31 du mois... réglée comme du papier à musique... on est le 10...

Le gérant monte donc au troisième et sonne à la porte de Germaine Billon. Pas de réponse. Il frappe, refrappe. Toujours pas de réponse. Il colle son oreille à la porte et n'entend rien.

Alors il se dit : « C'est trop fort, ma femme a raison, elle a dû partir. Elle a peut-être déménagé à la cloche de bois... Si ça se trouve, elle n'a plus un sou, avec sa petite retraite et ce gosse qui doit coûter cher à entretenir... »

C'est donc pour cela que la police est prévenue. Pour rien d'autre, à part le fait que Germaine Billon n'a pas payé son loyer et qu'elle s'est envolée en douce...

La police arrive donc dans l'immeuble bourgeois, où jamais pareil scandale ne s'est produit. Le gérant en est tout rouge d'excitation. Faire venir la police et un huissier pour forcer une porte, c'est vraiment ennuyeux... Pourvu qu'elle ait laissé des meubles à saisir, cette voleuse... Il risque sa place, le gérant... il veut les constatations d'usage...

Mais elles ne sont pas d'usage, les constatations. Pas d'usage courant.

Germaine Billon était morte. « Depuis trois jours », déclara le médecin légiste.

Affalée en travers d'un fauteuil, elle tenait un objet curieux dans sa main crispée, une sorte de fouet fait de cordes tressées et nouées aux deux extrémités.

Dans un placard, il y avait d'autres cordes, d'autres fouets mais, le plus étrange, c'était le décor de l'appartement. Une véritable chapelle, un lieu de culte. Des christs, des images saintes, de l'encens sur des autels de prières. La table du salon, la commode, le buffet : tous ces meubles recouverts de nappes blanches faisaient office d'autels.

C'est en arrivant dans la chambre à coucher que le policer a entendu un léger bruit, comme un bruit de souris et puis un cri très faible...

L'enfant était dans un coin de la pièce, enveloppé dans un rideau arraché à la fenêtre close, aux volets fermés.

Il était complètement dissimulé, recroquevillé. Le policier a eu du mal à le sortir de là. Il était si maigre, si squelettique, qu'il faisait peur. Les yeux fous, agrandis, dans un visage sans chair, sans joues, comme ces enfants que l'on voit dans les films ramenés des camps de concentration.

Autour de lui, des débris de nourriture, essentiellement du pain moisi, desséché. Une gamelle d'eau renversée avait fait une tache sur le parquet ciré.

Le policier est resté un moment saisi d'effroi, sans pouvoir prononcer une parole. Derrière lui, l'huissier se tordait le cou pour voir le spectacle. Le gérant demandait : « Qu'est-ce qu'il y a ? Qu'est-ce que c'est ? »

Enfin le policier a retiré son képi, s'est agenouillé devant l'enfant et lui a demandé :

– Comment tu t'appelles...

L'enfant n'avait plus de voix pour répondre. Il ne

sortait de sa bouche qu'un filet de plaintes continues, arrachées à sa gorge tuméfiée. Le corps était couvert de traces de coups, de déchirures faites par les cordes et les fouets de cuir.

Ses yeux bleus enfoncés dans les orbites regardaient cet être humain en uniforme, comme s'il n'avait pas vu d'être humain de sa vie, d'être sans férocité à la bouche, sans torture à la main.

Il s'est laissé prendre, poser sur une civière. On l'a descendu du troisième étage au rez-de-chaussée, replié comme un fœtus martyr. Les voisins ont regardé passer le cortège, effarés, murmurants. L'horreur les atteignait enfin, elle passait sous leur nez, devant leurs yeux. Elle empruntait leur escalier, elle venait d'un appartement comme le leur, de derrière une même porte discrète.

A l'hôpital, toujours muet, l'enfant s'est laissé faire, petit animal sans griffes, sans forces, sans plaintes, sans cris, sans larmes.

Le premier médecin qui l'a reçu dans son service était fou de rage. Rien n'est plus révoltant au monde qu'un enfant torturé. Il s'est acharné à le sauver, toute son équipe s'y est mise. Durant de longues semaines, Noël est resté dans une sorte de coma, les yeux ouverts. Il fallut le nourrir par perfusion, soigner les blessures infectées creusées dans la chair avec un acharnement sadique par son bourreau. Il fallut lui réapprendre l'usage de ses membres, l'usage de sa voix, lui faire comprendre lentement, avec précaution, qu'il était vivant malgré tout. Et enfin, un jour, le regard est redevenu presque normal. La terreur en est sortie. Fini la fixité, les yeux bleus ont enfin pu pleurer.

Alors, il a pu raconter par bribes ce qu'il avait pu comprendre de son existence durant un an.

Cette femme l'avait persuadé qu'il était l'enfant

du démon, un enfant sale, né de l'enfer. Elle lui avait raconté le démon, elle lui avait expliqué que l'amour dont il était né était une infamie. Avec des mots et des images sortis tout droit de son cerveau malade de vieille fille frustrée.

En un an, ce petit garçon de neuf ans avait entendu les pires atrocités sur lui-même et l'humanité en général. Elle avait fait basculer le monde. L'extérieur n'existait plus. Ce gosse était né pour être battu, flagellé, exorcisé. C'était cela qu'elle voulait : exorciser. Parce qu'il était l'enfant d'une sœur belle et inconstante qui ne comptait pas ses amants, qui vivait des amours diaboliques alors qu'elle, Germaine, la pure, la fille de Dieu en personne, l'Élue, s'abîmait en prières, en flagellations et en humiliations de toutes sortes.

Sa folie maniaque avait trouvé un être de chair et de sang pour s'exercer. Alors elle exorcisait, par tous les moyens. Tortures physiques, privations et aussi martyre psychologique.

Elle lui racontait des histoires effrayantes qu'il avait prétendument vécues avec sa mère et dont il devait être puni, des histoires de vices, de copulations infernales auxquelles l'enfant ne pouvait évidemment rien comprendre. Assez rapidement, elle avait réalisé un véritable lavage de cerveau, menant ce gosse aux limites de la folie, au plus profond de l'horreur.

Jusque-là, Noël avait vécu dans la tendresse et dans la légèreté joyeuse de sa mère. Il se savait aimé, la vie était ainsi, sans complications, sans drames. Les hommes qui traversaient cette vie n'étaient jamais méchants, ils riaient. Sa mère était simplement une femme libre, belle, coquette, gaie... Sa mort avait brutalement jeté l'enfant dans un enfer.

Au bout de plusieurs mois de douceur et de soins,

de blancheur et d'air frais, de tendresse retrouvée, Noël a pu répondre à quelques questions logiques :

– Tu n'as pas essayé de t'échapper ?

– Elle disait que, dehors, tout le monde savait qui j'étais, l'enfant du démon, et qu'on allait me tuer. Il fallait me purifier avant de sortir.

– Tu n'as pas mangé pendant combien de temps ?

– Je ne sais pas. Au début, elle me donnait du pain et des légumes tout crus. Alors, j'ai pris des choses à manger dans un placard et je les ai cachées. Mais elle les a trouvées et elle me battait encore plus fort. J'ai eu peur de retourner au placard et de voler à manger. Quand elle sortait, elle m'attachait. Elle ramenait du pain, elle le trempait dans de l'eau et on mangeait ça. On mangeait aussi des pommes de terres crues, ça me rendait malade. Je ne pouvais pas mâcher, j'avais mal aux dents. Des fois elle me battait parce que je ne mangeais pas, d'autres fois elle n'apportait même pas le pain et l'eau. J'avais soif, tout le temps. Je buvais par terre dans la gamelle. Parfois elle oubliait l'eau. Si j'allais en chercher au robinet, elle me mettait la tête dessous et me punissait encore. Elle disait tout le temps la même chose : « Je dois te punir. Tu ne dois pas te montrer avant que je t'aie puni. Tous les petits garçons comme toi sont punis. C'est Dieu qui le veut. Il m'a chargée de faire sortir le démon. »

– Tu t'es rendu compte qu'elle était morte ?

– Non. Elle est tombée sur le fauteuil. Elle ne remuait plus. J'étais content qu'elle ne fasse plus rien. Je suis allé voir une fois pourquoi elle ne bougeait plus. Mais j'ai eu peur, elle me regardait par en dessous, alors je me suis caché dans le rideau pour qu'elle ne me voie pas. Comme ça, elle ne me battait plus.

Germaine Billon, selon le médecin légiste, était

morte tout bêtement d'un arrêt cardiaque. Elle ne se nourrissait plus elle-même depuis longtemps.

Le jour où, à quarante-sept ans, elle s'est effondrée, un fouet à la main, sur le fauteuil hérité de son père, elle pesait à peine 35 kilos. On l'avait élevée comme une future religieuse, elle avait fréquenté un pensionnat, appris les prières de l'aube et la messe matinale, tandis que sa jeune sœur jouait au cerceau dans la rue et à chat perché avec les petits garçons. Dix ans les séparaient. Et la laideur en plus. Elle avait voulu prononcer ses vœux, devenir religieuse, son confesseur l'en avait écartée, jugeant cette âme bien trop malade dans sa folie religieuse pour servir Dieu. Mais personne n'avait jamais dit : « Cette fille a besoin d'être soignée. » Encore moins : « Elle est folle à enfermer. » Alors, la mère morte, le père mort, elle était restée seule avec ses propres démons. Jusqu'au jour où l'administration vint lui dire : « Vous êtes le seul soutien de famille d'un petit garçon, votre sœur est décédée... »

Pas d'enquête sur le soutien de famille. Lorsqu'on veut adopter un orphelin, l'administration vous passe au crible, pèse et soupèse vos capacités à élever un enfant. Il faut montrer patte blanche, états de services, feuilles de paie, répondre à de multiples questionnaires, à un psychiatre de service, être surveillés et étudiés comme des suspects.

Germaine Billon n'était suspecte à personne. Une femme qui va à la messe, n'a pas d'homme dans sa vie, paie son loyer, n'est jamais en retard à son travail, ne prend pas de vacances, choses trop futiles, ne sourit à personne, se couche avec les poules, une telle femme n'est suspectée de rien. Et c'est à elle que l'on confia administrativement, légalement, un petit garçon de neuf ans.

Une fois, Noël a demandé au médecin :

– C'était vraiment la sœur de maman ?
– Malheureusement, oui.
– Moi, je crois que ce n'est pas vrai.
– Pourquoi ?
– Ma maman était belle. On mangeait ensemble tous les deux, elle disait qu'un jour, on aurait une petite sœur et un petit frère, qu'on serait encore plus heureux. Celle-là, elle ressemblait pas à maman. Ce n'était pas quelqu'un.

Germaine Billon, en effet, n'était pas quelqu'un. Elle ne ressemblait à rien d'humain, ni même d'animal.

Il est midi, docteur Jarrow

Le tiroir vient de se refermer avec un roulement profond et les deux infirmiers, bras ballants, attendent dans le silence de la morgue. Le pas du commissaire Annunzio résonne sur les dalles. Un pas, deux pas, trois pas, puis sa voix, étonnamment douce :

– Elle était votre cliente depuis longtemps, docteur Jarrow ?

L'homme à qui cette question s'adresse a cinquante ans, des cheveux gris, le teint gris, les yeux cernés. Son visage aux traits un peu mous donne une impression curieuse, un mélange de répugnance et de sympathie. Répugnance pour le regard fuyant et les profondes cicatrices de variole ; sympathie pour la fatigue visible des traits et leur laideur.

Le docteur Jarrow ne répond pas immédiatement et le commissaire s'étonne :

– Vous ne vous souvenez pas ?

– Si... Bien sûr. Bien sûr. Mais je n'ai pas sa fiche en tête.

– Quand est-elle venue vous voir pour la dernière fois ?

– Il y a une semaine ou deux, je pense.

Le commissaire Annunzio remercie les infirmiers

et entraîne le docteur le long du couloir sinistre. La morgue de Rio de Janeiro est, comme toutes les morgues, un endroit où personne ne s'attarde volontiers, même pas un policier chevronné comme lui. Après plus de vingt ans de carrière, il en a vu des cadavres pourtant. Mais celui-là est particulièrement impressionnant. La jeune femme était si belle que les traces de la mort sont encore plus insupportables à regarder.

Anna Maria Marques, trente-deux ans, secrétaire, a été retrouvée la veille, pendue au pilier d'une balustrade qui borde une promenade touristique dans les environs de la ville. Vêtue d'un pantalon léger et d'un chemisier, chaussée d'espadrilles, elle ne portait aucun papier d'identité sur elle. Seul indice : une ordonnance pliée dans la poche de son pantalon, émanant d'un certain docteur Jarrow, qui vient de l'identifier.

A priori, le commissaire Annunzio n'a aucune raison de se méfier du médecin. Pourtant, il n'a pas aimé sa réticence à se rendre à la convocation, comme il n'aime pas cette hésitation à répondre. Un médecin est physionomiste et il lui est facile de dire s'il s'agit ou non d'une cliente régulière de son cabinet.

– Alors docteur ? Elle venait vous voir souvent ?

– Non. Enfin, je ne crois pas. J'ai dû la recevoir une fois, je pense, en un an.

– De quoi souffrait-elle ?

– Si ce n'est pas indispensable, je préférerai ne pas divulguer le secret médical.

– C'est indispensable et je vous rappelle que le secret de l'enquête existe, lui aussi. Alors ?

– Dépression. Mais je ne pensais pas qu'elle en arriverait au suicide.

– Qu'est-ce qui vous fait croire qu'elle s'est suicidée ?

Le docteur Jarrow lève son regard las sur le policier et une légère inquiétude transparaît dans sa réponse.

– Vous ne m'avez pas dit qu'elle s'était pendue ? D'ailleurs, un simple coup d'œil sur le corps...

– Je vous l'ai dit en effet, pour simplifier les choses, mais le médecin légiste n'est pas d'accord. Il pense qu'elle *a été* pendue.

– Sur quoi se fonde-t-il ?

Le commissaire Annunzio observe calmement le visage du médecin immobile en pleine lumière sur les marches de la morgue, avant de répondre.

– Comme ce n'est pas indispensable pour vous de le savoir, je garderai le secret de l'enquête...

Le policier serre la main du médecin et ajoute :

– Nous aurons sûrement l'occasion d'en reparler. Un de mes inspecteurs va vous accompagner. Soyez aimable de lui communiquer un maximum de détails. Je vous rappelle qu'il s'agit d'un meurtre à priori et, jusqu'à présent, personne ne l'a identifiée, à part vous.

– Commissaire... Je crains de ne pas avoir conservé de fiche en ce qui la concerne, du moins c'est possible. Vous comprenez, je reçois énormément et je suis souvent débordé. Il m'arrive de prendre des notes rapidement pendant la consultation et d'oublier ensuite de les mettre à jour.

Le policier hoche la tête mais sa compréhension est feinte. Sa voix douce se fait insistante :

– J'espère que vous pourrez rassembler vos souvenirs. L'ordonnance date du 27 juillet 1965, c'est-à-dire de dix jours. Vous avez prescrit un tranquillisant assez puissant, qu'elle a acheté dans une pharmacie proche de votre cabinet, le tampon est parfaitement lisible. Je vous reverrai sûrement, docteur.

Ainsi se termine l'histoire du docteur Jarrow, sur les marches de la morgue de Rio, au Brésil, en juillet 1965. Elle se termine car le docteur Jarrow ne s'en va pas, il ne serre pas la main tendue, son regard fuyant se perd un instant dans celui du policier et il articule péniblement :

– J'en ai assez... Je ne tiendrai pas le coup, c'est moi qui l'ai tuée, je préfère qu'on en parle tout de suite.

Dans le bureau du commissaire, en haut d'un immense building, le soleil entre à flots. Il est midi, c'est ce que le policier constate en baissant les stores.

– Il est midi, docteur Jarrow. Vous ne voulez rien prendre ?

Cet assassin laid, fatigué et larmoyant, lui fait pitié. Et, tout au long de l'interrogatoire qui va suivre, le commissaire passera de la pitié au dégoût. C'était déjà son impression première, en accueillant le médecin tout à l'heure sur les marches de la morgue. Pourquoi a-t-il cédé si vite ?

– Je vous l'ai dit commissaire, je n'en peux plus. Je n'aurais pas supporté très longtemps lés finasseries d'une enquête. En la tuant, je le savais déjà.

– Vous voulez prévenir votre avocat ?

– Je n'en ai pas, je n'en connais pas.

– Vous ne voulez rien prendre ? Un café ?

Le commissaire retarde un peu le moment de la première question, qu'un inspecteur s'apprête à consigner. Tout a été si vite, il sait si peu de choses sur la victime qu'il est un peu dérouté d'avoir déjà l'assassin devant lui.

Enfin l'interrogatoire commence. Nom et prénoms, adresse, qualité, lieu de naissance, c'est la routine.

– Vous connaissiez la victime ?

– Oui, depuis presque un an. Elle était venue me voir pour un avortement.

– Vous l'avez pratiqué.

– Oui.

– C'était illégal, bien entendu ?

– Je sais. Autant vous dire tout de suite que ce n'était pas la première fois. Je suis considéré comme le spécialiste des opérations tardives. Quand une clinique refuse une cliente, c'est chez moi qu'elle vient la plupart du temps. J'ai gagné beaucoup d'argent comme ça.

– Est-ce que l'opération a un rapport quelconque avec le meurtre ?

– Non... Enfin si, indirectement. La première fois que j'ai vu cette jeune femme, elle m'était envoyée par une ancienne cliente. Au début je n'ai pas posé de questions, elle était enceinte de plus de quatre mois, il fallait faire vite. Elle a payé et je pensais ne plus la revoir, comme les autres, sauf un nouvel « accident » comme elles disent. Mais elle est revenue quelques semaines plus tard. Elle était profondément déprimée, elle voulait que je la soigne. Elle disait qu'elle n'avait, moralement, pas supporté l'opération, qu'elle ne dormait plus, qu'elle était hantée par ce bébé, elle voulait que ce soit moi qui l'aide à s'en sortir. J'ai eu beau lui dire que je n'étais pas très qualifié pour cela, elle n'a pas voulu en démordre. J'ai même tenté de l'adresser à un spécialiste, mais elle est revenue me voir. J'étais son complice d'infanticide. C'est ce qu'elle disait.

Le commissaire interrompt le monologue du médecin pour demander :

– Est-ce que vous voulez dire qu'elle était suffisamment dépressive pour vouloir se suicider ?

– Je l'ai pensé mais, au fil des mois, j'ai changé

d'avis. Je ne suis pas psychiatre mais je crois qu'elle se torturait volontairement.

– Pourquoi l'avez-vous tuée, docteur Jarrow ?

Le commissaire s'attend à une réponse ferme : « Je l'aimais, elle ne voulait pas de moi. » Il a imaginé en quelques minutes un scénario compliqué qui mettrait en scène le médecin laid et sa belle cliente déprimée. Une sorte de drame passionnel et psychologique dont les experts se débrouilleraient au procès.

Or, il prend la réponse en pleine figure, comme un coup de poing :

– Je l'ai tuée parce qu'on m'a demandé de la tuer.

L'inspecteur qui assiste à l'interrogatoire et le sténo qui note les questions et les réponses se sont immobilisés, stupéfaits eux aussi.

Le docteur Jarrow regarde le vide et ajoute :

– Je me dégoûte. Pour ça et pour tout le reste. Je me dégoûte, vous comprenez ?

– Qui ? Qui vous a demandé de tuer cette femme ?

– Son amant. Oh ! il va nier, bien entendu. Il est riche, puissant, mais il m'a payé pour cela. Ce sera sa parole contre la mienne. Il dira peut-être que je suis fou ou jaloux, ou n'importe quoi, je lui fais confiance. Si vous essayez de l'interroger, vous aurez immédiatement sur le dos une armée d'avocats. Il s'en tirera peut-être, sûrement même, car je n'ai pas de preuves, il m'a payé en espèces.

– Mais qui, docteur Jarrow ? Qui est-ce ?

– Roland S... l'industriel.

Le commissaire jette un regard interrogateur sur les deux hommes qui l'assiste mais eux non plus ne connaissent pas. Le docteur continue :

– Je suis sûr qu'il n'a jamais eu la moindre contravention de sa vie et que ses affaires sont parfaitement légales. Ce n'est pas un escroc lui, ce n'est pas un médecin marron, un pauvre type, c'est un salaud honorable.

– Comment vous a-t-il demandé ça?

– Il m'a téléphoné pour me parler d'elle, au début il tâtonnait un peu mais il avait dû prendre des renseignements sur moi. Ensuite il m'a donné rendez-vous, sous le prétexte de discuter de l'état de santé de la jeune femme. Je l'ai rencontré un soir, tard, après les consultations de la journée. Mon infirmière était partie, il avait pris ses précautions pour qu'on ne le voie pas chez moi.

– Comment a-t-il abordé le sujet?

– Pas tout de suite. Il m'a d'abord fait des confidences. Il était marié, il ne voulait pas de scandale. Anna Maria devenait encombrante, pénible. C'était sa secrétaire avant de devenir sa maîtresse et, depuis cette histoire d'avortement, elle se comportait comme une folle. Je lui ai dit que je ne pouvais pas grand-chose, qu'elle avait refusé d'aller consulter un spécialiste. Je lui ai proposé de la faire hospitaliser si elle était d'accord. C'est là qu'il m'a aiguillé petit à petit sur son véritable but. Il m'a posé des questions sur les médicaments qu'elle prenait, il m'a demandé s'il y avait un risque de suicide. Bien entendu je n'ai pas pu répondre. Personne ne peut dire, même un médecin, si un déprimé sautera le pas ou non. Ensuite il m'a parlé d'argent.

– Comment ça? Brutalement?

– Oh non! Il m'a dit ce qu'il savait de moi. C'était une enquête par le Conseil de l'Ordre, ou de l'argent.

– Combien?

– 20 millions, tout de suite, et 30 de plus si j'étais compréhensif.

– Et vous ne l'avez pas flanqué à la porte?

– Non.

Le docteur Jarrow est devenu plus gris encore. Son visage creusé de dizaines de petits trous à fleur de peau s'est crispé.

– Je suis un salaud, commissaire, il y a longtemps que je le pensais. L'humanité me dégoûte moins que moi-même. J'ai déjà fait pour de l'argent ce qu'un boucher ne ferait pas. Alors je l'ai écouté, je voulais savoir ce qu'il entendait par « être compréhensif ». Il a suggéré : « Vous pourriez conseiller des doses plus importantes. Au fond, si elle veut se suicider, ça la regarde. » Je lui ai fait remarquer que la chose était difficile. Alors, il a été plus direct.

– Qu'est-ce qu'il a dit exactement ?

– Je n'ai pas enregistré mot à mot, c'était quelque chose comme : « Faites le nécessaire, rendez-lui visite à domicile un de ces jours. »

– Vous avez accepté ?

– J'ai accepté l'argent, commissaire. Le lendemain, j'ai trouvé une grosse enveloppe dans ma boîte aux lettres personnelle. L'argent est dans mon coffre. Je croyais pouvoir le faire. Je croyais pouvoir supporter ça, empocher le reste et disparaître, changer de ville, de pays peut-être, aller soigner de vrais malades, ou prendre ma retraite, oublier toutes ces ordures. Mais je ne peux pas, j'ai toujours été lâche au fond.

– Qu'est-ce que vous avez fait ?

– J'ai attendu la prochaine visite d'Anna Maria et j'ai inventé des rendez-vous, pour lui proposer d'aller chez elle, le soir même. C'était avant-hier. Je ne savais pas très bien ce que j'allais faire... L'endormir d'abord... et simuler un suicide ensuite. Mais je n'ai réussi qu'à lui faire avaler une double dose de tranquillisants, avec de l'alcool.

– Elle ne s'est pas méfiée ?

– C'était une malade, commissaire, et elle se raccrochait à moi, aussi curieux que ça paraisse. Nous avons encore parlé de l'enfant qu'elle n'avait pas voulu. En fait c'était lui, son amant, qui n'en voulait pas, bien entendu. Je me souviens qu'elle a dit encore, comme à chaque fois : « Vous êtes mon complice, je vous ai permis de tuer une partie de moi-même »... Je l'ai laissée parler, parler, jusqu'à ce qu'elle s'endorme. Puis j'ai cherché quelque chose pour la pendre, mais il n'y avait rien chez elle. C'est un appartement moderne, sans meubles ou presque, avec des éclairages indirects. Alors j'ai décidé de l'emmener ailleurs, je l'ai réveillée à moitié comme j'ai pu. Nous avons pris l'ascenseur, je l'ai installée dans ma voiture et, en arrivant sur la corniche, je l'ai pendue avec une corde. Elle dormait à nouveau, elle ne s'est rendu compte de rien, du moins je suppose. Voilà.

Le docteur Jarrow a mis la tête dans ses mains, il se tait, il a tout dit et son immense fatigue gagne le commissaire Annunzio. Cet homme devant lui, qui paraît si résigné d'être un assassin, si profondément dégoûté de lui-même, le déroute totalement.

A présent il reste à vérifier ses dires, à enquêter sur l'instigateur du crime, avec un scandale probable à la clé. Tout commence pour la police, après ces aveux rapides. Sans eux, le commissaire aurait piétiné longtemps peut-être. Qu'avait-il comme indice ? Une ordonnance pliée dans la poche du pantalon d'Anna Maria, et que l'assassin n'avait pas soupçonnée. Et puis l'avis du médecin légiste, qui avait simplement dit au commissaire :

– A première vue, il semble que quelqu'un l'ait tenue fortement par le cou, il y a deux marques sous les maxillaires, comme si on l'avait soutenue dans le vide avant de la lâcher... Mais je ne peux rien affirmer avec certitude.

Autrement dit, l'affaire aurait pu être classée si le docteur Jarrow avait tenu le coup, comme il dit. Anna Maria n'était qu'une cliente déprimée, elle aurait très bien pu se suicider avec une ordonnance dans sa poche. Pourquoi le docteur n'avait-il pas supporté l'idée de ce crime parfait? Pourquoi n'avait-il pas achevé sa carrière sur les 50 millions offerts?

Au procès, il ne dira qu'une chose, déjà dite au cours de l'enquête :

– Le dégoût. Je n'en pouvais plus de dégoût, je débordais de dégoût.

Quant à l'instigateur du crime, point n'est permis d'en parler. Il s'est constitué partie civile, et rien n'a été prouvé contre lui, absolument rien. Vingt millions en espèces dans le coffre d'un médecin, avorteur de notoriété publique, ce n'est pas une preuve.

Anna Maria Marques était jolie, jeune et de caractère instable. C'est tout ce que l'on sait d'elle, tant il est vrai parfois que, dans les affaires criminelles, la victime est plus inconnue que l'assassin.

La déesse Kétamine

Dans le dernier salon où l'on cause à Seattle, Marcia M. vient d'obtenir le silence.

Elle raconte :

– Au bout de trois minutes, j'entends le bruit des criquets. C'est comme un après-midi d'été. Alors, j'attends deux minutes encore, et j'abandonne mon corps derrière moi... Je n'ai plus de corps, je vais vers une autre planète, je ne suis nulle part dans l'Univers, je traverse des soleils, je glisse le long des galaxies, je suis transparente, invisible... Je suis Suprême...

Quelqu'un demande :

– Vous n'avez pas peur ?

– Peur ? J'ignore ce qu'est la peur. La peur est pour ceux qui restent. Moi je vole !

– Tout de même, c'est une drogue !

Alors Marcia M. redresse sa petite taille et secoue la frange de ses cheveux noirs à la Cléopâtre revue et corrigée par Elisabeth Taylor. L'intervention a dû l'agacer. A quoi bon faire des conférences, répandre la bonne parole, diffuser la nouvelle culture philosophique, si ces petites bourgeoises pimbêches et ridicules en sont encore là !

– La Kétamine ? Mais, ma chère, la Kétamine est

une drogue comme votre cigarette en est une, comme le verre de gin que vous avalez à l'heure du cocktail ou le Martini-dry que vous offre votre mari pour améliorer une soirée conjugale!

Marcia M. est américaine. Elle a cinquante ans, deux mariages, deux divorces, pratique le yoga et l'astrologie, ne mange que du germe de blé, des légumes et des fruits biologiques. Moyennant quoi, elle promène dans les salons de la ville une silhouette au ventre plat et aux clavicules saillantes, avec des yeux toujours effarés. N'importe quel bon médecin lui conseillerait de manger normalement, d'éviter les carences et de s'occuper du tiers monde ou des orphelins, voire des chiens abandonnés, plutôt que de s'extasier devant le vide de son existence. Mais Marcia s'est instituée son propre médecin. Quant à sa famille, originaire de Boston, c'est ce que l'on appelle aux États-Unis une « grande famille » : père milliardaire, chaîne d'hôtels internationaux, frère scénariste à Hollywood, et non des moindres. Marcia M. pourrait mener une existence dorée et tranquille : bronzer en Californie, s'embourgeoiser à Boston, s'intellectualiser à New York... appartenir, en somme, à cette tranche de la société féminine américaine, privilégiée, vivant de pensions alimentaires et des revenus de papa. Au lieu de cela, elle fait des conférences à travers le pays, écrit des livres sur la réincarnation et s'amuse à de petits jeux bizarres, réservés en principe aux fakirs hindous, ou aux animateurs de cirque. Devant ses amis et relations ébaubis, elle fait volontiers la démonstration de ses talents : contrôle du rythme cardiaque, contrôle de la respiration, contrôle de la tension...

Mais contrôle-t-elle son cerveau, cette drôle de petite bonne femme, mince, maigre même, fragile, presque aérienne, dotée cependant d'une volonté extraordinaire et d'un besoin d'aventure permanent ?

C'est en 1977 qu'elle tente la suprême aventure, grâce à un homme et à une drogue. Et, qui plus est, avec la bénédiction d'un centre de recherche sur l'utilisation des drogues en psychothérapie, avec subvention de l'État.

La chose a toutes les apparences du sérieux. Et Marcia M., femme mystérieuse, peut déclarer ce jour-là, dans le dernier salon où l'on cause à Seattle :

– J'ai trouvé le *nirvàna*. Je vais entrer en communication avec le monde invisible...

Accessoirement, elle ajoute : « Je me marie pour la troisième et dernière fois. »

Or, cette dernière affirmation est une double prédiction, mais elle l'ignore, toute à son voyage fabuleux, sur un chemin douteux, mortel...

Le troisième futur époux de Marcia M. est médecin anesthésiste. Divorcé lui aussi. Il a quarante ans, dix ans de moins qu'elle. Détail. Lorsqu'ils se sont rencontrés pour la première fois, Marcia revenait des Indes et de Changhai, en instance de départ pour le Canada. Son livre sur les bienfaits du yoga et l'invisible se vendait bien dans les librairies de Seattle; elle y faisait un arrêt-conférence. Sa photo figurait en couverture de ce livre, une photo de ses trente-cinq ans. Le médecin tomba amoureux de cette photo. Il disait :

– Comme si un fluide magnétique m'avait traversé.

C'est dire que leur première conversation ne pouvait ressembler à aucune autre :

Elle :

– Que pensez-vous, docteur, du LSD dans la recherche médiumnique ?

Lui :

– Vous ressemblez à Cléopâtre, c'est fascinant.
Elle :
– J'ai essayé beaucoup de drogues pour tenter d'entrer en contact avec mes vies précédentes. Aucune n'a donné de résultat.
Lui :
– J'ai une maison dans la forêt, elle vous attend depuis toujours. Moi aussi. Je savais que vous viendriez un jour.
Qui est donc cet homme de quarante ans, passionnément fou de cette femme de cinquante, au travers d'une photographie vieille de quinze ans ?
Médecin, raisonnable, chef d'un service hospitalier depuis dix ans mais réfugié lui aussi dans les sciences parallèles. Ses collègues disent de lui que son premier mariage raté est à l'origine de ce besoin soudain de contourner la logique et la rigueur de la médecine officielle. C'est pourquoi il écoute Marcia avec ravissement. C'est pourquoi, aussi, la réalité de ses cinquante ans ne l'a pas déçu. Elle n'a pas changé, du moins il ne perçoit pas de changement entre la photo du livre qui l'a fasciné et la femme qui se trouve devant lui. L'amour est aveugle... mais, dans ce cas, très honnêtement, Marcia ne fait pas son âge. Marcia ne semble pas avoir d'âge, d'ailleurs.
Elle tombe amoureuse de son docteur en quelques mois. Et les voilà parlant maintenant le même langage, sur la même longueur d'onde.
Lui :
– Tu connais la Kétamine ?
Elle :
– Tu sais ce que c'est que la Kétamine ?
Lui :
– Bien sûr, c'est une drogue peu connue mais je l'ai déjà utilisée dans mon service, sur des enfants.

J'ai fait des recherches sur les animaux avant cela. En psychothérapie, c'est excellent.

Elle :

– Je suis sûre que ça marcherait pour moi... j'ai déjà essayé bien sûr, mais sans contrôle.

Lui :

– A quoi veux-tu arriver ?

Elle :

– A la transcendance totale.

Lui :

– Qui sait... Ça peut réussir. Il faut que je travaille le sujet... Donne-moi du temps.

Et le médecin démissionne de son hôpital pour entamer, sérieusement et à plein temps, des recherches sur l'hydrochlorure de kétamine. Pour ce faire, il reçoit des subsides d'un laboratoire. Son premier sujet d'expérience est Marcia.

Le protocole des travaux prévoit une première injection de 50 milligrammes, que Marcia reçoit sans peur, tout excitée de l'aventure. Ils ont décidé tous les deux, afin que rien ne se perde, d'écrire un livre sur la Kétamine, drogue miracle en psychothérapie, selon le médecin. Durant six mois, Marcia va donc soigneusement noter ses réactions. Et le docteur aussi. Car ils ont tenté l'expérience ensemble, aux mêmes doses quotidiennes.

Mais le docteur abandonne soudain. Il ne ressent pas les mêmes choses que Marcia, devenue son épouse légitime. « Marcia est douée, dit-il, elle a des possibilités spirituelles que je n'ai pas. »

L'expérience continue donc sur Marcia comme sujet unique et doué, durant quatorze mois complets. Ce curieux traitement expérimental semble lui convenir parfaitement. Il met toute sa personnalité en valeur. Elle est brillante, en pleine forme, travaille avec facilité et, en 1978, le couple publie un livre intitulé : *Voyage dans le monde de la brillance.*

Ce livre se veut un ouvrage de référence sur la Kétamine, avec la caution d'un médecin. Marcia est alors considérée comme le seul être humain vivant ayant pris aussi longtemps et avec la même régularité une telle drogue : quatorze mois de Kétamine, à raison de deux injections de 50 milligrammes par jour.

Le résultat, c'est ce livre. Et la certitude pour Marcia d'avoir laissé son corps derrière elle, de pouvoir s'intégrer à l'invisible, d'aller à la rencontre de ses vies antérieures, d'avoir trouvé l'éternité... Mais l'éternité de Marcia a une fin.

Durant toute cette expérience, et après la sortie du livre, Marcia M. devenue madame A. avait coutume de dire dans les salons, les conférences, à qui voulait l'entendre, que la Kétamine, utilisée pour sa recherche spirituelle, était absolument sans danger.

Affirmation discutable. Elle n'en savait rien, bien entendu. Et son mari lui-même ne pouvait se targuer que d'en connaître les effets immédiats. Il faut du recul pour apprécier les retombées d'une substance quelle qu'elle soit. Les effets-retards, ainsi qu'on les nomme. La drogue est-elle éliminée par l'organisme dans sa totalité ou en partie ? Y a-t-il installation d'une accoutumance ? Y aura-t-il un manque ?

Marcia ne prenait plus de Kétamine, officiellement en tout cas, depuis la fin de l'expérience et la sortie du livre. Elle se portait bien, écrivait avec entrain un autre bouquin.

Puis vint le 14 janvier 1979, un dimanche soir. La télévision parlait de l'exil du shah d'Iran, du retour de l'Ayatollah. L'Amérique s'émouvait de la destruction annoncée de l'Empire perse, et le docteur s'ennuyait.

– Marcia ? Je vais au cinéma, tu viens avec moi ?

– Oh non... Pas ce soir. Je dois me lever tôt, demain matin. J'ai un travail fou sur ce livre.

– Tu es sûre ?

– Certaine... Je vais aller dormir. Vas-y sans moi...

Le docteur éteint la télévision, embrasse sa femme et se rend au cinéma, à la dernière séance.

Il rentre à 1 heure du matin. L'appartement est silencieux, le salon désert, la chambre à coucher vide. Pas de Marcia...

Le commun des maris s'inquiéterait sérieusement. Lui n'est que perplexe. Marcia est assez imprévisible. Il se dit qu'elle a dû, par exemple, aller faire un tour du côté du cimetière.

En effet, Marcia aime particulièrement se promener au cimetière voisin, le Flora Hill. Elle s'y rend souvent. Le docteur pense donc à cette hypothèse et s'inquiète car il fait un froid glacial. A 1 heure du matin, dans le vent du cimetière, c'est une congestion pulmonaire que risque sa femme... Il se rend donc au Flora Hill, fait le tour... et n'y trouve pas Marcia. Il rentre de plus en plus perplexe. Qu'a-t-elle inventé ? Elle n'a pas laissé de mot, elle n'a pas pris la voiture, ses affaires sont là, son sac, ses clés, sa machine à écrire, son manuscrit... Bizarre.

Mais le docteur se couche tout de même. Il se dit : « Elle va revenir et me raconter une expérience nouvelle... »

Mais Marcia ne rentre pas. Et à 8 heures du matin, son mari prévient la police.

Une patrouille vient l'interroger, les hommes font le tour de l'appartement à la recherche d'un indice d'agression, d'une trace de violence. Mais aucune effraction n'a été faite. Portes et fenêtres sont intactes. L'appartement est en ordre. Marcia semble être sortie, comme elle était habillée, sans prendre ses clés, simplement en claquant la porte derrière elle. Étrange comportement.

Le papa milliardaire, le frère scénariste, refusent de croire à une fugue. En admettant que Marcia ait décidé tout à coup, sur un coup de tête, de partir aux Indes, ou au Yémen, ou Dieu sait où... elle aurait expliqué pourquoi. Marcia aime bien expliquer le pourquoi des choses, c'est sa méthode habituelle. De plus, elle aurait au moins pris une valise ou son sac.

Suicide ? Il faudrait une raison. Or chacun s'accorde à dire qu'elle était heureuse, heureuse en tout. Elle avait trouvé l'homme de sa vie, et le *nirvàna* en plus. Elle le disait et cela se voyait. D'ailleurs, son époux déclare :

– On ne suicide pas quand on croit, comme elle, à la réincarnation... Le suicide est pire que la mort. Tous les réincarnés le savent, c'est la fin de leurs vies successives.

Dans la logique du personnage de Marcia, c'est un argument et la police le prend comme tel, puis se tourne plus volontiers vers l'hypothèse d'un kidnapping. Femme riche, célèbre, avec un père milliardaire, Marcia a suffisamment fait parler d'elle pour susciter la chose. Mais les jours et les semaines passent sans qu'une demande de rançon ne parvienne au mari ou à la famille.

Au fil du temps, le mari retrouve sa logique médicale et suggère à la police que Marcia a pu être victime des effets-retards de la Kétamine.

– Elle a pu devenir folle brusquement. Elle est peut-être quelque part, amnésique, en train de marcher, de chercher sans se souvenir de quoi que ce soit. Sans savoir d'où elle vient, ni où elle va. Elle croit peut-être marcher vers une autre planète.

Le lieutenant Bemis, chargé de l'enquête, considère cette déclaration avec intérêt. Il se met à lire les livres de Marcia, à la recherche d'une indication, d'une piste... Et soudain, un étrange détail vient conforter son idée.

Le téléphone sonne chez un ami du couple, et c'est la petite fille qui décroche. Elle est seule à la maison. Elle entend une voix féminine lui demander :

– Ta mère est là ?

– Non, madame.

– Je rappellerai demain.

La fillette de douze ans n'a guère prêté attention à ce coup de fil. Ses parents non plus, jusqu'à ce que le lieutenant Bemis, à force de questionner les uns et les autres, en entende parler. Or, il se trouve que l'enfant a fait part du coup de téléphone à ses parents le lendemain ou le surlendemain de la disparition de Marcia, c'est-à-dire le 15 ou le 16 janvier.

– Pensez-vous, madame, qu'il puisse s'agir d'elle ?

– C'est très possible. Chaque fois que Marcia avait un problème, elle s'adressait à moi.

La petite fille dit que la voix féminine ressemblait à la voix de Marcia.

Mais ce n'est que le témoignage d'une enfant. Faible indice.

De son côté, le médecin décide d'interroger des médiums. Chacun mène son enquête. Chacun y va de sa vision, laquelle est le reflet d'une hypothèse plausible, pour qui connaît la réputation de Marcia, qui demeure cependant introuvable.

Disparue. Volatilisée, sans bruit, ni trace.

Le lieutenant Bemis, face à cette disparition, ne dispose que du seul témoignage du mari, le dernier à l'avoir vue vivante.

– Elle était souriante. Je lui ai dit « bonsoir », je suis allée au cinéma, elle allait dormir.

– Vous avez bien une petite idée, quelque part, d'un endroit... Je ne sais pas moi... Elle pourrait s'y cacher...

– Si je vous disais que ma femme est allée rejoindre Cléopâtre...

– Pardon ?

– Elle avait beaucoup d'affinités avec elle. Sa ressemblance était étonnante.

– Docteur, je suis peut-être inculte, mais les images que nous avons de Cléopâtre, ce ne sont pas des photos anthropométriques. Vous savez quelle tête avait Cléopâtre, vous ?

– Les descriptions, lieutenant... Ma femme préparait un livre sur elle. Vous avez vu la documentation dans son bureau. Elle pensait être elle-même une réincarnation de Cléopâtre. Elle aura voulu le vérifier.

– Dites-moi docteur, où va-t-on pour rencontrer Cléopâtre ? Cinquième avenue ? Beverly Hills ? Ou les Pyramides ?

– C'est un monde invisible, lieutenant...

Le lieutenant Bemis ne croit ni à la réincarnation ni au monde invisible, ni même à Cléopâtre. Il poursuit son enquête en supposant que, en fait de monde invisible, la disparue a dû rejoindre une communauté quelconque. Il en existe des centaines dans l'État, des milliers dans le pays...

Lors d'une conférence de presse où il a dû supporter la présence du mari amoureux de Cléopâtre, le lieutenant parvient difficilement à garder son calme devant les journalistes :

– Messieurs, amnésie, drogue, ou ce que vous voudrez, il disparaît aux États-Unis, chaque année, des milliers de personnes. Et croyez-moi, il y a toujours une raison logique.

Tandis que le mari, lui, déclarait :

– J'ai choisi personnellement de pratiquer le yoga transcendantal, comme Marcia. La nuit, je me fais une injection de Kétamine. C'est, à mon sens, le seul moyen de rejoindre ma femme. Nous étions en relation télépathique, voyez-vous. Et la Kétamine est le seul moyen à ma disposition pour sortir de mon corps, comme elle le faisait. L'autre jour, j'ai rejoint Marcia. Elle était dans la position du lotus. Belle mais silencieuse.

– Vous lui avez parlé ? Vous avez essayé de savoir où elle était ?

– Messieurs les journalistes, je vous l'ai dit, elle était silencieuse. Elle est amnésique. Et je sais maintenant pourquoi. L'amnésie, messieurs, est la seule possibilité, la seule qui ait un sens dans ce monde ou dans un autre.

Pauvre lieutenant Bemis, harcelé par la famille et par ses chefs ! Qu'avait-il comme preuve, comme indice, pour ramener tout ce galimatias à la logique de son métier ?

– Alors lieutenant, demandait le chef, il a tué sa femme, oui ou non ? Elle a disparu, oui ou non ?

– Je ne sais pas si le mariage allait si bien que ça... Tous ces gens, tous les témoins ont fait tellement de vent autour de leur histoire, les livres, les conférences, cette saloperie de Kétamine, le bonheur, le *nirvàna*... et le reste. Je me dis que, si elle avait l'intention de divorcer une troisième fois, sa fortune échapperait au mari...

– Mobile valable, mais hypothétique pour l'instant...

Eh oui !

Quant à la famille, elle refusait de croire à la mort.

Et le lieutenant de s'époumoner à leur faire comprendre qu'on ne disparaît pas sans raison. Qu'il y en a toujours une et qu'il la trouverait bien un jour...

Si le mari... L'argent... Si le divorce... Si la drogue...

Mais non. Interdit de faire des suppositions aussi terre à terre, en l'absence de preuve, qui plus est.

– Avec des si... lieutenant, où va-t-on ?

C'est pourquoi, dix ans après l'aventure de Marcia et de la déesse Kétamine, l'anonymat est encore de rigueur, pour l'époux, pour la disparue et pour sa riche famille.

La Kétamine est une drogue dont on connaît maintenant les effets-retards. Trop tard.

Question d'horreur

Un jeune homme traverse une rue. Il fait attention aux voitures. L'idée ne lui viendrait pas de se jeter sous les roues d'un autobus.

Un jeune homme monte un escalier. Il fait attention aux marches. L'idée ne lui viendrait pas de sauter par-dessus la rampe.

Un jeune homme regarde par une fenêtre. Il fait attention au vide. L'idée ne lui viendrait pas de sauter par-dessus le balcon.

Prenez un jeune homme et examinez toutes les circonstances de sa vie quotidienne. Vous verrez qu'il a des centaines de fois l'occasion de faire attention à sa vie. Par simple réflexe, par instinct de conservation.

Alors, qu'est-ce qui fait que ce même jeune homme, celui qui fait attention aux voitures, aux marches et au vide, qu'est-ce qui fait que ce jeune homme cherche la mort ? C'est une question qui a des milliers de réponses. Pas une, malheureusement n'est la bonne. Ce serait trop simple.

Il va s'agir maintenant d'horreur. Mais que cette horreur fasse réfléchir, ne serait-ce qu'un jeune homme quelque part, et elle ne sera pas inutile.

Dans la lueur ronde de la lampe électrique, une petite merveille. Quelque chose qui fait battre le cœur plus vite, qui rend les mains froides, les joues brûlantes, qui coupe le souffle.

– Tu l'as?

Voix chuchotantes d'une ombre à l'autre...

– Eh...? Tu l'as?...

L'ombre interpellée murmure une réponse affirmative. Dans le petit rond de lumière, sa main approche lentement de la petite merveille, les doigts tremblent de désir.

– Dépêche-toi... bon sang... ça y est?

Ça y est. Le trésor a quitté son nid bien mal gardé. Il brinquebale au fond d'une poche sale. Les ombres franchissent une fenêtre, sautent dans une arrière-cour, rejoignent une autre ombre qui faisait le guet.

– Ça va?

– Ça va.

– Tu l'as?

– Je l'ai.

Ce sont des voleurs, d'étranges voleurs aux visages fantomatiques et aux mains décharnées dans lesquelles le trésor fabuleux passe et repasse, cent fois contemplé, cent fois pesé, avant de regagner le fond de la même poche sale.

Les trois fantômes se séparent pour cause de sécurité. Un seul emporte le trésor et les deux autres, avant de le rejoindre, vont connaître le doute et l'angoisse.

– Pourvu qu'il n'en profite pas tout seul, pourvu qu'il partage... S'il ne partage pas, je le tue!

Mais il partagera. Il partagera tout. L'ombre qui s'appelle Frédéric a décidé de partager son trésor avec l'ombre qui s'appelle Charles ainsi qu'avec l'ombre qui s'appelle Hubert.

Il se sent généreux et puissant. C'est lui qui a eu l'idée, c'est lui qui a fracturé, qui a volé ; c'est donc lui qui va distribuer.

Les trois ombres ont gagné leur caverne d'Ali Baba, une maison sordide et inhabitée depuis des siècles. Tous les volets gémissent, tous les planchers craquent. Les souris, les cafards, les araignées, la poussière, en font un lieu d'épouvante. Une sorte de château fort, d'île déserte ou de planète inconnue, au choix.

Posé sur une caisse de bois, éclairé par une bougie, le trésor se laisse enfin contempler.

Couleur d'or brun, triangulaire. Ça, c'est pour le coffret. A l'intérieur, 10 grammes de morphine, 10 grammes d'horreur.

Ils ont dix-huit ans, vingt ans et vingt-deux ans. Ils viennent de voler le petit flacon dans une pharmacie de la rue du Prater, à Vienne, et ils se préparent à la cérémonie.

C'est la première fois qu'ils ne payent pas. La première fois que, poussés par l'angoisse et le manque, ils volent. Plus d'argent depuis trois jours. Chômeurs depuis des mois, Frédéric, Charles et Hubert, les trois ombres, grelottent de convoitise devant 10 grammes d'horreur.

Frédéric ouvre le flacon. Avec des précautions tremblantes, il fait tomber quelques cristaux blancs dans une petite cuillère remplie d'eau...

Frédéric, vingt ans, a le teint jaune et les joues creuses. De longs cheveux filasse lui mangent le peu de visage qui lui reste. On devine pourtant les yeux, noirs et très beaux, le menton carré... Il a l'air d'un prince trop maigre, dans un blue-jean trop sale.

Charles, vingt-deux ans, allume un petit tas d'allumettes sur un couvercle de fer – il faut chauffer le contenu de la petite cuillère pour que les cristaux fondent. Il ressemble à Frédéric, en plus petit et en aussi maigre. Il a l'air peureux. Sa poitrine est couverte d'amulettes et de médailles, un bandeau noir lui enserre le front. La bouche est triste et molle.

Hubert, dix-huit ans, bouclé comme un bébé, une tête de petit garçon tout pâle, transpire. Il est continuellement affligé d'un hoquet nerveux qui ne cède, dit-il, qu'en état de « flash ». C'est lui qui dépiaute la seringue en plastique de son emballage. Il passe l'aiguille à la flamme de la bougie. Il fait ça par « sécurité », pour éviter l'infection.

Protection dérisoire, petit reste de l'instinct de conservation chez un être qui n'a pas peur, pourtant, du poison qui grésille sous ses yeux.

Ce n'est pas la première fois. S'ils font équipe depuis peu, chacun des trois garçons pratique, depuis longtemps déjà, ce que l'on appelle les drogues dures.

Depuis longtemps! Un an, deux peut-être, ou quelques mois. Ils ne savent plus. Peu à peu, leur univers a basculé. La police les connaît. Ils sont fichés, surveillés, on espère peut-être, par eux, remonter une filière. Mais c'est trop tard, ils ne serviront plus à rien. Ils ont atteint le point de non-retour. Celui où on ne travaille plus, où on n'a plus de famille, plus d'amis, plus d'argent, plus d'amarre.

Ils ont volé 10 grammes de morphine. Si tout va bien, ils ne recommenceront que dans trois jours. Si tout va mal, demain.

La littérature, le cinéma et même la télévision parlent d'eux par vagues régulières, à l'occasion d'un fait divers douloureux. L'image du jeune drogué, bras tendu devant la seringue, est devenue une épouvantable image d'Épinal.

Par trois fois la seringue change de main, jusqu'à

épuisement du petit flacon brun doré, jusqu'au dernier grésillement des ultimes petits cristaux blancs. Cela se passe dans les débris poussiéreux d'une vieille maison de Vienne, la nuit du 31 décembre 1970.

Pendant ce temps, leurs fiches et leurs photos dorment dans les classeurs de la police. Leurs parents dorment dans leurs lits. Et la conscience collective dort sur ses deux oreilles.

Que voulez-vous ? On ne peut pas vivre sa vie et, en même temps, nourrir les petits hindous, sauver les bébés phoques, éteindre les bombes, purifier la mer, assagir les foules, planter des arbres dans le désert, etc.

Ce que les trois garçons appellent le flash, c'est-à-dire littéralement « un éclat de lumière », est à peine descriptible. Même par eux-mêmes. Vu de l'extérieur, ce sont des corps sans muscles et des yeux sans vie, plongés dans une sorte d'hébétude. Vu de l'intérieur, ce n'est pas très gai non plus. Hallucinations mi-euphoriques, mi-terrifiantes selon les individus et la dose, coma total parfois.

Cette nuit du 31 décembre 1970, Charles reprend conscience – si l'on peut dire – le premier. Frédéric, à ses côtés, est lancé dans un long discours cotonneux. La tête levée, il parle au plafond. Hubert ne se réveille pas. Il râle, les yeux révulsés, la bouche tordue. Péniblement, Charles se traîne à l'extérieur et rapporte un seau d'eau. Mais l'eau froide ne ranime pas Hubert, dont les râles deviennent terrifiants.

A son tour, Frédéric ressent le drame. Ils sont deux, maintenant, à frictionner avec des gestes désordonnés le corps maigre de l'adolescent. Claques, eau froide, exhortations, rien n'y fait. Raidi une dernière fois, Hubert, dix-huit ans, vient de mourir.

Et le cauchemar commence. Charles se souvient qu'il a fait du bouche à bouche, Frédéric se rappelle qu'il a massé le cœur. Ils ne savent pas combien de temps ils se sont acharnés sur leur maigre camarade.

Nuit? Jour? Veille ou lendemain? Les voilà qui traînent le corps dans l'escalier branlant, marche par marche. La bougie s'éteint régulièrement. Frédéric a des sueurs froides, des vagues d'angoisse le prennent aux jambes, au creux du ventre et le font vaciller. Charles s'effondre en arrivant dans la cave. Il ne pleure pas, il hurle à la mort comme un loup dans un bois. Pour le faire taire, Frédéric est obligé de se battre avec lui. Ils roulent ensemble au milieu des décombres, grelottant de froid, de peur et de drogue. C'est un combat horrible, sans fin, sans victoire.

A bout de souffle et de résistance, les voilà qui remontent l'escalier. A quatre pattes, l'un tirant l'autre.

Et la veille commence.

Dans l'incapacité physique et mentale de décider quoi que ce soit, les deux garçons se recroquevillent autour de leur bougie, et la peur danse autour d'eux une sarabande infernale.

Dans un coin d'ombre, face à Frédéric, un visage grimaçant s'est installé. C'est celui d'Hubert, comme s'il était guillotiné, et que sa tête se promenait seule le long du mur sale.

Charles ne semble pas le voir. Il a entamé un dialogue absurde avec le plafond. Il lui raconte son angoisse, sa peur que le corps d'Hubert veuille entrer dans le sien, de force. Il prend le plafond à témoin que c'est impossible et que sa peau va éclater.

Frédéric n'arrive pas à le faire taire. C'est maintenant lui le plus lucide des deux, lui qui tremble le plus. Ce visage qui grimace devant lui, ce visage aux yeux morts, à la bouche tordue, le fascine.

Celui qui va maintenant les rejoindre sait que la nuit du 31 décembre a passé et que le dernier jour de l'année s'est éteint. Charles et Frédéric ne s'en sont même pas aperçu.

Le dénommé Blacky vient à son tour profiter du refuge. Il amène ses provisions : cigarettes, alcool et drogue. Mais il comptait sur un arrivage qui n'est pas venu, et il doit se contenter de pilules de toutes les couleurs, volées sans discernement par un acolyte, spécialiste du hold-up dans les pharmacies.

Frédéric se jette sur lui comme un forcené. Il le supplie de partager avec lui ce nouveau trésor. Tout, plutôt que cette peur immonde et visqueuse qui l'étouffe. Il veut l'inconscience.

Il ne l'aura pas. Les pilules vertes, ou rouges, ou bleues, l'alcool, rien n'y fait. Le masque grimaçant le suit partout. Alors il raconte à Blacky.

Dans les nouvelles vapeurs des drogues et de l'alcool, la mort d'Hubert redevient un gémissement parlé. Il faut faire quelque chose.

Comme Charles qui rêve à voix haute, comme Frédéric qui raconte sa peur, Blacky n'ira pas chercher de l'aide à l'extérieur. Tout ce qui est autour de cette vieille maison en ruine, la rue, les lumières, les gens, les parents, la police, ne les concerne pas.

Que minuit sonne dans Vienne! Que l'an 1971 naisse à grands renforts de bals et de confettis, peu importe. Il faut redescendre l'escalier à la lueur d'une bougie. Il faut creuser la terre de la cave et faire disparaître le jeune mort.

Charles s'est remis à pleurer. Il regarde les autres. Il ne se souviendra de presque rien, sauf de cette lutte épouvantable qu'il a soutenue pendant des heures pour que le corps de son camarade ne s'installe pas dans le sien.

Blacky a découvert une vieille pioche et des morceaux de ferraille. Il dirige le travail. Le sol est dur, la terre gelée, tassée par les années, le charbon et la crasse. Frédéric a les mains en sang. Il creuse des centimètres qui lui paraissent des montagnes et l'horrible peur ne le lâche pas.

Maintenant, il voit et il entend un policier qui crie sans arrêt :

– Freddy, que fais-tu ? Freddy, que fais-tu ?

Et il répond à ce fantôme qui le menace. Il explique ce qu'il est en train de faire. Blacky doit le rouer de coups pour qu'il continue à creuser. Blacky n'a pas d'hallucinations. Sa folie à lui, c'est de se croire soudain devenu le plus fort. Il est le roi, le maître, rien ne lui résiste.

C'était peut-être l'aube du 1er janvier 1971 quand ils ont fait glisser le corps du petit Hubert dans son dernier trou d'ombre. Cela aussi, Frédéric se le rappelle. Il se souvient de la terre noire qui a recouvert peu à peu le blue-jean informe et les bottes. Puis le blouson de lainage à carreaux et le visage. Il se souvient aussi de ce qu'il a « vu » quand la terre s'est tassée sous leurs pieds.

Il a vu une main qui sortait de la terre, puis un bras, et le fantôme translucide, lumineux, de son ami qui ressortait de terre, sous leurs pieds, qui le poursuivait, lui, Frédéric, jusque dans le placard où il se réfugia pour lui échapper. Où il a fini par s'endormir d'un mauvais sommeil.

Et puis Blacky est reparti traîner son ennui, Charles s'est arrêté de pleurer, Frédéric est sorti de son placard.

C'était le 2 janvier 1971. A Vienne.

Pendant deux mois, les trois fossoyeurs ont erré sans problèmes de cafés en cachettes, vivant de sandwiches et de drogues diverses. L'argent ?

Charles l'empruntait à son père, Frédéric à sa vieille tante, Blacky volait le reste. Ils n'ont rien dit à personne, figés dans leur angoisse, incapables de communiquer avec qui que ce soit.

Les parents ne se sont aperçus de rien. Même la disparition d'Hubert fut à peine remarquée : sa mère « savait » que, depuis quelque temps, « ce gosse » n'en faisait qu'à sa tête.

Un jour, les indicateurs ont parlé. Qui a cambriolé la pharmacie de la rue du Prater ? Peut-être bien ceux-là : Frédéric, Charles, Blacky, Hubert... Tiens ! mais c'est vrai ça ! Hubert, justement, qu'on n'a pas vu depuis longtemps !

Quand les policiers ont appréhendé Frédéric, puis Charles, puis Blacky, ils ont raconté sans beaucoup se faire prier. On est allé déterrer le petit Hubert, on a reconstitué dans les moindres détails l'affreuse nuit de la Saint-Sylvestre. La foule voulait lyncher ces énergumènes hébétés. Elle les a traités de lâches, et de bien d'autres choses.

Quand on a emporté, littéralement emporté, Frédéric après la reconstitution, il hurlait dans le car de police :

– Il a de la terre dans les yeux... Je le vois... la terre... dans les yeux... dans les yeux... la terre...

Rappelez-vous, jeunes hommes : Hubert, dix-huit ans, a de la terre dans les yeux.

Ne fermez pas les vôtres.

A propos de la mort d'un gueux

Le petit policier grec transpire sous son chapeau blanc, en traversant la rue Aristoteles. Athènes éclate de blancheur sous le soleil de ce printemps 1929 et les touristes anglais s'attardent aux terrasses des cafés.

A l'entrée d'un luxueux hôtel particulier de la rue, le petit policier grec rectifie le col de sa chemise, essuie ses mains moites et sonne à la porte du célèbre avocat Youri Velessiri, ancien haut fonctionnaire de l'État et avocat-conseil de la plus grande banque de la ville. Un valet de chambre compassé et lugubre l'examine avec méfiance :

– Vous désirez ?

– Je suis Paximos, commissaire de police. Je dois parler à maître Velessiri.

– La famille est en deuil, commissaire, je ne crois pas que maître Velessiri...

– Oui, je sais, c'est justement à cause de cela. Voulez-vous dire à votre maître que...

Le commissaire Paximos hésite. Il n'aime pas du tout ce qu'il vient faire là et, à vrai dire, il était partisan d'envoyer un sergent à sa place. Mais, en haut lieu, on en a décidé autrement. Maître Velessiri n'est pas n'importe qui ! Il mérite un commissaire.

– ... Dites-lui que c'est à propos du caveau! Du caveau de sa fille.

Le valet de chambre a l'air surpris, tout à fait surpris de voir un commissaire de police s'inquiéter du travail des pompes funèbres. Mais il s'incline :

– Voulez-vous patienter, je vais prévenir Monsieur...

Le petit policier pénètre avec reconnaissance dans le hall immense de la riche demeure des Velessiri, où règne une fraîcheur reposante. Tout ce luxe l'écrase et il contemple ses chaussures poussiéreuses durant plusieurs minutes avant d'entendre enfin la voix du célèbre avocat.

– Que se passe-t-il, commissaire ?

L'homme est grand, hautain, impressionnant. Vêtu de noir, il porte sur le visage les marques du deuil terrible qui vient de le frapper. Le commissaire présente des condoléances embarrassées, puis se racle la gorge.

– Nous avons découvert un homme mort devant le caveau de votre fille Minica.

L'avocat sursaute nerveusement :

– Qu'est-ce que ça veut dire ? Qui est-ce ? Qu'est-ce qu'il a fait ?

– Nous l'ignorons, Maître. Peut-être a-t-il voulu seulement ouvrir la grille.

– Elle était ouverte ?

– Oui, mais le caveau lui-même était intact, rassurez-vous. Il n'y a pas eu de profanation. Du moins nous l'espérons.

L'avocat paraît immédiatement soulagé, puis inquiet tout aussitôt.

– Vous avez vérifié ?

– Non, Maître, pas sans vous prévenir.

Cette fois, il est soulagé. Vraiment soulagé. Et il ne demande même pas ce que faisait là cet homme mort, comment il est mort ni pourquoi, devant le tombeau de sa fille. Il dit simplement :

– Merci.

Puis il plante là le commissaire et s'en va.

Le commissaire Paximos est stupéfait car il n'a pas encore exposé le véritable objet de sa visite. Il reste un moment figé dans le hall, regardant la haute silhouette de l'avocat s'éloigner sur les dalles de marbre. Enfin, il crie :

– Maître !

Mais l'autre ne se retourne même pas et le petit policier est obligé de courir pour le rattraper à l'entrée du salon.

– Excusez-moi, Maître... Mais il est nécessaire que nous procédions à une vérification du tombeau.

– Pourquoi ?

– Eh bien... mais... parce que... Enfin, tout le monde a pu assister aux obsèques de votre fille, hier après-midi, et n'importe qui, une bande de voleurs par exemple, a pu être tenté par les bijoux.

L'avocat reste silencieux, visage fermé, il a l'air vraiment bizarre. La mort de sa fille l'a durement frappé. Une jeune fille de dix-huit ans, si belle, si gâtée, à laquelle il réservait un avenir brillant. Elle était tout pour lui, elle le menait par le bout du nez. Toute la haute société d'Athènes le savait. Minica pouvait faire les quatre cents coups, son père approuvait, payait, pardonnait. Il serait mort à sa place s'il avait pu.

Pendant la cérémonie à l'église, chacun avait pu remarquer les bijoux magnifiques que portait la jeune morte. Une parure de diamants au cou, des bracelets, or, perles et pierres précieuses, un diadème sur les longs cheveux noirs étalés et deux petites icônes en or massif ornées de diamants posées sur les mains en croix. Une coutume chez les riches. De la folie, certes. Mais le père estimait sans doute que sa précieuse enfant devait être enterrée dans la splendeur.

Comme il se tait toujours, le commissaire Paximos ajoute :

– L'homme n'était peut-être pas seul, il devait avoir un complice et ce complice a pu s'emparer des bijoux. Ce que nous ne comprenons pas, en revanche, c'est qu'il est mort de mort naturelle...

– De mort naturelle ?

– Oui, un arrêt du cœur. Aucune trace de coups, ni de blessure.

– Alors, il n'avait pas de complice et ce n'était pas un voleur. Cette histoire ne me regarde pas, commissaire.

– Mais... enfin, il est mort devant le tombeau de votre fille, ou presque, à un mètre à peine ! Et la grille était entrouverte !

– Commissaire, personne n'empêche un homme de mourir d'une crise cardiaque en plein cimetière. Quant à la grille, elle a pu être mal refermée, tout simplement !

– Vous ne voulez pas de vérification ?

– Non.

– Mais...

– J'interdis que l'on touche au tombeau de ma fille, commissaire. C'est clair ?

– Et les bijoux ? Vous ne voulez pas que...

– Les bijoux n'y sont plus, je les ai retirés moi-même ! Au revoir, commissaire !

Ah bon ! Eh bien, au revoir. Le petit commissaire s'en va, en marmonnant dans son for intérieur que l'avocat est sûrement devenu fou. Qu'il ait enlevé les bijoux, d'accord, c'était plus prudent. Les témoins de l'enterrement avaient pourtant assuré le contraire ainsi que les journalistes dans la presse du matin.

Mais qu'il envoie promener un policier, alors que ce dernier vient lui annoncer qu'un inconnu s'est peut-être rendu coupable de violation de sépulture, ça, c'est anormal. Surtout pour un père aussi amoureux de sa fille.

Mais le commissaire Paximos doit se laver les mains de cette affaire. Après tout, il n'y a pas eu crime et l'homme était un miséreux, d'une trentaine d'années, vêtu de haillons et sans papiers d'identité. Alors, bien que la mort l'ait frappé bizarrement devant le plus fastueux tombeau de marbre blanc du cimetière d'Athènes, il s'en ira à la fosse commune avec son mystère. Et le commissaire Paximos va classer l'affaire, ainsi qu'on le lui suggère en haut lieu.

– Pas de scandale, ni de journalistes! Maître Velessiri a raison. Il était de votre devoir de le prévenir. C'est fait. Oubliez ça, Paximos.

Paximos oublie. Quatre années vont passer.

Minica Velessiri est donc morte à l'âge de dix-huit ans, d'une tuberculose foudroyante, le dimanche 3 mai 1929 à 11 heures 45 très exactement. Après son enterrement, le corps d'un inconnu était découvert dans la nuit, à proximité du caveau de la jeune fille, mort d'un arrêt du cœur. Mais à l'intérieur du caveau, le cercueil d'érable aux poignées de bronze, recouvert d'une simple dalle de marbre noir, n'a pas reçu d'autre visite. Pas une fleur, pas une couronne.

Le père s'est enfermé chez lui. Il ne travaille plus, on le dit malade ou fou. La rumeur d'Athènes court de salon en salon. On dit qu'il pratique des messes noires, qu'il fait tourner les tables, qu'il est en relation avec les esprits.

Sa femme et son fils ne le voient presque plus, les domestiques également. La porte de ses appartements est close. Et aucun journaliste, aucun ami, intrigué par cette retraite morbide, ne saura la vérité.

Jusqu'au jour où, quatre années exactement après la mort de sa fille, un dimanche 3 mai aussi, à 11 heures 45 aussi, maître Velessiri meurt, d'une mort bizarre. Outre la coïncidence des dates, les circonstances de ce décès intriguent le médecin de famille.

Il a été appelé le dimanche matin, vers 9 heures, par le fils de l'avocat. Ce dernier venait de découvrir son père étendu sur le divan de son bureau et suffoquant terriblement.

A 11 heures 45, l'avocat mourait dans les bras du médecin, impuissant à deviner les causes de ce décès et soupçonnant un empoisonnement.

L'avocat s'était-il suicidé ? A priori la chose paraissait possible et expliquerait le fait qu'il ait choisi le jour anniversaire de la mort de sa fille pour le faire. Cela n'expliquerait pas, toutefois, l'heure fatidique de 11 heures 45. Mais le médecin n'en est pas à examiner les coïncidences. Pour l'heure, ce 3 mai 1933, il est obligé de prévenir la police et de demander une autopsie. En cas d'empoisonnement, c'est la première des précautions à prendre.

C'est ainsi que, pour la seconde fois, sous le soleil d'Athènes au mois de mai, le commissaire Paximos se présente à l'hôtel particulier des Velessiri.

Cette fois, le valet de chambre le conduit immédiatement auprès du nouveau maître de maison, Alex, vingt-deux ans, aussi grand que son père mais guère impressionnant. Le jeune homme est fort pâle et semble très agité.

– Ma mère a fait une crise nerveuse, vous voudrez bien l'excuser. Le médecin lui a donné des calmants.

Le petit commissaire comprend. Il règne, dans cette demeure pourtant luxueuse, une atmosphère étouffante. Les domestiques semblent terrorisés et le médecin lui-même paraît avoir hâte de s'en aller.

– Je vous ferai parvenir mes conclusions, commissaire. Cette mort me désole. Depuis quatre ans, je n'avais pas revu maître Velessiri, c'est un vieillard que j'ai retrouvé. Un vieillard de cinquante ans, dont le délabrement physique est impressionnant. Je pense qu'il s'agit d'un suicide, sans pouvoir vous préciser de quelle sorte de poison il s'agit. Les symptômes m'ont dérouté, nous en saurons davantage après l'autopsie. Au revoir, commissaire.

Après avoir posé quelques questions anodines, le commissaire demande à visiter les appartement du défunt. Alex Velessiri secoue la tête avec gêne :

– Je préfère éviter, commissaire, mon père n'aurait pas aimé cela.

– Je comprends, mais il est important de rechercher la trace du poison. C'est même indispensable, monsieur... Je suis là pour ça...

– Vous pouvez fouiller la maison mais, je vous en prie, pas les appartements de mon père.

– C'est justement le plus important ! Vous n'ignorez pas, je pense, les rumeurs qui couraient ces derniers temps à propos de votre père. Votre intérêt est de me laisser éclaircir ce suicide le plus rapidement possible.

– Mais qu'allez-vous faire ?

– D'abord, faire transporter le corps à l'hôpital pour une autopsie, ensuite découvrir, si possible, ce qu'il a avalé.

– C'est impossible ! Mon père doit rester ici, il ne doit pas quitter la maison ! Ce sont ses dernières volontés !

– Nous vous rendrons le corps, monsieur. Et, de

toute façon, il faudra bien que vous procédiez à l'enterrement!

Alex Velessiri est un jeune homme bien trop fragile et bien trop nerveux. Mais il y a de bonnes raisons à cela. C'est pourquoi il éclate tout à coup en sanglots nerveux. Au bord de la crise de nerfs, il s'écrie enfin :

– Mon père m'a fait promettre de le laisser ici avec sa fille!

– Sa fille! Minica n'aurait donc pas été enterrée il y a quatre ans?

Le commissaire Paximos doit tout d'abord s'employer à calmer le jeune homme, puis il l'oblige à le conduire dans les appartements de son père.

Ce qu'il découvre alors dépasse l'imagination. Une pièce transformée en véritable laboratoire de chimie : des flacons, des cornues, des poudres, des onguents de toutes sortes sur une immense table de travail. Au mur, le portrait d'une jeune fille ravissante, grandeur nature.

A côté, posé sur des tréteaux de bois, un cercueil au couvercle de verre et, à l'intérieur, la fille de l'avocat, morte il y a quatre ans. Le spectacle est digne d'épouvante. La pièce exhale une forte odeur d'amande amère.

Alex, le frère de la jeune morte, ne peut pas regarder. Il détourne la tête et la cache dans ses mains comme un enfant apeuré. Puis il raconte :

– Ma mère et moi, nous étions au courant. Mais mon père ne nous laissait pas entrer. D'ailleurs je ne l'aurais pas supporté. Il a voulu embaumer le corps de ma sœur, il y passait tout son temps, nuit et jour, sans relâche. Il lisait tous les livres sur le sujet, il faisait des mélanges, il croyait avoir découvert une solution chimique capable de conserver le corps éternellement. Mais il avait beau faire, ça ne marchait pas, il était obligé de recommencer sans arrêt. Mon Dieu, il était devenu fou et il nous interdisait d'en parler. Nous ne pouvions rien faire... rien... c'était sa volonté... Je l'ai trouvé là, dans cette pièce, effondré par terre. J'ai dû le transporter ailleurs pour appeler le médecin et il m'a fait jurer de le laisser auprès d'elle après sa mort... Vous comprenez? Il m'a fait jurer cela!

Le pauvre garçon est intarissable à présent qu'il a craqué. Il raconte encore comment son père faisait marcher un phonographe tous les soirs, avec les valses que sa sœur aimait danser. Il déversait sur elle les parfums les plus chers, la parait de bijoux somptueux...

C'était d'une véritable folie macabre dont le père était mort. Ainsi que le montra l'autopsie, il s'était intoxiqué sans le vouloir, à force de manipuler des produits chimiques, à base d'amandes amères notamment. Le poison pénétrait quotidiennement dans son sang par l'intermédiaire des pores de la peau.

Mort accidentelle donc. Quatre ans, jour pour jour, à la même heure que sa fille. Ceci pour les amateurs de coïncidences troublantes. Il restait au commissaire Paximos à résoudre la dernière énigme de cette étrange Histoire et, là encore, c'est Alex Velessiri qui lui en donna la clé.

Comment et pourquoi un inconnu était venu mourir près du caveau désert de la jeune fille?

– Après les funérailles à l'église, dans la nuit, mon père s'est rendu au cimetière en voiture. Il est allé lui-même reprendre le corps de ma sœur pour le ramener à la maison. En ressortant du caveau, il a entendu un bruit bizarre et aperçu la silhouette d'un homme puis il n'a plus rien vu. Il ne s'est pas attardé car il ne voulait pas que l'on sache ce qu'il faisait.

Le lendemain, il avait peur d'avoir été surpris mais c'est vous qui l'avez rassuré, commissaire, en lui disant que l'homme était mort.

Un gueux, venu peut-être pour voler les merveilleux bijoux aperçus à l'église, qui voit soudain dans la nuit noire surgir d'un caveau blanc un fantôme!

Il y a de quoi mourir de peur!

La course folle

C'est l'histoire d'une longue préparation au crime, et de son aboutissement. Elle est assez insupportable, et il convient d'en rapporter les faits avec toutes les précautions nécessaires.

Alfred B., jeune Allemand de vingt et un ans, fait peur, car c'est un exemple de ce qu'il y a de pire, chez l'homme. Mais qui, ou quoi, est responsable du pire chez un homme ? Lui ? Lui tout seul ?

Bien malin celui qui pourrait répondre à une question pareille, sans faire appel aux grands classiques : parents, société, etc.

Société ? Qui peut savoir. Il n'est pas d'exemple connu d'une société sans criminel. Parents ? On les accuse à tout bout de champ, soit de trop aimer, soit de ne pas aimer du tout.

Et pourtant, voici l'histoire épouvantable d'Alfred. De sa naissance, en 1946, à sa majorité en 1967, vingt et un ans d'une existence qui n'a pas encore fini sa course folle.

– Allô ! j'écoute...
– C'est le journal ?
– Qui parle ?

– Bonjour monsieur. Vous êtes journaliste?

– C'est ça, je suis journaliste.

– La fille au standard m'a dit qu'elle me passait un journaliste, mais je me méfiais... C'est le genre de fille qui vous promet, et crac... elle raccroche, parce que ça l'embête.

– Qui parle?

– Moi, Alfred B. J'ai quelque chose à vous dire.

– Eh bien! Allez-y... c'est tout de même pas une affaire d'État!...

– Vous avez tort de rire. Écoutez-moi, c'est important. J'ai tué mon amie, Maria. Maria Davidenko.

– Maria Davidenko... et quand ça?

– Hier.

– Comment?

– Je ne sais pas. Il s'est passé quelque chose d'étrange et je l'ai tuée.

– Où est-elle?

– Dans un bois.

– Où?

– Près d'une ville.

– Mais où, près d'une ville?

– Près du Danube... Je ne peux rien dire de plus.

– Mais qu'est-ce que vous voulez, alors?

C'est une bonne question, car elle est suivie d'un silence stupéfait. A l'autre bout de la ligne, Alfred reste muet, tout bête dans sa cabine téléphonique. Qu'est-ce que veut Alfred? Il cherche. Il cherche désespérément ce qu'il veut.

– Je voulais vous le dire, c'est tout.

– Eh bien! vous me l'avez dit... et après?

Le journaliste paye de culot. Ou c'est une blague et, si le type raccroche, ça n'a pas d'importance; ou c'est sérieux, et il faut le faire parler. Or, il n'y a pas de meilleur moyen de faire parler que de prendre l'air indifférent. Ça marche.

– Je ne veux pas qu'on croie que je me sauve. Je l'ai tuée mais ce n'est pas ma faute.

– Allez voir la police.

– Ils ne me croiront pas. Il faut d'abord que j'explique ce qui s'est passé. Il faut que vous l'écriviez dans le journal. Comme ça ils seront bien obligés de me laisser parler.

– Venez me voir au journal.

– Vous ferez quelque chose ?

– On verra. Il faudra d'abord me prouver que vous l'avez tuée sinon je ne peux rien faire.

– Vous voulez la voir ?

– Oui.

– D'accord. J'arrive.

Le journaliste n'a pas prévenu la police, pas encore. Il a d'abord attendu l'arrivée d'Alfred. Une bien pauvre chose, Alfred. Pas laid. Pire que ça, malsain. Une silhouette à la fois maigre et molle. Un teint graisseux, jaunâtre, des yeux sans vie. Lui serrer la main doit demander un effort. La voix nasillait désagréablement dans le téléphone. Elle continue :

– Prenez une voiture, c'est un peu loin, je vais vous montrer où elle est... Je l'ai tuée hier, à peu près à cette heure-ci... 10 heures du matin.

Cette fois le journaliste n'a plus de doute. Cette chiffe maigre pue l'assassin à des kilomètres, il ne se sent pas le courage d'aller plus loin.

– Écoutez mon vieux, si ce que vous dites est vrai, je dois prévenir la police. Je ne peux pas aller là-bas avec vous, je n'ai pas le droit.

– Je sais. Je m'en doutais. Tant pis, ça ne fait rien, je me débrouillerai tout seul.

– Attendez... Racontez-moi d'abord, vous me devez bien ça ? Je suis journaliste... c'est mon travail. Qu'est-ce que vous m'avez dit tout à l'heure ? Il s'est passé quelque chose de bizarre ?

– Oui. L'éther.

– Quoi, l'éther ?

– Elle en a respiré, elle veut tout le temps respirer de l'éther... Je la connais bien, vous savez. Elle est amoureuse de moi. Seulement, pour être heureuse, elle a besoin de respirer de l'éther. Elle dit que ça la fait flotter...

Alfred parle d'une morte, et pourtant il vient d'en parler au présent.

– Ce matin, quand je l'ai rencontrée vers 7 heures, au lieu d'aller à son cours, elle m'a entraîné dans un bistrot. Elle a versé de l'éther sur un rond en carton, vous savez les ronds qu'on met sous les verres de bière, ça a commencé comme ça. Après, on est allés chez elle ; elle a recommencé. Elle dit toujours qu'elle a besoin de ça pour se mettre au lit, moi non. On est restés couchés une bonne heure, et puis on est allés dans le bois. Avant, elle m'a fait acheter encore deux flacons à la pharmacie. On s'est couchés dans l'herbe sous un arbre, elle m'a dit de verser l'éther dans son foulard. Tout un flacon, mais ça ne lui faisait plus d'effet. J'ai renversé le deuxième, j'en avais partout. J'ai respiré moi aussi sans le vouloir. Cette fois-ci elle était heureuse. Et moi, j'étais bizarre... bizarre. Il m'est venu l'envie de l'étrangler, je ne sais pas comment. Une envie comme ça. Je l'ai étranglée avec son pull-over. J'étais content, et elle aussi.

– Qu'est-ce que vous avez fait après ?

– J'étais content, je vous dis. Je sifflais, je chantais... je l'ai attachée à l'arbre avec le pull-over, et puis je suis rentré chez moi. J'ai dit à ma mère : « Maman, j'ai étranglé Maria ce matin ! » Elle a eu drôlement peur ! Ça m'a fait rire. Après, je lui ai dit : « Mais non, je te fais marcher »...

– Elle vous a cru ?

– Bien sûr. Je lui ai même demandé de me conduire chez Maria, parce que j'avais rendez-vous avec elle. Elle m'a conduit en voiture. J'étais encore tout content. J'avais envie de rire tout le temps!

– Et après?

– Maria n'était pas là. Mais ça ne fait rien. J'ai rapporté sa serviette de classe à ses parents. J'ai dit que j'attendrais. Maman est repartie, et moi, je suis rentré à pied jusqu'en ville. Après, je vous ai téléphoné.

– Pourquoi à moi?

– Pour que vous expliquiez dans votre journal que c'est à cause de l'éther que j'étais tout drôle, que ce n'est pas ma faute.

– Je peux prévenir la police maintenant?

– Si vous voulez!

Le lendemain, dans le journal, il y a la photo d'Alfred, vingt et un ans. Et celle de l'arbre où l'on a retrouvé Maria, dix-sept ans. Un pull-over rouge autour du cou, bien serré, et deux flacons vides à ses côtés. Le titre : « Crime sous l'emprise des vapeurs d'éther. »

Le journaliste y raconte sur quatre colonnes l'étrange confession d'Alfred et leur conversation. Pendant plusieurs jours, le public allemand se passionne pour cette histoire d'éther. Et les débats vont bon train : « Peut-on, oui ou non, devenir un assassin sous l'empire d'une drogue? Est-il possible que l'éther, par exemple, éveille chez certains individus, des tendances cachées, insoupçonnables? » Voyons d'abord, raisonnablement, de quel individu il s'agit. De la patience et de la méthode. Nous allons étudier vingt et un ans de la vie d'Alfred.

1946. L'après-guerre, naissance d'Alfred B. au domicile maternel. La mère est seule avec une sage-femme. C'est un fils et tous ses vœux sont comblés : Alfred est le moyen de mettre enfin le grappin sur le père et de l'obliger au mariage.

On va le chouchouter, Alfred. C'est un petit amour à sa maman, Alfred. Il est tout gringalet, mais regardez comme il fait de beaux sourires à son papa! Regardez comme il se met en colère quand son papa s'en va. Qu'est-ce qu'il veut, Alfred? Il veut son papa!

Le père résistera cinq ans, puis s'avouera vaincu. Il épousera en 1951.

Alfred lui, ne résiste pas. Il se laisse aller à la douce quiétude d'être indispensable. Il peut trépigner sans crainte et faire les pires bêtises : en tant qu'hameçon, on lui pardonne tout.

1950. Alfred est à l'école maternelle. Il y gagne haut la main son premier dossier de mauvaises notes. Voilà maman convoquée chez la directrice.

– Madame, il est de mon devoir de vous signaler que votre petit garçon se conduit extrêmement mal. Il a des tendances... exhibitionnistes.

– Mon fils? Exhibitionniste? C'est une plaisanterie.

– Madame, il l'a prouvé à plusieurs petites filles, et même à une institutrice! A son âge, c'est inquiétant!

– Je ne vous permets pas d'inventer des choses pareilles! Mon fils ne viendra plus chez vous, c'est un scandale!

Alfred change de maternelle. En 1959, il a treize ans. Le mari qu'il avait obtenu à sa mère vient de divorcer. Rechouchoutage pour Alfred, et deuxième dossier. Cette fois, l'assistante sociale convoque le fils et la mère.

Motif : *A tenté d'abuser d'une petite camarade de dix ans, en profitant d'un cours de gymnastique.*

Depuis que le scandale a éclaté, d'ailleurs, les plaintes de plusieurs gamines ont été enregistrées. Alfred est le sadique de la classe du certificat d'études.

– Vous accusez mon fils d'une horreur pareille ? Alfred, dis la vérité !

– On n'a rien fait de mal, on jouait à la course. Elle a perdu, elle raconte ça pour se venger !

– Ah ! Vous voyez, mademoiselle ! Cette gamine est une odieuse petite garce.

– Mais madame, il y a les autres...

– Toutes des petites garces ! Mon fils est pur, il ne ment jamais à sa mère.

Etc. A quoi bon essayer de convaincre la mère que son rejeton a l'œil sournois et vicieux ? L'assistante sociale abandonne. Après tout, que la mère se débrouille. L'essentiel est qu'Alfred quitte l'école, qu'il aille porter ses problèmes ailleurs.

1960. Alfred a quatorze ans et pas beaucoup de chance : la vie vient de lui octroyer un beau-père, sans qu'il ait eu besoin de trépigner pour l'avoir. Un beau-père qui a pris l'exclusivité maternelle. Un beau-père qui a décidé : « Alfred n'est pas doué pour les études, il ira en apprentissage. »

« Pas doué pour les études » est un euphémisme. On peut lire sur son carnet scolaire : *Paresseux, bavard, menteur, prétentieux, et tient des propos vicieux*. Alfred est donc apprenti-boulanger, peintre, maçon, mécanicien... et ne dépasse jamais le stade du pré-apprentissage. Quand un patron le garde plus de deux semaines, c'est un record.

1961. Alfred a quinze ans. Par décision du centre d'apprentissage, il est retiré à ses parents et entre dans une maison d'éducation surveillée. Maman ou pas. Innocent ou pas. Un innocent qui, non content d'étaler ses vices, s'est mis à voler et à se bagarrer avec tout le monde. La trique, les murs de dix mètres et les dortoirs fermés à clé! Même s'il est trop tard, c'est la seule solution. Quoi faire d'autre?

Deux ans de ce régime dit « de réadaptation sociale » et voilà notre Alfred un peu plus jaune, un peu plus mou, un peu plus sournois. La seule adaptation qu'il ait acquise, c'est l'habitude de courber le dos. Sous les coups, aussi bien que sous les insultes.

1963. Dix-sept ans. Alfred est en liberté et doit retourner chez sa mère. Le pauvre chéri s'y fait dorloter, il l'a bien mérité. Il ne travaillera pas, maman lui donnera de l'argent. D'ailleurs, il est devenu raisonnable, Alfred. Il a des camarades, il regrette l'école, car il tourne autour sans arrêt. Autour de l'école des filles surtout : dix mois de prison pour exhibitionnisme.

– Mais, Monsieur le Juge, c'était une plaisanterie, j'en suis sûre! Mon fils n'avait pas de mauvaises intentions.

Vous savez ce qu'on apprend en dix mois de prison, quand on a dix-sept ans? Une foule de choses. Et je ne parle pas des dessus de chaises en paille tressée...

1964. Dix-huit ans. Alfred court la campagne. On le surprend un peu trop près d'une ferme qui vient de brûler. On l'arrête à nouveau, mais il a appris à mentir avec logique. Sans preuves, il est relâché – il avouera plus tard.

1966. Vingt ans, le bel âge. Mais Alfred ne peut pas se regarder dans une glace, il ne pourra jamais se trouver beau. Il n'y a jamais eu que sa mère pour le trouver beau et intelligent. A ce stade, c'est plus que de l'aveuglement, c'est une obstination. Cet enfant était un prétexte au départ. On ne se débarrasse pas facilement d'un prétexte comme celui-là, un prétexte ne peut être que bon. Il faut tenir jusqu'au bout.

Maman tient bon. Même quand on lui annonce que son fiston adoré a fracturé un tiroir-caisse et assommé un commerçant. A nouveau en prison. Dans la prison des grands, cette fois. Alfred reçoit les visites de maman qui le considère maintenant comme le martyr de l'injustice. Alfred joue le repentir, maman pleure, jure que son fils ne le fera plus. Sceptique, le juge demande un examen psychiatrique. Du fils, bien entendu. Pas de la mère. Alfred est un psychopathe. Voilà. Enfin!

Qu'est-ce qu'on fait d'un psychopathe? On ne peut tout de même pas le laisser en prison? D'un autre côté, il n'est pas fou à lier. Maman s'en charge. Maman débarrasse l'Administration d'un problème insoluble.

– Rendez-le moi, je veillerai sur lui, je ferai tout ce qu'il faudra.

En réalité, maman n'admet pas non plus que son fils soit un psychopathe. Elle n'admet rien du tout.

Alfred rentre chez lui pour le jour de Noël 1966, en probation.

Janvier 1967 : il viole une jeune fille arriérée, sourde et muette, dans la cour d'un immeuble. D'après maman, c'est la gamine qui est vicieuse. Pas Alfred. On s'arrange en famille.

Juillet 1967. Alfred s'engage comme apprenti forain. La fille de son patron, une adolescente de quatorze ans, se plaint d'une étrange aventure. Alfred lui aurait demandé de le suivre au bord de l'eau. Et il lui aurait demandé d'entrer dans l'eau jusqu'au cou, pour lui expliquer comment s'y prendre pour se noyer. La gamine a résisté jusqu'à la limite de ses forces. C'est Alfred qui, finalement, a lâché sa tête, qu'il maintenait sous l'eau. Quelques secondes de plus...

Là encore, on ne fait que botter le derrière

d'Alfred, pour le renvoyer chez sa mère... Personne n'est mort. Difficile de déterminer où a fini le jeu, où a commencé le sadisme.

Alfred est maintenant à bout de souffle. Il cherche son aboutissement. Il le trouve au pied d'un arbre, entre deux flacons d'éther. Mais pas comme il l'a dit au journaliste.

L'expertise va prouver que Maria n'a pas respiré suffisamment d'éther pour être en transe, comme le prétend Alfred. Ou même simplement ivre. Elle était tout au plus un peu étourdie, avec 0,1 pour mille d'éther dans le sang. Pour une légère anesthésie, il en faut au moins 0,7 et, pour une narcose totale, au moins 1,5. Donc, Maria n'a pas passé la matinée à se droguer à l'éther comme le prétend Alfred.

Quant à lui, qui prétend en avoir respiré par inadvertance, il ne pouvait en avoir plus dans le sang au moment du crime. Sinon, où aurait-il trouvé la force de serrer le pull-over comme il l'a fait ? Au point qu'il fallut couper les deux manches pour dégager le corps de la pauvre fille.

De toute façon, les médecins affirment que, *même dans l'ivresse procurée par l'éther, un individu ne peut faire que ce qu'il ferait de toute façon dans son état normal.*

Si on peut appeler l'état d'Alfred un état normal. Le voilà qualifié par l'expert de *psychopathe inné* :

– Si vous le condamnez à une peine de prison, il faudra de toute façon le mettre dans une maison spécialisée dès qu'il l'aura purgée. Ce crime peut être le dernier, comme il peut être le premier.

Quant à maman, elle pleure. Il faut la retenir pour l'empêcher de se précipiter dans le box et consoler son malheureux rejeton.

– C'est un accident ! Il ne savait pas ! Cette fille

l'a drogué! Mon fils est innocent! Alfred, n'aie pas peur, maman est là...

Si seulement maman n'avait jamais été là, justement. Car on condamne Alfred à dix ans de travaux forcés. Et à l'internement quand il aura fini. Mais quand il sortira seulement. Pas avant.

On considère probablement que dix ans de travaux forcés feront d'Alfred un homme tout neuf, et plus facile à soigner.

Nous voilà en 1990. Alfred a quarante-quatre ans maintenant.

Pourvu que maman ne soit pas venue le chercher à sa sortie. Pourvu qu'on le garde quelque part. Pourvu que, dans ce quelque part, s'arrête enfin la course folle.

Dans ce cas-là, on espère le miracle.

Table des matières

Impression réalisée sur Presse Offset par

CPI

Brodard & Taupin

42469 – La Flèche (Sarthe), le 26-06-2007

Dépôt légal : octobre 1992
Suite du premier tirage : juin 2007

POCKET – 12, avenue d'Italie - 75627 Paris cedex 13

Imprimé en France